收获·科幻故事空间站丛书

弦　歌

郝景芳　贾煜　等　著

上海科学技术文献出版社
Shanghai Scientific and Technological Literature Press

图书在版编目（CIP）数据

弦歌：中篇科幻小说集/郝景芳等著．—上海：上海科学技术文献出版社，2017（2021.3重印）
（收获·科幻故事空间站丛书．第一辑）
ISBN 978-7-5439-7459-3

Ⅰ．①弦… Ⅱ．①郝… Ⅲ．①科学幻想小说—小说集—中国—当代 Ⅳ．①I247.5

中国版本图书馆CIP数据核字（2017）第129341号

策划编辑：张　树
责任编辑：王　珺
封面设计：李沫霖
美术编辑：徐　利

丛书名：收获·科幻故事空间站丛书
书　名：弦　歌
郝景芳　贾　煜　等　著
出版发行：上海科学技术文献出版社
地　　址：上海市长乐路746号
邮政编码：200040
经　　销：全国新华书店
印　　刷：常熟市文化印刷有限公司
开　　本：889×1194　1/32
印　　张：10
字　　数：201 000
版　　次：2017年7月第1版　2021年3月第3次印刷
书　　号：ISBN 978-7-5439-7459-3
定　　价：38.00元
http://www.sstlp.com

弦歌

弦歌　郝景芳　｜ 001

打破平衡　贾煜　｜ 043

人类塌陷　叶临之　｜ 085

黑名单　重木　｜ 137

抵挡太平洋的堤坝　叶端　｜ 193

暗宇宙英雄　天降龙虾　｜ 241

弦 歌

郝景芳

（一）

广场，黄昏。疲惫中的演奏。

天空沉寂而壮阔，金色的云碎成一丝一丝，铺陈在天边。夕阳的余晖照在鸟巢的边角，巨大的钢筋铁架明暗分明，西侧明亮反光，东侧在暗处，强烈的对比让锈迹斑斑的庞然大物显得苍老，就如同用真的树木枯枝在悬崖上铸就的荒废的巢。在庞大的躲难人群的簇拥中，老旧的体育场似乎也带上了悲哀的气息，与第一乐章的葬礼进行曲的哀悼配合得天衣无缝，相得益彰。

演奏会在平淡无奇中进行。这已经是我们第一百二十一场演奏会了，乐手们演奏得缺乏激情，听众们也心不在焉。每个人都心事重重。尽管是新曲目，尽管是"马勒第二"这样激情的曲子，但大部分人还是不能保持精神清醒。重复让人麻木。第一声炮响传来的时候，一些人已经在台下睡着了。

对攻击的到来，大多数人都毫无准备。当时我从台上望着台下的听众，这是我每天的习惯。一些小孩不断想挣脱母亲的怀抱去玩，母亲不许，双臂环抱住他们，手紧紧扣住他们的肩膀。母亲们总是面对台上的，只是她们也并没有在听，目光游移不定，头巾锁住额头疲倦的皱纹。这很正常。在这种时候演奏《复活》并不是个好主意，原本太艰难晦涩，庞大深沉，放在这种时候演，就更不能抓住人的注意。

除了指挥，每个人都有些心不在焉，甚至包括我自己。在第五乐章一少半的地方，远方响起隆隆的炮声，与乐曲混在一起。有那么一瞬间，大家都还以为那只是音乐的效果。

轰隆。轰隆。那效果出奇地好，和低沉的音乐配在一起，震撼人心。台上台下一起呆呆地欣赏了片刻，片刻之后，才有人突然明白听到的是什么。

有一个人站起来，大声指着远方。人们吓了一跳，起身向后观望，森林公园方向有若隐若现的火光传来。一时间大家还迟疑，没有人说话，除了面面相觑，就只有手指抠住手臂。远处能看到火光，但看不到人的奔逃。空气仍是静的。演奏仍在继续，女高音是唯一的声音，让四周显得愈发寂静。

片刻之后，声浪传来。爆炸燃烧的激波推动热浪，带着热气的空气经过压缩、膨胀、再压缩，穿过黄昏的冷气一路呼啸，从远方传到身边，成为衰弱却混杂着暴力和躁动的湍流。远处闷声的爆破压抑着痛苦，越模糊越让人恐惧。身边的人开始奔逃。喊叫、慌张、混乱。尽管没有任何迹象表明攻击正在向身边转移，但人们还是不顾一切地向南拥挤，前推后搡，汇成洪流，跨过摔倒和尚未起步的人。刚刚那些搂着孩子的母亲此时像母鸡用翅膀护住小鸡一样将孩子护在身侧，左手拖着，右手挡在他身旁，孩子跟不上，跑得跌跌撞撞，母亲为了将周围人的挤撞挡开，爆发出了惊人的母牛般的力气。尖叫不时撞击着耳膜。

我们仍然想演奏，可是不管怎么尽力，曲子还是被冲击得七零八落。小提琴听不到黑管，定音鼓进错了位置，舞台外有人跌向贝斯，琴身发出碎裂的闷响。乐手们也开始恐惧，弦音不用揉就发出颤音。只有指挥在台上尽最大努力维持着乐队的平稳，可是不管他多么努力，我们也没能到达复活的天堂。

火光的橙红中，我们放弃了演奏。天边的颜色伴着夕阳，由橙变金，融入深蓝。我们坐在台上，没有和大家一起逃离。我们需要等待最后乐器的撤离。没有人说话。寂静充满天地，听不见喊叫和身边的哭闹。

人流漫过身旁，舞台像失事的船只。我们坐在乐器中间，看逃亡中的人，他们不看我们。按以往的经验判断，这不是一次激烈的攻击。天边的色调渐渐变浅，说明燃烧正在减弱熄灭。攻击很可能已经结束了，只是人们的逃离并没有暂缓，广场四面八方的难民源源不断地奔逃，挤进鸟巢，似乎是想为被惊吓勾起的恐惧记忆寻求一个庇护的窝。事后我们知道，这是海军一个隐藏的指挥控制据点被炸毁，像以往一样精确，没有多余的攻击和死亡，战火没有弥漫到森林公园之外。当天的我们是安全的。可是在那时那刻，看着那些因惊恐而僵硬的面容，绝对没有人能说大家的逃离是过度夸张。

曲终人散，凌乱的舞台只留声音的碎片。

攻击者始终没有出现。直到暮色越来越浓，我才看到飞机的一影。四架扁平的三角机在幽蓝黯淡的天空滑过，一闪而逝，机翼留下闪光，消失在平流层看不见的高度。

从战斗第三年开始，我们的演出就成了义务。不记得是在什么时候，人们发现钢铁人不破坏古老的城市和与艺术相关的场所，这起初只是个猜想，经过小心翼翼地尝试，逐渐得到证实。乡村和小镇的人们开始疯狂地涌向古老的文明之都，寻求庇护，艺术演出团体也莫名地担上了防卫的责任，每天在各处演出，演出的方圆境内不受攻击。这就是我们的演出。

没人知道钢铁人的母星在哪里，他们懂地球人的语言，但不让地球人了解他们的。没人了解他们到底是什么样的生物。入侵才只有三年，战斗却如摧枯拉朽，地球人败得毫无机会，抵抗一直进行，人们却越来越绝望。逃跑的士兵如同瘟疫，逃得越多，继续逃跑的就越多。从电视里偶尔能看见现身的外星人的样貌，比地球人略高，两米到三米之间，流线型的钢铁外表，永远看不见表情的冷酷和精确。

恐惧、悲愤、猜疑。人心惶惶中，流言不绝于耳，传着钢铁人的各种举动。他们捕获了一名音乐家。他们劫掠了历史博物馆的资料。他们对古迹和美术殿堂加以拍摄、研究和保护。他们对抵抗的军队杀戮铁血，不留情面，但捡出科学艺术和历史的相关群体，加以宽容。这是一幅既统一又分裂的肖像，一方面很残酷，一方面又很宽容，让人不知道他们是暴力主义还是贵族主义。他们住在月亮上，像月之暗面一样，永远不正面面对人类。人们只好猜测，在猜测中演艺术，让艺术家成为莫名的超人。这算是一种什么样的保卫连我们自己也说不清,被动,却责任重大,严肃却失去艺术原本的意义。

三年中,人们从热血变得现实。从鼓舞的战斗变成求存的妥协,为了生存,努力学习。如果学习科学和艺术,他们说不准会格外网开一面。如果顺从地活在他们笼罩的天空之下,说不准还能活得很好。只要屈服。只要放弃。只要在他们的天空下歌舞升平。

总有人会不甘心,心怀不切实际的最后幻想。

林老师想要炸毁月球。

"老师。老师!"忽然有声音将我从沉思中拉回现实,我回过神。

是娜娜。她刚拉完一段协奏曲。

"这段拉得行吗?"娜娜问我,声音有点急躁。

"哦,还行。"我有点不好意思。几乎没有听清她的演奏。兵荒马乱中,很难让一个人心无旁骛地教授提琴。我知道老师有这个能力,可是我没有。我在浅层记忆记录的临时录音中搜寻了一下,似乎搜寻到刚刚听到的片段拉奏,不完整,而且缺乏鲜明对照。我只好说,"还不错,比你上周进步了,只是……还是能听出有一点急躁。"

"那是因为我不想拉了。"娜娜说,"您能不能告诉我妈妈,我不想学了。"

"为什么?"

"Alexon 要走了。下个星期就走。"娜娜脱口而出。

"去哪儿?"

"不是告诉过您吗?"她说,"他要和爸爸妈妈去香格里拉。"

"哦。是的。我一时忘了。"

娜娜确实跟我说过。她今年十七岁,Alexon是她喜欢的男孩。他们曾经是同学,这两年停学,他们的感情却越发笃近。Alexon家里有显赫的势力,钢铁人在地球上圈出几块他们的控制中心,作为对地球的势力入侵,只有少数有金钱和权势的人被他们选中做傀儡控制者。Alexon一家被选中了,他们借助人间天堂的古老神话和从天而降的征服者,移居人间仙境,成为人间国王。娜娜不能同去,伤心欲绝。

"老师,您也有爱的女孩不是吗。"她说,"您一定明白,如果他走了,我再学什么都没意义了。"娜娜望着窗外,神情忧郁而悲伤。世间纷乱对她来说是无所谓的,两个人相爱是重要的。她早不想学琴了,只是妈妈逼她。她想和Alexon一起去钢铁人的管辖区。她爱他。"您能不能告诉我妈妈,我不学了。我要走。他会带我走的。"

我不知道自己该用什么样的态度回应。她信任我,不告诉妈妈的事情却告诉我,可是我不能回应这种信任。我可以信守承诺替她向母亲求情,可是从一个旁观者的角度,我不认为她和Alexon能幸福地生活在香格里拉。可这我没法劝她,劝她她不会信。

自从钢铁人的偏好被曝光,学琴的人数就如几何级数增长,每个家长倾尽所有让孩子学防身的艺术,让每个能做家教的乐手应接不暇。不能再单独授课,小班上总要挤进四五个人,不宽敞的小屋显得越发拥挤。

　　越是这样，我越觉得没办法面对我的学生。在这样的时候，为了这样的生存需要而教琴，让我有一种无法承担的奇异的责任感。红木家具在身后压迫，谱架上写着令人慌张的速度，窗口透入的月光洒下人人皆知的威胁味道。

　　娜娜和雯雯是最近找我学琴的两个女孩子。娜娜不想学，可是雯雯比谁都想学好。她的母亲在逃难中伤了腿，只是为了她才坚持，拿出一切家当供她学琴，似乎未来的家的期望就托在她细细的琴弓之上。雯雯比谁都努力，拉琴的时候也有其他孩子没有的顽固的僵硬。

　　"雯雯，你放松一点。手指太僵了。"

　　雯雯涨红了脸，更加努力地拉，但这样一来，手指就更僵也更紧了，声音束缚而浮动，换弦的时候相当刺耳。看得出来，她是太认真，认真得过分了，过分得反应迟缓。

　　"等一下，"我试图调整，微微笑笑，"雯雯，你怎么每次都这么紧张呢？出什么事了？没什么好紧张的。咱们这样，闭上眼睛，休息一下，再非常非常安静地试一次，心平气和，准备好了再开始。来，不着急，深呼吸。"

　　雯雯听我的话，深呼吸，闭上眼睛再睁开。可是一开头就错了。她停下来，不等我说就重新来，可是又错了，再重新来，连第一个音都找不准了。她又闭上眼睛，深呼吸，再睁开，睁开的时候满眼泪水。她还想拉，可是弓子仿佛太重了，她一提起来手臂就坠了下去，身子弓起来，像受惊的小猫一样哭了。她害怕了。

我的心随着她的眼泪沉下去。她在哭声中喏嚅着说她必须拉好，拉不好可怎么办。月光透过窗子，洒在她弓起的背上，一片苍白。

（二）

钢铁人不屠杀,只是精确。他们飞在几万米以上的平流层,导弹射不到,他们却能准确炸毁地球的控制中心。他们只销毁军事指挥和武装战士,不涉及平民。指挥官不知死了多少,千万高精尖的头脑如流沙烟消云散。换了控制基地也没用,只要使用电磁波的操控,就如同聚光灯亮在夜晚,他们总能轻而易举发现控制者隐藏的位置。东躲西藏,也免不了地下室的轰炸。指挥部接连被毁,军队和武器还在,但是能够指挥和操控的人越来越少。溃散几乎是不可避免的,偶尔的激情誓师像孩子对着空气打拳。

失败几乎是注定的,但人们的问题是要不要投降。如果投降,并顺应他们的心意,人类能活下来。没有迹象表明他们想要毁灭人类。他们对抵抗军和平民的态度有天壤之别。目的似乎只是地球的臣服,如果不抵抗,他们并不会杀戮。甚至原有的土地占有和产权支配也不受影响。他们赢在精确,赢在区分。一切都表明,投降是最好的选择。

只有寥寥无几的人会想要破釜沉舟,寻求最后的抗拒。一如巴黎面对纳粹时的抵抗运动,一如清兵入关后仅有的造反团体。

林老师是抵抗者。我不知道为什么会是他。在入侵前如果让我假想这么一天的到来,让我猜想谁会是抵抗者,我会猜到一百个人,但不会猜到林老师。他只是音乐教师，快要退休的普通的指挥系教师，性格内敛，从来不曾参加任何政治运动和示威游行，让我猜多少次，我也不会想到他。林老师学提琴出身，从我十岁就教我拉琴，这许多年间一直是我古典理想的榜样。他沉浸在音乐中，在一个比人世更广阔的世界生存，专注而沉默，思维深入而持久，他也许也有忧虑，但永远不在脸上。他六十岁仍在学习。

我怎么也没想到，林老师会提出炸毁月球。

"先别说这事，"林老师带我来到窗口，"你来看这个。"

我到林老师家，第一件事自然是询问计划的具体步骤，但林老师似乎有更重要的念头，什么都没说就先将我带到窗边的写字台前。

我心里的疑惑只好暂时放下，跟着林老师来到他摊开在桌上的纸张和乐谱边上，循着他的指点将目光投在一串密密麻麻、如诗歌排列的数字上，数字全是分数，一行行从上到下，有的一行两三个，有的一行只有一个，杂乱却错落有致。在纸张的另一侧边，有零散的音符按着相同的行列排列一一对应。中间有英文字母和符号，整张纸像密码编写的天书。我扫视了一下，这样的纸张桌上还有五六张。

"我最近才知道，宇宙原来有这么多音符。"林老师的声音透出洋溢却暗含伤感的赞叹，"宇宙的每个角落，每一个角落，都是自然的音乐。如果我早一点知道就好了。"他又拿起一张图片给我看。图片我认识，是彩色的太阳系结构。"你看这个，太阳系行星的轨道就是一串统一的音，每两个轨道之差都是前一差值的二倍，如果当做弦，那就是八度八度向上翻。还有这个,这个是黑洞周围发现的信号,周期信号,叫做……叫做什么来着?"

林老师说着,回身望向身后,发出探询。我跟着他回头,这才发现屋中背对着门的沙发上坐着一个人,一个比我年轻些许的男生。窗口的光刚好直射到他脸上,他的头发短而直立,面孔微微笑着,显得异常干净。面对林老师的询问,他先是看了看我,带一丝歉意地笑笑,然后很自然地回答:"准周期震荡。"

"对。准周期震荡。"林老师继续往下说道,"黑洞周围的准周期震荡。常常是两个峰,你看这常见共振频率,2∶3,哆索五度,然后是3∶4,这是哆发四度。完全是最好最天然的和弦。我现在想做的事是把这些绝对频率转换为相对音高,就像这样,"他手里拿着我刚刚看到的那张有数字和音符的表,"然后用这些和弦做主调和弦,谱成曲子。曲子就叫《黑洞》,名字也是天然的。"他看着我的时候眼睛深邃而有话,迥然含着期待的光,那光的专注超越年龄,低沉的声音有隐隐的激动,"我以前真的没了解过这部分,这实在太可惜了。共振的影响力,谐波,你知道吗?原来我们的宇宙也是在共振中创生的,就像大三和弦的天然共鸣,宇宙最初也是谐波振动加强,创造出万物。这多好。如果能追溯这一切该有多好,追溯宇宙诞生的那一刹那,将那时震荡的频率化成音符,翻译成曲子,最和谐明亮的和弦,那该多美。《宇宙》安魂曲,诞生和永恒。可惜我太老了,学不会了。要不然可以让齐跃……"

林老师说到这里,忽然想起了什么,轻轻拉住我的手臂,说:"还忘了介绍。这是齐跃,跟我学琴两年了,研究天体物理的。"

林老师指向沙发,我这才和齐跃第一次正式面对面站在一起。

"你好。"他先笑着伸出手。

"你好。"我说,"我叫陈君。"

林老师继续说下去,说他想研究的理论,说宇宙与音乐的关系,说他完不成的宏大计划。他说得严肃而有热情,说了很久,说到关键处还在纸上写写画画,找到乐谱写下一串音符,作为对他想法的说明。说着说着就投入了,他开始伏案涂改,偶尔掀开钢琴的盖子弹上几个小节,眉头舒展又皱起,到了最后已经完全又投入到日常的工作状态,几乎忘了我们还在,我们能看见他穿着灰黑色高领毛衣的后背伏在书桌前,但无法接近。他始终没提月球计划,尽管这是他找我来的本来目的。我想他是忘了。

出门的时候,我回头望了一眼,老师正在纸张中寻找,动作迅捷而严谨。

天色已晚,我和齐跃一起下楼。老楼没有电梯,我们从楼梯间一圈圈向下绕。齐跃走在我身前,暮色透过楼道的小窗落在他头顶,让他的头发明暗跳动。他插着口袋,步伐轻快。

我忽然有种感觉,老师的计划一定和他有很大关系。

"齐跃,"我在身后叫住他。

齐跃回过身,看着我,表情微妙,像是知道我要说什么。

"林老师的月球计划,你知道多少?"

"你问哪方面?"

"原理。原理你肯定知道对吧?你能不能告诉我,究竟有没有成功的可能性?"

齐跃沉默了一会儿,微微笑了,对我说:"特斯拉曾经说过一句话:'只要我愿意,我能将地球劈成两半。'"

我琢磨了一下:"那你觉得……是可行的了?"

他没有正面回答,只是用拇指指了指身后,说:"如果你明天没事,到我研究所来吧,我想给你看点东西。"

我惊讶他初次见面的信任,但没有拒绝。黝黑陈旧的楼道中,齐跃的面容显得很生动,鼻子以下在暗影中,但眼睛显得熠熠发亮。

齐跃的研究所在城市边缘,很大,院子里有很多粗壮的梧桐。只是我没料到会这样清静,清静得人影全无,安宁中透着深入石缝的寂寥,树枝沙沙响起的时候,那种寂寥扩大数倍,从四面八方侵入人的身体。

楼道空空如也,大理石地面映出人模糊的灰色影子,一眼望得到尽头。餐厅大门紧锁,办公室的小门却时不时敞开着,随风开合,露出里面宽大而空无一物的电脑桌和书柜。楼道两侧的宣传栏也都空着,沙漠般的展板上只按着细小的钉子,没有一字一画。脚步有回声,偶尔路过一两间排列着巨型计算机设备的房间,只看到屏幕上落满均匀的灰尘。

我很惊讶这里的空旷,但没有发问,一路跟着齐跃,穿过无人的大堂、楼梯和休息区,来到位于西侧顶层的一间小办公室。这是一个很大的控制区域中的一间,控制区一尘不染,在整片荒废的楼宇中干净得醒目,看得出每天有人打扫。小办公室里有黑色木质书桌书柜,窗户很大,从窗口能看见视野宽广的草坪和远山。书桌上有一台老式音响。

齐跃打开电脑,并排放置的六个屏幕开始同时启动。他熟练地打开一系列窗口,有黑色背景的频率谱图,有蓝色背景的数值坐标,还有彩色背景的卫星云图。最后一个窗口是提琴和钢琴的特写照片。

"你知道吗,"调好后,齐跃并没有直接给我讲解,而是把电脑屏幕扔在一边,侧坐在写字台上,对我说,"我这辈子最佩服的就是特斯拉。太牛了。实在太牛了。发明的东西你一听就傻了,交流电,高压电传输,无线电通讯,X射线成像,激光效应,电子显微镜效应,雷达原理,计算机与门逻辑,还接收天外射电脉冲,造球状闪电。他一辈子七百多项发明,说哪个都吓死人。实际上,整个现代世界全建在他的这些发明上面,这世界缺了谁的发明都缺不了他的。就这么一个人。"

齐跃说得声情并茂,语调中充满向往。这情绪我能理解。就像我们有时候说起贝多芬,口中的赞叹不仅出自佩服,更是发自心底的感情希望说给所有人听。

"咱们说正题。"齐跃接着说道,"特斯拉这个人很有意思。昨天不是说过他的一句话吗。说是在这么个情况下说出来的,不知道是真是假,据说他曾经爬上过一座正在建的摩天大楼顶部,把一个小激振器放在钢梁上,激起钢梁共振抖动,吓得工人们完全不知所措。他于是说,给我一个激振器,我能把地球劈开。像极了'给我一个支点,我可以撬起地球'。只不过他更牛,因为阿基米德只是比喻,但他说的是可能的。"

"你是说……共振吗?"

我对物理概念只有片段耳闻。

"是。频率相当或成倍数,振动就能相互激发。"

"激发就会振裂?"

"超过固体强度限度就会。"

"那么……老师就是想用这个原理炸毁月球?"

齐跃点点头:"是。用天梯。"

"天梯?"

我倒吸了一口凉气。

别的我不懂,天梯还是知道的。天梯是一座纳米长梯,从地表延伸到月球表面。一般人把它叫做杰克的豆荚,因为顺着它可以一直爬到云层外面。所有人都知道天梯。早在它上天前几年,媒体就已经大肆炒作跟踪,上天的过程更是几个月全球直播。多个国家合作投资,多个机构共同研制,多国宇航员参与护送。仅这些就已经够吸引关注,更不用说由它带来的未来连通地球和月球的可能性。月球的矿物输送地球,地球给养传给月球的科研探索人员。未来将建立月球实验站、发射站、居住点。可惜2022年上天,只上天两年,钢铁人就来了。自那之后,一切活动都停止了,天梯空自悬垂。如果不是齐跃提醒,我几乎已经把它忘了,就像所有为生存担忧的人一样把它忘了。五年过得太快。尤其是这五年。五年前的发射还历历在目,五年后的地球已物是人非。这一点让人心凉,繁华与疮痍触目惊心。

可是,用天梯怎么能把月球炸毁呢?难道用天梯当激振器,让月球共振?这听起来也太过不可思议了。天梯再怎么结实,也只是细细的纳米线缆啊。

"天梯这么细,可能让月球振动起来吗?"

"频率。只要找到共振频率,振动能扩大很多。"

"那怎么才能让天梯振动起来呢?"

"也一样。共振。"

齐跃边说边打开一段视频。我盯着屏幕。在视频播放器小小的窗口中间,出现一座大桥倒塌的画面。粗糙的画面,抖动的拍摄,显而易见是出自古老的手提摄像设备。一座原本架在大江之上的宏伟的大桥,在风的吹拂下,突然之间开始抖动,没有任何外在情由和破坏,大桥只是越抖越厉害,桥面在震荡中扭曲成上下起伏的不定的曲面,公路像橡皮泥一般弯曲,振到一定程度在顶点垮塌,桥面碎裂,没来得及撤走的车辆跌入大江。

"这是1940年代的塔科马桥,800米,就因为风而起振。你看这里。"

齐跃说着,又打开一个小的动画窗口,图上有一串白色的云雾状蜗旋不断向后流动。从图上可以看出,白色蜗旋是云层的一部分,在一个圆形区域后形成,排列整齐,震荡着飘远。云层下是地球蓝色的海洋和白色的陆地山峦,白色蜗旋在高空陈列。我不知道这是什么,但觉得很震撼。天空中这样庞大而不为人知的结构,在辽阔得超过国家的尺寸上,壮美而安静地铺陈、拱起又飘散。天空下的一切仿佛忽然变得不值一提。

"这是空气绕过柱形之后的旋涡串,震荡着前后冲击,塔科马桥就是因为这个才塌掉。冯·卡门发现的。这是第二个我佩服的人。"

我想了想,试图理清其中的逻辑。

"因此,我们需要拨弦。"齐跃最后说。

一句话,我突然被点醒了。

这就是林老师的计划。我总算有一点明白了。明白之后更为心惊。如此匪夷所思的设想,拨动天地之弦,震碎月亮。即使有齐跃的讲解,我也心存疑惑。齐跃能接近天梯的控制,他告诉我,他们以前的实验室是地月联合实验室,能远程控制月球上的实验中心进行核聚变、黑洞实验、宇宙射线探测,尽管这种控制现在被钢铁人切断了,但是他们中心在地面上还是对天梯有接近的权利。

"可是,如果月球能被振裂,难道地球不会被振坏吗?"

"会。"

"会?"

"会的。只是不会那么严重。起振的局部会剧烈振动,如同一场地震,但地球整体不会有什么事。"

"这也就是说……?"

齐跃慢慢收住了笑容:"只有拨动琴弦的人自己会被地震裹挟。"

这一下,我明白了。用尽力量让天梯振动,为此不怕引发局部地震,让自身毁灭。这是用自身的生命换月球的生命。原来老师是想用这样的办法做抵抗。用孤注一掷的琴弦拨动让天地的哀歌响起。用同归于尽的办法换一点自由。这是反抗到绝望的最后反抗。我从不知道老师竟然如此决绝。当正面进攻已没有机会,只有用挽歌才能挣一曲刚烈。这一下清楚了。我们的行动是演奏,而行动本身就是最孤绝的演奏。

我很想问齐跃,你觉得这样值得吗?

齐跃忽然转过头,长长地吸了一口气,头向窗外开阔的草坪歪了歪,看着我问道:"你知道我们研究所为什么这么空荡荡吗?"

我摇摇头。

齐跃嘴角露出一丝微笑:"其他人都被接到香格里拉和月亮上了。"

原来如此。

我心下恍然。应该能想到的。齐跃的研究所是世界上首屈一指的研究所之一，天梯项目的主要参与者，月球先锋实验室的带头成员。钢铁人保护各种艺术和科学界人士，招募他们为他们服务，地球上最好的乐团也被接走了大半，丝毫不奇怪这些领先的科学家也早早被接走，成为钢铁人倚重的新贵族。钢铁人是懂科学的，他们知道地球上哪些人的头脑值得珍惜，也值得利用。

"你没走？"我问齐跃。

他低头瞥了一眼屏幕，抬头凝视我，目光带着一丝笑意，一丝讽刺和微微一丝悲怆，说："我喜欢特斯拉，不只是因为他牛，还因为他单打独斗。你知道吗，他被爱迪生排挤得厉害极了，被马可尼抢了专利，还被投资人摩根抛弃了。可是他一直奇思妙想到八十六岁。他是纯粹的孤胆英雄，没结婚，也没有那些有权有势的前呼后拥。他不像爱迪生那么会利用团队，也远没有那么功利。他就一个人和那些大团体对抗。你知道无线电输电技术吗？把地球作为内导体，地球电离层作为外导体，用放大发射机在地球和电离层中建立 8 赫兹共振，天地就成了谐振腔，可以传输能量。这是什么气度！用天地做谐振腔。当时的人们哪有这等见识。那时人们还把地方政治当回事，谁也不愿做。还有一些公司攻击他，会算计的人抢他的专利。结果他到最后也没能实现计划，就这么一个人死了。现在，他的计划当然全都实现了，可是那时他就这么一个人死了。"

我没有说话，但我能感觉他的情绪。这昔日繁荣热闹的所在，如今只剩下他孤单一人，而远方入侵者用优厚待遇吸引了一切同僚，这孤单就越发显得冷落而毫无意义。

"其实大家想跟谁就跟谁,也没什么好说的。"齐跃又说,"但总还是会有些人不一样,我就喜欢这些人。"

我知道他是指老师。

"陈君。"齐跃忽然念起我的名字,"你的名字很好。古人说君子比德如玉,其实我觉得不是说什么温吞圆滑,而是为了这一句:宁为玉碎,不为瓦全。"

从研究所出来的时候天色已晚,我们在硕大而空寂的园子里走了走。风一起,半黄半绿的枯叶呼啦啦地落下,铺了一地,顿时寒意十足。梧桐搭成的拱廊原本葱茏密实,但此时也稀落得显得萧索。我们立起衣领,用相似的姿势将肘夹紧,手插在口袋以避寒。天上云很多,月亮看不清楚,宏伟的楼宇沉入暗中,只有远处门卫的小屋还亮着灯,成为整个院子仅有的亮度。我们走了好一阵子,没有说什么,在寂静中感觉脚步,偶尔相互问一下对方的信息,但对马上要面临的行动计划,我们没有再谈,也不想再谈。

齐跃问起我有没有女朋友,我如实告诉他,我大学毕业就结婚了,到现在已经六年了。

"真的?"齐跃显然有一点惊讶,"那你也有小孩啦?"

我摇摇头:"没有。她去英国了,走了五年半了。"

齐跃怔住了:"那你们……"

"没有,我们没离婚。"我说,"不过也差不多了。"

齐跃没有继续问下去。我也不想再说。我们又沉默地走了一会儿,齐跃带我离开了园子。出门的时候,我回头又远眺了一下园子里巍峨的大楼。这曾经是这个国度最顶尖的研究机构,荟萃了全国精英的头脑,但现在也寂寞荒弃着如同最一般的人走茶凉的村庄。

晚上一个人步行回家,在头脑中回想整个计划的细节。漫长的步行街冷冷清清,偶尔有一两个人步履匆匆地经过我身旁。商店都关着,显得萧条。我还是无法估量这个计划的意义,会带来什么,带走什么,值不值得,该不该做。不是想不清楚,而是无法抉择。夜晚的凉意让我头脑清明,可这不是头脑清明的问题。这是内心的问题。我越是客观地将局势看清楚,越不能确定这行动是不是该做。

我开始明白,为什么老师选了勃拉姆斯。

在计划中最后一场演奏会上,老师选了两首曲子。柴可夫斯基的第六和勃拉姆斯第四。《悲怆》容易理解,激情而悲观的动人旋律。但勃拉姆斯第四就不容易理解了。勃拉姆斯常给人温暖保守的印象,不温不火,没有贝多芬的愤怒和瓦格纳的狂放,也不打破常规,乍看起来似乎很不适宜做英勇誓师,我曾经疑惑老师为什么不选择《命运》或理查·施特劳斯,又或者马勒的《复活》也更恰切一点。勃拉姆斯很少被人在这种激情的时刻想起。

这个问题我问过老师,他没有回答,只说是个人喜好。但在这个晚上,我忽然有些明白了。这件事从始至终就不是一场激动人心的战斗，而是悲凉到最后的无可奈何。炸毁月亮，即使齐跃说了它的原理和可行性，我也还是深深怀疑最后的结果。怎么听都不像是能成功。而即便老师自己是相信的，他也一定知道这不是英雄的抵抗，而是向悲剧结局迈进的毁灭的抵抗。月亮能否炸毁没有定论，但如果共振引起演出之处的地震，十有八九我们自身难保。这或许是一种殉难吧，为仅有的自由殉难。

只有勃拉姆斯适合现在的人类。有的朋友说，听来听去听到最后，就只剩下勃拉姆斯了。他一开始不吸引人，但是到最后大家最沉浸的往往是他。勃拉姆斯的音乐有骨子里的悲剧感，不用制造什么悲剧色彩，也不用刻意夸张，本身就带着内敛、深沉，表面上不露的悲伤，激情像看似平静的海洋。现在想想，当他远离魏玛热闹的沙龙，独自守着古典主义的理想，他已是与命运面对面。一个人面对他无法改变的这个世界的命运，茕茕孑立。

耳机中播放着勃拉姆斯大提琴协奏曲沉静而凄怆的旋律。只有在这样的夜晚，走在这样无人的街上，看着扫街者的扫帚刷刷地扫过厚实的落叶，才能感觉出勃拉姆斯音乐的力量。总有一些境况是你无能为力的。命运就是你看得清楚局面也没办法的局面。这样的时候只能走向孤独。能守候自己已是一种勇敢，何况与旧日的理想一同沉落。

（三）

一个星期以后，我踏上奔向世界各国的旅途。

我决定帮老师完成这最后一场盛大的演出。老师和齐跃的任务是布置场地，而我的任务是征召乐手。我要拜访所有我们认识的乐手，征召愿意陪老师一同行动的人。平心而论，这实在不是一个容易的任务。我有好长时间连自己都无法说服，更不用说说服这么多其他人。该有多大的勇气，才能向每一个人开口。

我问过自己为什么要答应，尚没有定论。老师并没有劝我。在他将计划阐述给我之后，由我选择。即使是在机场候机等着分别上路的时刻，老师也并没有给我任务的压力或鼓励。或许老师不想强求。或许老师知道我知道该怎么做。机场的玻璃蓝色冰冷，窗外有机械起落。就像初次见到齐跃的那一天，老师一直在说着他沉浸的话题。

"我最近才学到轨道共振。非常有意思。它是说，当一些东西绕着中心转的时候，所有旋转的轨道都会相互影响，最初是随机的分布，到最后只剩下几个轨道，相互呈简单和弦。起初杂乱，最后留下的只是有共鸣的寥寥几个。有人说那些小行星就是因为某种共振被振碎的星球。这么看共振就是选择，从无穷无尽中选择。一个主调，总会选择出和它密切的属音。它们就是骨架。宇宙和音乐一样精细。"

老师说着，浓密的眉毛压低眼中的表情。有时候他会停下来，转过头来，看看我的反应。老师的眼睛里写着他没说出的话。我忽然觉得老师并不是天然地生活在理论的空中楼阁中，而是对周遭心知肚明，却只字不提。他故意进入另一个更宽广的世界。

与老师分别后，我飞了很多地方。在每次飞机起飞和降落的时候，我总会俯瞰地面，看每一个星罗棋布的城市与乡村，看这些相似又不同的人类的居所。人活在大地上，充满劳绩，却诗意地栖居。这话说得太抒情。人往往是带着睡意栖居的，醒来也仍在睡。当梦魇来临被惊醒之后，人们用自我催眠的办法继续睡去。睡去比醒来好过得多，睡去之后，生活的一切都可以容忍。惊恐可以容忍，屈服可以容忍，限制的自由也可以容忍。

我不知道大地上有多少人每天为了未来担忧。视线以下，平原还是平原，草地还是草地。宁静的乡村还是有着带红顶的小房子。乍看起来，一切都没什么变化。如果忘记头顶的月亮，似乎现在的生活和五年前也没什么不同。这是和历史相比多么不同的一种境遇。人类第一次作为整体感到薄弱。以往的所有冲突都是一部分人强过另一部分人，只有这次是所有人同样薄弱。作为强国的一些国家没有经历过这样的衰弱，曾经一度很难适应。他们惊讶地发现，一些以为永存的英雄主义气质不见了，牺牲和为自由而战的民族气质也可以随着溃败消散。这多么动摇人心。可没有办法。被征服的民族分歧多过团结。爱国主义早已被诟病，此时的"爱球主义"则更像一场笑话。武力抵抗变成零星的火花，人们撤回到自己在角落里安全的房子，城市和公路在沉默中维持着原有的样子。

云下的世界仍然运转。如果不想到某种自由,似乎可以一直这么继续下去,直到习惯。这有什么不好呢,吃还能吃,睡还能睡,艺术灌输甚至比以前还多。只要承认他们对人类的统治,一切就能继续。而承认对一般人生活又有多大影响呢?钢铁人只是要一些资源和矿产,要地球的屈服,要绝对的权威。如果能顺从,永远不挑战,永远承认他们的地位,那就一切都没问题,像以前一样幸福,像以前一样自由自在。

只是自由又是什么东西呢?

伦敦是我的第六站。在这之前我到了北美和欧洲大陆。进展并不顺利,这我也能想到。一方面不能把这计划告诉太多人,另一方面在我们接触的乐手中间,同意的比率非常之低。我不知道我要有多久才能凑齐一个乐队。

在伦敦南岸步行区,我见到了阿玖。

阿玖看上去没什么变化,尽管我们已经三年没见。头发烫卷了,戴了项链,除此之外的一切还是和从前一样。脸庞隐在长长的刘海下,仿佛瘦了一点。她穿了浅红裙子和一件灰色长大衣。在细雨刚停的石板路上,她的靴子发出有规律的咔嗒声,好一阵子我们都没说话,只有靴子的声音像我们心里悄然转动的钟表。

阿玖对老师的计划同样感到惊讶,但没有多说什么就立刻答应了。这让我略略感到惊讶。我又重申了一遍计划的困难和风险性,她点了点头,表示明白,但没有收回许诺。我心里有一丝感激和微微的暖意。

"你现在还好吧?"我问她。

"还可以。"

"还在上次你跟我说的乐团?"

"不了,"她摇摇头,"中间换过一个乐团,但现在哪个乐团也不在了。"

"为什么?"

"乐团解散了。"她看着夕阳中的泰晤士河,说得有一点迟疑,"然后……大部分团员,被接到了香格里拉。"

"也被接走了?"

阿玖刷地转头看着我:"也?难道咱们团也被接去了?"

"哦,不是。"我连忙解释,"是一个朋友。他们研究所的科学家都被接走了。"

"哦。那正常,那太正常了。伦敦也接走了不少人。"

我不知道该说什么好,这局面让人觉得无比荒凉。荒凉得让我们仿佛共患难。

"那么……"我犹豫了一下,"你没走?"

阿玖摇摇头。

"听说,他们对乐团的待遇和照顾很好?"

阿玖声音凉凉的，听不出感情："是。好极了。"

"那你为什么……"我说了一半，又顿住了。

阿玖的脸对着泰晤士河，有好一会儿没有说话，似乎平静得无言，但再回过头来的时候表情变得怆然："阿君，要是别人这么问我也就罢了。为什么连你也会这么问我？"

我一瞬间失语了，心里翻滚着几年的感觉。阿玖的脸在夕阳中被勾勒出金边，边角头发微微飞扬，像金色的纤细的水草。她的眼睛因为湿润而显得很亮，眼泪绕着眼眶打转，最后也没有落下来。远处的伦敦塔桥有断裂的栏杆，剥落的蓝色露出大面积的灰黑。金色的河水一丝一丝黯淡下去。我们面对面站着，良久无言。

过了好一会儿，阿玖说累了，想去坐坐，我们就来到皇家节日大厅剧院门口，在长凳上坐下。四周人很少。我记得上一次来的时候这里还有许多卖艺的艺人和玩新概念车的孩子，但现在显得冷冷清清。

我们断断续续聊天，说这几年的生活和入侵带来的改变。我们很久没有这样说话了。我不常给她电话，她也不常打电话回国。之前的三年，我们的联系屈指可数，关系气若游丝。我想过很多次再见面的时候会不会非常尴尬。但在这样一个晚上，当我们带着一种共同面向悲观未来的感觉坐回到一起，我忽然发现这预料中的僵局竟然很容易就被打破了。我们谈起自己的恐惧，自己的思量，周围人的恐惧，周围人的思量，谈起这个世界现实的一面，我们惊讶地发现，很多感觉竟然仍有很多相似。

"其实有时候，我也不知道该怎么看待抵抗这件事。"我说，"到底该说好听了说成追求自由、不屈不挠，还是说是幼稚、顽固不化，有时候我都不知道我们在抵抗什么。有时觉得大家都接受了、认命了，又何苦没事找事呢。这让我越想越不确定。"

"永远有各种角度吧，"阿玖温和地说，"有时想想也挺讽刺的。以前叫别人恐怖主义，现在美国人的抵抗被钢铁人叫恐怖主义。"

"我就在想，其实不就是多个统治者吗？我们以往的统治者还少吗？多一个又怎样？被征服的民族也多了去了，不是照样活着，活得好好的。钢铁人在头顶上，时间长了就忘了。你不惹他们，他们也不惹你。接受了也就安定了，干吗还要较劲呢。"

阿玖沉默了片刻，说："你这是何苦，何苦逼自己这么想呢？你要真是这么想，那又怎么会还跟着老师做事？"

我没有说话。

泰晤士河沉入夜色，反光的河面上滑过慢行的客轮。

"其实，"阿玖接着说，"我并不责怪我们乐团的人。他们各有各的理由。"

"嗯？"

"有的人想要的是安全。也有的人是倾慕钢铁人。"

"倾慕？"

"嗯。强大、力量、准确、冷静的意志。还有更高的艺术知识。所有这些。"

"那倒是真的。"我点头承认。电视里出现过钢铁人,强有力的身体,永远精确的阵线,有机躯体外面是整一层钢铁外表,喜怒哀乐不形于色,对一切都是居高临下的审判的态度,知识远为丰富。这一切让人折服并不奇怪。

"我知道你刚才为什么要说那些话,"阿玖接着说,"你怕自己选错,才故意找反对自己的理由。可是你知道你心里不是那么想的。你越不说越清楚。你总想着其他人的理由,似乎也明白他们、觉得有道理,可是你知道自己不会愿意跟着他们的。"

我转过头看着阿玖。她双手撑在长椅上,脸上有一丝曲终人散般的空茫。

"你刚才问我为什么不跟着他们走,"她说,"其实我也说不好。他们对艺术家很不错,去那边还有更好的艺术条件。只不过,我心里还是有某些过不去的东西。我还有能力拒绝。作为卑微的人,可能只有这么一点点东西了。"

阿玖的话让我想起齐跃。君子比德如玉,不为瓦全。我注视着阿玖,她静静看着河水。她的长发垂在颈窝,右手像她一向习惯的那样微微绕着发梢。她比从前冷静,说话变慢了,但声音是一样的。大学时的种种片段掠过眼前。齐跃曾经说过另一句话。他说每人都有自己的频率,只有契合的人才能频率相同,频率相同的人哪怕一时相位不同,一会儿也能共振。我那时就想,感情应该就是共振。

"阿玖,"我对她说,"如果这次行动过去,我们有幸能成功完成,那就跟我回家吧，好不好？"

阿玖转过头凝视着我，咬了咬嘴唇，似乎说了什么，但我没听清。然后，她哭了。

我们又坐了很久，对着黑暗中的泰晤士河，看闪闪发光的河水反射灯光和冰冷的月亮。我们似乎说了很多话，又似乎什么都没有说。我将她搂住，她的头靠着我的肩膀。我们静静地坐着，假想着各自不同的无法到达的未来。这样的时刻很久不曾有过，也永远不会再有。我们之间的间隙被共振填补，那一瞬间似乎重新回到原点，不用再想那些逝去的时光。人类的无奈与悲哀，卑微与尊严，在那一刻成为连接我们脆弱海面的桥梁。我真的开始相信我们能回去。伦敦眼在我们不远处荒芜地停着，有的车厢已经消失。身后的剧场的演出开始了，观众陆陆续续经过我们两侧。泰晤士南岸的茶座和灯火通明的舞台并不曾弃置，只是空气中始终漂浮着僵持的惶恐，这气息我熟悉，和鸟巢前面每天演出时的气息如出一辙。

在我奔波与游说的过程中，老师孤独的背影也穿梭在世界各地。在布置最后的演出场地之前，他还想走过世界上所有重要的建筑，留下每一座建筑的回响的声音。他穿过巨石阵，走过古代的楼宇与宫殿，搭起透明的弦，连接从罗马到东京。他在大教堂中听管风琴，进入山林里记录鸣钟的庙宇。他拨动没有人听得见的旋律，一座座巍峨的建筑在共鸣中轰然陷落，应声倒地，巨石碎成粉末，风中卷起尘埃。这独自一人的交响诗中,世界成为旧日的废墟。他录制了属于内心的地球的唱片。

我们的演出现场搭在乞力马扎罗山脚下,一片最广阔而原始的人类家园。山连着草原,琴弦穿过赤道,天梯沉默地划过地球的脸。

(四)

演出之日。

我们的飞机降落在内罗毕。在飞机上我试图寻找乞力马扎罗的影子,但下降时已太接近城市,没能看到影像中漩涡般的山顶。降落后我们没多做停留,改乘大巴前往东非大草原。坦桑尼亚比我想象中美得多,城里充满奇异的花草树木,出城就是大片草场和栖息的动物。在今天的地球,这样的环境仿佛不真实。

我在路上一路想象着乞力马扎罗的样子。在我的心里,它是一个有着隐秘的亲近的地方。小的时候地理课上老师讲到乞力马扎罗,说它是一座平地拔起的高山,从山脚到山顶,能从热带走到冰川,穿过热带温带和寒带的所有风情。那时我觉得很神奇,心里充满向往。回去寻找它的介绍,在网上搜到一篇故事,就读了起来。那个故事让我记忆深刻。我只有八岁,不知道海明威的名字已经如此响亮。"马基人称西高峰为'鄂阿奇—鄂阿伊',意为上帝的庙殿。在西高峰的近旁,有一具已经风干冻僵的豹子尸体。豹子到这样高寒的地方来寻找什么,没有人作过解释。"

这句话过了二十年我始终记得。乞力马扎罗。豹子到这样高寒的地方来寻找什么。最后还要死在这个地方。

大巴的车门拉开的那一瞬间,我的头脑一片空白。

草原、阳光、大象、远山。

那是突然进入另一个世界的感觉。在多日的疲劳与纠结之后，在穿过每个繁华的城市，经过许许多多不愉快的演出和尴尬的晚餐，站在钢铁人离开后留下钢铁城市中的犹豫，因犹豫而看高楼都显得荒凉之后，突然见到眼前的一切，全身都变得空灵了，因空灵而漂浮起来。草原绿得鲜亮。阳光洒满清澈的蓝天。大象慢悠悠地踱着步子，远处是长颈鹿站着休息。山远在天边，近在眼前，伫立在草原中央，云端之上。草原上的树呈倒放的伞状，孤立静穆，在旷野上一棵一棵站出美丽的姿态。我站在车门附近，消融在这一切中间。我被包围而来的清透的空气凝住，眼睛离不开天空，无法移动步子，只是呆呆地站着，全然没有听到身后人的催促。

旷野、蓝天、大地、树。

大巴停在公路尽头，再远的距离要步行前往。远远就能看到布置的舞台，一些薄木板和透明的塑料板像风帆一样张开在舞台四周，作为调整声音的剧场布置。

每个人的眼睛都凝在弦上。阳光里的弦是比舞台更醒目的布景。尽管我事先已经知道了设计，但在看到现场实景时还是被震动了。那样高远。因为遥远，第一根弦显得短而精巧，后面的每根随着加长加粗而变得逐渐壮观起来。长度翻倍。从几十米到一百米，到两百米，八百米，两千米，五千米。平行拉紧，斜入云霄。五千八百米的最后一根弦已经长得望不见两端，只能见到斜斜一根发亮的光芒，沿山峦锋利向上，连接草原与山峰的高度。琴弦因为反光而熠熠生辉。这是山与地的竖琴，五千米高的竖琴。

我们向竖琴脚下进发，身上的乐器在此时显得轻巧起来。我踏在柔软厚实的草地上，只希望时间变得慢一点，再慢一点，永远停留在此时此刻。

演奏开始了。

从柴可夫斯基到勃拉姆斯，生前不和睦的两人也许没想到会在这样的时刻被团结起来。我听着自己琴弦的声音，闭上眼睛，还能听到风吹长草和大鸟偶尔的啼鸣。乐队的演奏整齐，这殊为不易，来自各地的乐手只经过了数次排练。勃拉姆斯E小调的主题悲壮有力，弦乐在这样宽广的舞台上似乎获得一种前所未有的舒展空间，演奏得异常流畅。我听着隆隆推起的定音鼓，那是从第一乐章就定下的悲剧的氛围。阳光拂过山顶，冰雪已然消失，留下万年沟壑沿山脊排布。E大调的柔美勾勒出蓝天中云的线条。我能听到大象踩过枯草的碎裂声，石子落入泉水的叮咚。

在消失入宇宙的浅蓝色中，感官获得了无穷放大。如果问我音乐给我带来了什么，可能就是感官的敏感。走在街上，听见每一种声音。工地规律的敲击，扫帚扫过落叶的唰唰声，洒水车的起动与暂停。就像《蓝色狂想曲》的一个动画版本，世界的每一个声音，每一个人，在空气里汇成波澜起伏的洪流。我渐渐和周围融为一体。圆号吹响草的柔情。在回忆的氛围中我们消失在地球尚无人类生存的古老时空。

在这样的时刻,我忽然不再犹疑。地球的土地柔软沉厚,就在我们脚下,不再有隔阂。在之前漫长的九个月的筹备中,我无数次问自己值得不值得。身边的人各谋生路,为钢铁人开路,求钢铁人宽容,在钢铁人的庇护下趾高气扬,同盟的队伍间勾心斗角,军火贩子借着战争的混乱大肆投机,日常人的躲避,为了生存愤恨那些惹事的抵抗,恨不得没有人出头,换来局势平安,资源一船船集中到月亮,像无底黑洞,而人们为争夺余下的资源大打出手。在这一切耳闻目睹中,我一次次问自己何苦还要努力,这样的人类该不该毁灭,该不该拯救,为了这样的世界牺牲自己又有什么意义。这问题我问过自己很多遍没有答案,可是此时此刻,当音乐响起,当辽远无垠的蓝色将我们围绕,当长草延伸到天边而山峰威严耸立,我忽然不再质疑。一切都有了庄严的意义,即便是恐惧与求生也变得温柔,苦涩而厚重。

终曲终于响起来了。G大调明亮的和弦此时却有着无可逆转的悲伤的味道。管乐庄严、宏伟,盛大地走向无法避开的死亡与悲剧的结局,有愤怒与悲哀,却在每时每刻都保持庄重的尊严。我从来没有如此投入的演奏。在这三年不下五百场救火般的演出中我快要忘了投入演奏的感觉,那种与旋律一起起伏的感觉,整个身体随之震动的感觉,想要恸哭一场的感觉,此时此刻的感觉。大地如此丰美。

我不相信月球能被震碎,但我愿为这尝试付出所有。

最后一个音符结束了。大幕落下，老师一个人走上敲击的高坛。

老师的眼前是一条22.8米的短弦，他举起一把海绵包裹的小锤，静了片刻，开始敲击。我们坐在台下，静静地看着。无声的间隙有惊心动魄的等待。短弦发出低沉的长音，在空气里回响。弦亮泽而坚固，紧张而有弹性。它是竖琴的开端，在敲击声中震荡出梭形的幻影。我们聆听着它的声音。它将自身的鸣响传播到四面八方，传到我们的耳朵，传到我们心底，传到一旁55.6米长的第二条弦上。第二弦开始振动，从微弱到饱满。当声音减弱的时候，老师继续敲击。第二次的敲击叠加在第一个声音之上，弦振得更加充分。第一弦的振动唤醒了后面的每一根弦。第二弦的振动持续起来，然后是第三弦。第四弦。一次一次敲击。弦长倍增。不断敲击。共鸣扩大。一个人，一把小锤，一根弦。天地之间。

天梯已经越来越近了。在演奏到尾声的时候，我们已经看见了地平线附近出现的长线，此时此刻它又离近了许多，细节已可以看得清清楚楚。它的末端连在轨道上，由一辆灯塔状的滑轮车固定，滑轮车远看轻巧，离近了就显得巍峨高耸，天梯也不再是远处细细的长线，而是粗壮的双股如基因结构的绳索。

天梯驶来得很快。尽管在草原和乞力马扎罗的背景中看上去不快，但离得近了就看得出实际上的速度。无人驾驶的滑轮车如高塔压迫而来。在离我们还有几公里的地方我们就已经能感觉出它带给我们的呼啸和我们带给它的震撼。弦音仍在继续。敲击仍在进行。不断放大，不断轰鸣。老师在高坛上像击鼓鸣金的战士。高山的竖琴已经完全起振，从二十二米到五千八百米的琴弦，振动越来越剧烈，越来越超出控制。低频的弦音超出我们听觉的范围，只能感觉到四面八方空气和山谷的动荡，撞击身体。在竖琴数百米宽的范围内弦音扩散，扩散到范围之外撞击着天梯。天梯能看到晃动。

越发地近了。天梯的晃动开始增大，不规则地增大。它滑过我们的时间并不长，但就在这短暂却看似无比漫长的一段过程内，它开始明显地晃动。三十八万公里的线缆坚固如直棒，但此时却能看得到左右的摇摆，边缘处因滑动和晃动而显得虚幻。我们仰头望天，天梯伸入天空看不到的高度。底部微弱的摇摆化为曲线的浮动，空中画出扭曲的游龙。

振动开始了。滑轮车开始摇摆，我们脚下的地面亦开始轰鸣。天梯的摇晃使得塔状小车不能在轨道上保持平稳。速度似乎下降了，偏离轨道中央的摇晃急剧增加。像有一股力将车撕扯出轨道，与此同时，轨道将这振动的力量传到大地的四面八方。我们的舞台开始不稳，向左右晃动，随后又突突地上下抖动。

接下来的一切快得让人来不及反应。轨道像提琴的琴码，而我们则坐在大地的琴箱上，琴箱振动，将弦音送到四面八方。我们失去重心，向地面倒去，在波浪般的地面随振动起伏。天梯的共鸣更加明显，梭形的幻影已然可见，撕扯的力量像有灵魂灌注其中，不规则的扭动化为愤怒的拉锯，轨道车在抗拒中失去平衡，暴躁的震荡让它好一阵子无所依从,然后逐渐失去镇定,变得疯狂,疯狂地震颤,短短几分钟如同一个世纪,最后在狂怒中轰然如爆炸般倒塌。大地在同一时刻发出断裂的声音,一条长长的裂隙出现在地表,如伤口赫然撕裂地面温柔的脸。

隧道车塌陷了。天梯保持着振动的余波,几秒钟之后才断裂到半空,甩成惊人的长鞭,呼啸着划过天空,在空中令人惊骇地甩来甩去。

振动慢慢减弱了。地震并没有像最坏的预期,引起山崩。我们趴在地上,等待一切结束,用身体感觉土地和草原胸膛内的余怒。我的双手抓住土壤,将头埋在草里,有恸哭的冲动。轰鸣的弦音仍在身边余波未散。

过了好一阵子,地面平息下来。可是一切并未结束。

就在我以为一切已经结束的时候,天边突然出现可怖的机翼。三角形,流线平面,速度快得超出想象,从高空直降而落,降落的过程以激光击中舞台。身边发出爆炸和火光,有人惊叫,有人来不及惊叫就死亡。我低头匍匐,躲避弹起的碎石。

爆炸第二次。

第三次。

飞机降到了很低的高度,这可能是他们来到地球第一次降到这样低。

飞机向老师飞去,我看到老师仍然试图站立。我大声呼叫,声音被淹没在四周的轰鸣。我想起身去拉老师，一阵爆炸的激波从身后传来，我脖子上挂着的玉石突然炸开，给我胸口一击，我踉跄摔倒。再抬头的时候，我看到一个穿红裙子的身影向老师扑过去。

是阿玖。

混乱、慌张、一片空白。

在飞机掠过老师头顶之前的一刹那，我看到老师纵身向地面的裂隙跳下去，而阿玖跟在身后。两个人的身影如坠落的彩虹，在空中划出久久不能散去的光影。我整个人完全空白了，以为自己要死了，以为我们都要死去。而就在这时候，狂怒的飞机忽然像失去意识的昆虫，滑翔向远方，坠落在遥远的地点，开出烈焰的花。一切突然停下来。

我在不明所以中失去了意识。

(五)

一个月之后,我坐着齐跃的车,车开在郊外寂静无人的山路上。车的后座上放着老师最喜欢的白色菊花。

我们去的墓园很远,汽车行驶在无人的山路上,百转千回。山岩延伸着看不见的方向,树木在一侧遮住山下的视线。车静默地开着,我们静默地肩并肩坐着。

齐跃的表情凝重。这一个月以来他一直很少有笑容。我知道他是为什么。他认为是他自己的隐瞒才让老师死去,因此背上了沉重的心理负担。

我想说几句安慰的话,可是不知道该怎么说。从某种程度上讲,他是想多了。但从另外的角度讲,我们都清楚他是对的。我想了很久老师为什么会跳下去。最终的结论是老师已经做好了死亡的一切准备。从他策划这一切的那一天起,我们抱着侥幸生存的愿望,而老师已经在内心相信了月球会毁灭,地球会裂开。我对此怀疑,但老师相信。齐跃的隐瞒加深了他的相信。

谁会想到会是这样的结果呢?天梯的共振引起断裂和倒塌,但不是月球,而是实验室。月球实验室建筑的倒塌引发反应堆的核爆,进而点燃黑洞实验设备的爆炸,产生了微型黑洞,而它在短时间内迅速吞噬了周围的物质,剧烈的反作用喷发又吞噬了周围的基地。钢铁人在最后的瞬间试图遥控地球的飞机,但是只有片刻的挣扎。

这一切,谁能知道呢?

我问过齐跃,为什么不早一点将真实的计划告诉我们。齐跃苦笑着摇摇头。你难道以为钢铁人真的不知道咱们的筹划吗,他们其实早就知道,只是他们知道月球没可能炸裂,才不去管这种小儿科的牺牲,但是如果告诉任何人,让他们知道月球实验室有实验制造黑洞的能力,那么一切都不同了,我们会在第一时间全被消灭。齐跃说完看着我,眼中有着我第一次见到的苦涩的悲哀。

墓园寂静空旷。坟墓并不多,排列得很整齐。

我们走到老师的墓前,低头吊唁。

寂静的衣冠冢,没有老师的人,但有他的灵魂安息。花朵和石碑安静朴素,石碑上只有名字,没有多余的字样,几束颜色品种各异的花束标志着在我们之前前来的吊唁者。

我们各自闭上眼睛,在心里对老师说了自己的话。

老师的墓旁是阿玖的墓。我将一支白色玫瑰和从我脖子上坠落的碎掉一半的玉放在她的墓前。玉碎得晶莹。那是她结婚时送我的信物。

墓碑上,阿玖笑靥如花,如十年前我第一次见到她时的样子,洗去路上一切尘土飞扬。

阿玖,我们终于回家了,不是吗。我望着她,在心里说。

照片里的她好像笑得更多了一点。

我望着望着，望出了眼泪。齐跃将手搭在我的肩头。

远远望去，空旷的墓园延伸如同一座花园。草坪勾勒出死者安息的所在，如生前的居所一样透露出灵魂的气息。偶尔的鸟鸣让空气显得更寂静，青草的香气带来泥土的芬芳。春天回到地球。暂时的拯救和喘息让生者的生活可以继续，等待着看不清的未来的下一次进攻。天空很轻盈。

我和齐跃坐下，坐在墓碑前与死者交谈，对饮一壶酒。在孤独的地球上，这小小的角落成为我们四个心里最接近的一隅。月亮在头顶，隐约透明。

打破平衡   贾 煜

1. 冬眠人计划

工作室里,邓义光从身旁的透明液罐中抽取液体,在"冬眠人"胃部的左上方,也就是胰腺部位,将针头嵌入了进去。徐晓宇看着电脑上绿色的支柱变成了红色,便向他比划了个"OK"的手势。

邓义光隔着大玻璃窗看出了徐晓宇的疲倦,不禁舒了口气,想着这一期的工作总算完结了。他回到工作台,一边脱下工作服,一边问徐晓宇:"最后一位的情况怎么样?"

"情况正常。冬眠基因 PL 基因和 PDK-4 基因在胰腺里被催化液体顺利激活,甲状腺和肾上腺作用降低 3 分,体温降低 0.55 度,脂肪酶和储备酶已生成 2%,冬眠酵素启动,现在正在进入慢波睡眠。"徐晓宇注视着仪表汇报道。

"行了,晓宇,下班。"

"下班?是回家吗?"徐晓宇很新鲜地听到邓义光说"下班"这个词语,当她看到邓义光肯定地点头时,立即高兴得从椅子上蹦起来。对于这第一份工作,她可被折腾惨了。她万万没想到千军万马跻身得到的公务员工作,就是来"冬眠区"监测数据,而且这一进来就是与世隔绝整整半年。

"休假三个月,三个月后回这里复查,我会通知你。"邓义光看见徐晓宇疲倦的脸上顿时神采奕奕,知道她等这天已经很久了。"冬眠区"的工作枯燥繁琐,千篇一律,重要的是它属于国家禁区,与外界完全隔离,这里的工作人员如同"软禁",如果不是政府打着"公务员"的旗号,估计不会有人来应聘。邓义光自己倒无所谓,因为"冬眠区"的建立有他的一份功劳,他已经决心要在这片区域里耗上一辈子,来享受自己的成果了。

气垫车从"冬眠区"安检出来,便可以收听广播。邓义光喜欢开车的时候听广播,否则会觉得这个世界太安静,安静得像没有离开"冬眠区"。"冬眠区"建立在一片荒原之上,这个地方温度偏低,以前是无人居住区,现在倒好,充分利用了起来。邓义光的车行驶到半空时,注意到"冬眠区"其他区域的灯光还亮着,其他区域的人还在不断地让"冬眠人"进入冬眠。这片区域虽然安静,却永远光明。

"妈,我出来了,晚餐记得给我准备我最爱吃的菜。"邓义光给老妈打了个电话,一想到老妈的菜,他的口水就立刻分泌出来。尽管是奔"四"的年龄,但对于单身的男人来说,母亲永远是最温暖的港湾。

"好,不用你说妈也知道。"电话屏幕上的老妈笑得很动人,邓义光觉得那笑容可以修复他一切的疲劳和烦躁。自从老爸去世后,邓义光不在"冬眠区",就一定在去老妈家的路上。

"妈,有个电话进来,我先接电话,你等我回来。"邓义光挂断老妈的电话,接通另一个,玻璃窗右侧的屏幕上切换成了冯琛的脸。

冯琛蓬头垢面,一看就是在家的装扮。"我不是在家里。"冯琛不容邓义光开口就说,"邓小子,快来我的实验室,我有新数据给你看!"

"老冯,我这儿刚从'死亡区'出来正回家吃饭呢……"邓义光常用"死亡区"来替代"冬眠区"的说法,因为那里常年都是百般死寂的气氛。

"快给我过来!我要给你看看我的理论怎么被验证的,哈哈……"

邓义光心里"嘿"了一下,三年时间了,他没见冯琛笑过,他的理论?如果他指的是脑神经网络理论被验证,那麻烦事就大了。邓义光想到这儿,头一阵发热,立即掉了车头返回冬眠实验区。

邓义光和冯琛同是攻读的分子生物学专业,不过冯琛高邓义光三个年级,而且在"冬眠"这块领域上颇有学术成就,威望当属较高。威望是有了,冯琛却是脾气古怪的人,一般的同学或同事都很难接近他,惟独邓义光可以和他称兄道弟,也许是因为在学术上两人比较惺惺相惜,也许是因为在情感上两人都曾同时爱过一位姑娘,又也许还有其他……

实验区在市区的南面,想到又要穿过市区,邓义光就头疼。"下面是新闻简讯:据世界统计部国际人口研究中心称,随着今日凌晨智利小孩的出生,全球人口正式突破160亿。今年全球人口的年成长率达2.14个百分点,较去年增长了0.21个百分点。调查显示,人口速增的主要原因来自出生率和死亡率差距的加大,近十年,全球人口出生率保持平稳,但死亡率平均每年以0.78个百分点下降,照此估计在2155年全球人口可能突破180亿。……"车内女播音员娓娓报道着。

"180亿!"邓义光无奈地骂道。他环视四周,上下左右都被车死死地堵着,世界仿佛变成了由气垫车堆积起来的世界。

在国际宇航部寻找适居星球的计划彻底失败时,人体"冬眠"的研究正好进入人体测试阶段,而且进展具有突破性,于是所有媒体的焦点都转向了"冬眠"。邓义光读博的研究方向便是人体的"冬眠",按照沿袭下来的目标,人体"冬眠"的研究成果应是运用于医药和太空旅行方面,可是谁能预料,这项研究最大规模的应用却是在解决人口问题上。

"地球只有一个,人口却爆炸似的疯长,我们能怎么办?外星移民?连最近的月球都没办法居住,谈什么移民?这些年,人类只会想着把领土扩大,为自身开拓更多的居住地,却没有想过,即使有地方住了,那资源呢?地球的资源也是有限的,人越多,资源越少,而且环境污染也会越来越加重。……每个人都有传承和长寿的欲望,我们不能掠夺人类的权利,但是世界怎样才能达到平衡?"人口部的部长顿了顿,竖起右手的食指,掷地有声地说:"目前的方法只有一个:冬眠!"

"我们准备使用轮流机制,要把冬眠的人口始终控制在一个数量上,并逐年增多,初始数量计划是2个亿,这样明年实际运动的人口就减少了2亿。2亿啊,把这个人口数量减少下去,可以节约多少资源，可以让地球减少多少负荷！"

"事实证明，人体在冬眠后的反应与动物类似，抗菌抗病能力比平时有所增加，到翌年苏醒以后不但新陈代谢会恢复正常，而且行动会更加灵敏，身体内的一些器官甚者会有返老还童的现象。无疑，冬眠对人体是有益的，我们用了两百多年时间，研究激发人类的冬眠潜能，在今天，终于使得它得到了最大效益的用处！"

邓义光回想着人体冬眠动员大会上汪部长的讲话，慰心地笑起来。在人体冬眠正式启动的那一年，汪部长带领一席人，率先示范，成为第一期进入冬眠的人类，冬眠的时间是七个月。在今年，冬眠的时间已延长到了十一个月，全球"冬眠人"的数量已从最初的 2 亿人增加到 10 亿人。

2. 庆典上的碰面

冯琛是第一个提出脑神经网络理论的人，三年前因在脑神经网络上的重大突破他荣获了诺贝尔生物学奖提名，其成就在于他提出人体进入睡眠状态时，会自动开启一种神经网络，这就如同无线网络一样，每个人的脑神经都将接入巨大的神经网络体系之中。三年来，除了工作外，冯琛大部分业余时间都"猫"在实验室里不断地验证这个理论，但这事只有邓义光知道，因为私自用实验室的数据做其他实验是非法的。

邓义光赶到冯琛的实验室，那里却空无一人，打电话给冯琛也没有人接，他一肚子猜疑，不知道冯琛葫芦里卖的什么药。第二天一大早，他去实验室找冯琛，但得到的回复却是冯琛请了一个月的病假回家去了，当然他家里肯定没人。一个月的病假？邓义光倒吸一口气，从他认识冯琛以来，就从没见他请过假，他给人的印象就是那种只能生活在实验室里的人，按他自己的话来说就是，生是实验室的人，死是实验室的鬼，他怎么可能无缘无故请假呢，而且还是一个月这么长的时间，他去干什么了？冯琛扔下那句"我要给你看看我的理论怎么被验证的，哈哈……"然后就彻头彻尾地消失了。邓义光担心一个月后冯琛也不会出现，他有一种不好的预感。

一周后是"冬眠人"诞辰十周年庆典活动，邓义光受主委会邀请参加，作为重要嘉宾，邓义光深感荣幸。在他记忆里，算上这次他才参加过两回这样的庆典活动，因为工作的原因，每年开展庆典活动时他都不在场，好不容易等到今年才有了第二次参加的机会。周年庆典是唯一能把"冬眠"界的精英们全部聚集起来的节日，所以其意义重大。但邓义光并不在乎能与多少精英交流，他在乎的只有一个人，那就是薛雪。

薛雪是邓义光读博时的小师妹，可惜只知道钻研学术的他错过了追求薛雪的大好机会，如今弄得自己依旧单身一个，而心爱的女人早已为他人之妻。邓义光是完全可以借用校友会或其他学术交流的理由来见见薛雪的，但他不想给薛雪带去不必要的麻烦，所以只要非公事之名，他都不会私下约见她。上次参加周年庆典活动是六年前，也就是说不知不觉他已经六年没见过薛雪了。

坐在主席台上从上往下在人群中寻找薛雪并不难，邓义光在例行公事作完发言后，心思就一味落在了这个女人身上。通过这个女人，他可以看见年轻时候的自己，可以好好反思十多年来自己在事业和爱情上的得与失，换句话说，薛雪对于邓义光已经不是爱情的问题，而是一个关于处理事业与爱情间平衡关系的问题，薛雪变成了这个问题的代名词。当上帝让生命世界与自然界失衡时，人类通过自身的努力使自我与周围的一切尽可能达到了平衡，既然我都可以使整个人类与环境趋于平衡，为什么就不能让自己的事业与爱情达成平衡呢？邓义光懊恼地想着。

要不是佩戴着特邀嘉宾的身份牌，薛雪真没能认出邓义光，仅仅六年时间，邓义光就好像老了一大截，薛雪知道这与他长期在"冬眠区"工作有关。"冬眠区"实验室的辐射多多少少对人体是有影响的，最大的影响便是加速人体的衰老，所以实验室的工作一般都专由男子来承担。但是不管容貌怎样改变，在薛雪眼里，邓义光始终是睿智的，是她的学术偶像，当然她并不知道她在邓义光眼里却具有更高的地位——女神的地位。这时，薛雪发现邓义光在看她，她便回望过去，四目相对，两人都给以了对方微笑。

接下来是舞会时间，跳舞的人一年比一年少，大家不过是趁此时间互相认识交流。

"小雪。"邓义光靠近薛雪时，才注意到她细微的变化。女人的眼神比以前略带了忧郁，披散的发丝也不如以前的乌黑了，虽然淡雅的彩妆让她表面依然闪耀夺人，遮掩了她的疲惫，但是邓义光一眼就能从她面容上读出她的生活过得并不如意，这种感觉是只有当一个人的灵魂已融入另一个人的生命时才可以得出的。

"义光，两年前看见你研发的冬眠酵素荣获诺贝尔医学奖时，就一直想祝贺你，没想到到了现在才有机会。"薛雪的声音永远都像叮咚泉水那样清脆动听。

邓义光并不想提自己获奖的事，冬眠酵素是他和冯琛两人的杰作，但最后被通知获奖时，他才知道冯琛没有被一起提名，这里面当然就包括了很多复杂的因素。"你这几年过得怎样？"邓义光引开话题,他只想知道面前这个女人过得幸福不幸福。

"我……"薛雪思索着从哪说起,最终脱口而出的却是:"冯师兄昨天来找过我,他最近在做什么实验?"

"冯琛?"邓义光吃了一惊,薛雪成功地转移了他的注意力,避免了谈论自己幸福不幸福的话题。

"对,冯师兄,我毕业以后就没见过他了,没想到他昨天找到我,我几乎没认出他来。"

"他找你干什么?"

"他说他有一个实验想进一步验证,想借用我们学校的实验室。"

邓义光脑袋飞速地转动,他想尽快地摸清冯琛这种行为的意义。

薛雪见邓义光愣着不发一语,小心翼翼地问:"冯师兄在做什么实验?虽然我很久没见过他,但我知道他和你一直是同事,照理说你们的实验室更……"

"他做的是私人实验,在我们实验区是禁止的。"邓义光回答薛雪,接着问,"小雪,你们实验室一般有哪些器材,都做些什么实验?"

薛雪说:"学校的实验室一般都是用来给学生做演示的,里面基本上都是做一些著名理论的模型实验。"

"冬眠人模型实验也有吗?"

"当然有了,像冬眠人这样伟大的理论,而且还正在被实践被推广,我们实验室是有一整套完善的模型的,就相当于你们实验区的缩小版，只不过你们实验面对的是真正的人体，而我们为了给学生演示冬眠原理，实验对象是小白鼠而已。"

邓义光若有所思地点点头，问："你答应冯琛了吗？"

薛雪没摇头也没点头："我只说尽量帮他，虽然我们实验室的规定不像你们实验区那么严格，但也不是能随便外借的……"

"希望你能够帮他。"邓义光不等薛雪说完，恳求地说道，"这个实验对冯琛很重要，我请求你帮他。"

薛雪淡然一笑："义光，你一点没变，还是和冯师兄同穿一条裤子。"

听薛雪这么一说，邓义光立刻联想到他和冯琛一同追求薛雪的那段日子，虽说两人是情敌，但更胜兄弟，青葱岁月留下的痕迹总是挚情的、单纯的、美好的。但如今，两人的关系因工作变得复杂，尤其是在邓义光获得诺贝尔奖以后，两人的关系时好时坏，冯琛对邓义光心存芥蒂，而邓义光也时时刻刻在留意着冯琛的一举一动，他此刻要薛雪帮冯琛并非薛雪理解的"仗义"，而是另有目的。

3. 冬眠人模型实验室

冯琛在学校的生物实验室等薛雪。他从窗口探出身子，俯瞰着像一幅地图般展开在地面的母校美景。一片片丝绒似的平滑而光洁的草坪包裹在每一栋教学楼的底层，只有在学校里，才可以看见如此自然而鲜活的景象了。当冯琛收回目光时，便看见熟悉的身影从小路进入楼下的大门。

"冯师兄，让你久等了。我刚上完课。"薛雪一进门就说起来，"毕业以后，没想到我们还能在母校的这座大楼上约见。"

冯琛不好意思地笑笑，对待感情，他比邓义光更为木讷，如今的薛雪在他眼里只是曾经的一个符号，若不是得知薛雪在学校有专用的冬眠模型实验室，他早就把那段和薛雪有关的记忆抛之脑后了。为掩饰尴尬，冯琛问道："上次找你时间紧，没来得及问你，你什么时候离开研究所，到学校当起博士生导师来了？"

薛雪递给冯琛一杯咖啡，那是冯琛曾经最熟悉的味道。薛雪黯然地笑起来，说道："自从三年前我丈夫成了植物人以后，我就调到学校来了。"

冯琛听到"植物人"几个字时，心里不由"咯噔"一声。他不敢再深问"植物人"的问题，于是他说："你在研究所十多年，就那么轻易放弃了那里的工作？这可不像你的作风。"

"我一个人既要照顾孩子又要维系丈夫的生命,必须要一份安定而轻松的工作才行。你知道的,研究所的工作没日没夜,虽然我热爱这份工作,但是为了家庭,我不得不到学校来。"

"那真可惜了你在生物学上的才华。"冯琛叹息道。

"别这么说,我虽然人在学校,但也还在兼职着做研究所的一些小项目,你看,我在这个小小的实验室里依然无所不能。"薛雪说到工作,瞬时就开朗起来,她走到室内的一扇侧门旁,一边打开它,一边招呼冯琛,"冯师兄,进来看看。"

呈现在冯琛眼前的是一个占据了房间四分之三空间的四方玻璃,由透明玻璃围建起来的是一套模拟生态系统。在这系统里面,有能量和物质在不断进行着流动和循环,生产者、消费者和分解者在自行活动着,它们之间保持着永恒的平衡状态。

冯琛看得出了神,好半天才说:"这正是我找你的原因,小雪。"

"我不明白,你是因为要做什么实验会想到我的?"

"不瞒你说,小雪,这些年我一直在努力验证我的脑神经网络理论,前段时间我突然有了重大突破,但是你知道我从实验区获得的数据无法在那里验证,一开始是不可能用人体直接实验的,所以我很需要一个像你这样的小型实验室。"

"在你获得诺贝尔奖提名的时候我关注过脑神经网络理论,最终落选的原因我记得是说其很难将理论转化为实践,而且就算能转化其实用价值也不高……"

"呵呵，"冯琛冷笑两声打断薛雪，说，"价值不高？那是因为他们那些人只看见眼前利益，根本没看到我理论的长远价值！"

薛雪被冯琛突然高亢起来的声音惊到，她看出来在冯琛内心有一股熊熊的烈火在燃烧，这股火就像一只潜伏万年的魔鬼随时可能冲破它的囚牢乱撞出来，她在那一瞬间明显感到冯琛已经变成了另外一个人。

"你觉得冬眠人计划有价值吗？"冯琛继续以冷笑的口气问道，薛雪不知如何搭理。冯琛说："冬眠人计划最初是我提出的，但为什么最后却是邓义光负责，我却被派去做其他辅助工作，知道为什么吗？"

薛雪摇头，等待冯琛继续往下说。

冯琛打开掌上电脑，说道："冬眠人计划之前，我推演出了一些公式，这些公式预测出'冬眠'项目的后果，一个可怕的后果。"

冯琛把电脑递到薛雪面前："你注意看公式的变化，在能量转换这里，"冯琛暂停屏幕，用手指着一串函数符号说："在建立'冬眠'模型的时候，一般人都只计算到这里，因为这里正好达到人体身体内的平衡和人体与外界的平衡，之后的演算就被顺理成章地认为是永恒平衡了。但是……"冯琛解除暂停，电脑继续演示下去，"但是你看，我把平衡后的过程完整推演了出来，事实却并不像我们顺理成章认为的那样，能量在平衡一段时间后，突然就逆转了，没有一点平滑过渡的征兆。"

薛雪很仔细地看着，她听懂了："我明白你的意思了。就像我们使用π这个符号一样，我们一般都只用3.14来计算，认为之后的一大串数据对于整个计算的意义不大，但是你在公式推演中却把后面一整串数字写了出来，并发现这些数字并不像常规想的那么普通，而是隐藏了一个特殊的意义。"

"没错，"冯琛赞同地点点头，恢复到正常的语调，"小雪，你的比喻很恰当，我就是这个意思。你的悟透力还是那么强。"

"这个特殊意义，也就是你所谓的可怕的后果，到底是什么？"薛雪没注意到冯琛的赞赏，她现在急切地想知道这些公式能推演出什么。

"这就跟你研究的生态平衡有关了。"冯琛说道，"当初我们制定冬眠人计划时，目的很明确，就是平衡人口和资源，以此减轻地球的负荷，但我们却忽略了一个重点，就是整个地球生态系统的平衡。我推演的公式展示的就是一个因'冬眠人'而导致生态系统失衡的可怕后果！"

"生态系统的平衡只是相对的，不平衡才是绝对的。虽然大自然一直通过它的方式来控制和维系生态平衡，但都只是暂时，且不是静态而是动态的。由不平衡到平衡，到新的不平衡再达到新的平衡，周而复始。"薛雪开始把事实联系到自己的专长上来，"'冬眠人'是把'多余'的人口'排除'出自然界，按理说，这样反而会促使生态系统达到新的平衡，我不明白为什么会说破坏了生物系统的平衡。"

"开始我也不理解,后来我自己进行了公式的推演,然后才想到了……"冯琛顿了顿,思索着怎样说比较通俗易懂,"我拿人体来打个比方吧。人体内部是一个和谐的系统,如果哪个部位出了问题,就会以病状的方式表现出来,就像自然界被严重破坏了也会通过一定方式表现出来,如发生天灾那样;但是如果人体内的部位不出毛病,而只是肥胖呢,那就是另外一回事了,通过长期积累,只要不超过一个临界值,人体是可以慢慢接受更多的脂肪的,胃的承受力也会锻炼得越来越强,人体体积的增大并不会影响到身体健康,也就是说身体达到了另外一个值的平衡,可是某一天,当人体突然要消减掉多余的脂肪,吃比以前较少的食物,胃反而是不能适应的,或许还会引发出胃病等各种病状……"

"就是说,地球其实是适应了越来越多的人口,已经通过它的力量把整个生态系统调节到一个新的平衡,但是人类却自以为是,把大数量的人口突然剔除了出去,反而打断了生物链,破坏了现有的生态系统。"薛雪接着冯琛的话叙述下去,她已经完全知晓了事理,真是个冰雪聪明的女子。

"对!你专攻了生态学这么久,很清楚生物和自然的关系是相当微妙的,不管外界怎么变化,它们之间总保持着某种合理的比例,大自然是通过怎样的力量或方式来控制生态系统的平衡,至今都还是一个谜。"

"但是……"薛雪想到了什么,问道,"单凭这样的公式怎么能确定冬眠人计划就有问题?"

"确实没法证明,可我觉得冬眠人计划肯定存在着弊病,当我推演出这些计算公式后,我就决定放弃在冬眠人计划上的研究,转而研究脑神经网络理论,但邓义光却固执地将冬眠人计划推行了下去。"冯琛顿了顿接着说:"所以说,你能说冬眠人计划有实用价值吗?我看不一定;你能说我的脑神经网络理论就没有实用价值吗?我看也不一定!"

绕了半天,薛雪才恍然冯琛想要表达的意思,他说了这么多无非是想说明人们对他脑神经网络理论的无知,无非是对诺贝尔奖落选的事情还愤愤不平;但是他刚才所说的冬眠人计划的可怕后果,不无道理,这倒像一记警钟,突然给薛雪提了一个醒。

4. 脑神经网络实验

夏季宁静的午后在校园里显得更为静谧和清爽，街道两旁的绿叶在刺眼的阳光下随着微风闪烁。正值暑期，校园的街道上只能看见稀稀松松的几个人，若不是假期同学们都回家了，薛雪是绝不能把实验室大方地让给冯琛的，因为冯琛要求他在实验室这段时间不能有人打扰，薛雪也不例外。已经半个月的时间了，薛雪不知道冯琛的实验进展如何，她想作为师兄妹，也应该礼节性地去问候一声，并给他带去了一些甜点。

实验楼禁止大声喧哗，平日里整座楼就悄无声息地矗立在那里，到了假期这里大门紧闭，实验楼更让人感觉像座死寂般的坟墓。

薛雪敲着门卫室，守门的大爷为她打开门，一边开门大爷一边说："薛老师，你可来了。"

"怎么了？"薛雪不解门卫大爷的说法。

"这几天老是听见你实验室那层楼有动静，是不是里面有人？"大爷压低嗓音问道，惟恐得罪了老师。

薛雪心里一惊，大爷这句话里透露的直接信息就是他不知道冯琛的存在，也就是说冯琛这半个月内都没出入过大门，他都一直待在实验室里！

"啊……"薛雪故作镇定地笑笑，"没有人，可能是实验室里的小白鼠在闹事,我这不就过来看看。"薛雪不知道自己为什么要向一位守门的大爷隐瞒实情,一时间她只感觉冯琛很不对劲,不愿意向无关的人提及他。

"是小白鼠啊?"大爷自言自语着:"是小白鼠就好,是小白鼠就好,我就怕是我年纪大了,产生了错觉……"

薛雪不想听大爷唠叨,迅速上了电梯去实验室。她悄悄靠近实验室的大门,想弄清楚守门大爷听到的究竟是什么动静,她把耳朵死死贴在实验室的门上,却没听到任何声响。

是不是自己多虑了?薛雪想了想,她还是决定偷偷窥视冯琛吃喝拉撒半个月在实验室里到底干了些什么。

薛雪转了转大门把手,门被反锁着,她轻轻用钥匙打开门,从门缝里寻探着实验室里发生的事,但是她失败了,因为实验室一片漆黑,她没法看见任何东西。冯琛把窗帘都拉上了,实验室的窗帘既隔光也隔热,这是为了特殊实验而准备的。

"冯师兄。"薛雪轻声唤了一句,没有得到回应,她便摸索着墙壁准备开灯。

"咔——"地一声从实验室的里屋传来,薛雪缩回了开灯的手。她掏出手机,借着手机的光朝发出声响的地方走去。从手机的光照里,薛雪看见实验室里满地狼藉,一屋子到处是纸屑和食物的残渣,她蹲下身,仔细察看细碎的残渣,发现那是动物撕咬的痕迹,从齿印来看,她肯定不是小白鼠留下的。

"咔——"里屋继续传来声响,薛雪屏住呼吸,站起身朝里屋走,"咔咔"的声响正像是某种动物在撕咬食物,如果真是这样,就正好和地上的残渣吻合。

里屋的门半掩着,但依旧是漆黑一片。薛雪轻轻地推开房门,用手机的光寻探着发出声响的地方,除此之外,不敢有任何的举动。

突然什么东西迅速扑向了她,"啊!"薛雪惊叫起来,那东西仿佛是要袭击她,纠缠之下,她慌张地想逃离,挣脱那东西爬起身时,她无意间拉开了窗帘的一角,一束刺眼的阳光从外面照射进来,这时她看见袭击她的那东西迅速退到了光线照不到的地方。她气喘吁吁地站直身,一身冷汗,虽然惊魂未定,但凭着对生物的了解,立马察觉到那东西怕光,因此一挥手,把窗帘整个敞开。果然,那东西又迅速退到了光线暗淡的墙角。

实验室可以说是薛雪的第二个家,此刻她却对这个"家"感觉陌生,因为实验室已经面目全非了,光用满地狼藉来形容都还不够,除了屋子中央玻璃箱里的模拟生态系统还在默默运行外,这里几乎成了一个小型的垃圾场。

这时薛雪看清楚了,躲在墙角的那东西不是别的什么,正是冯琛本人!

薛雪有些不解,冯琛怎么会变成刚才袭击她的那东西,她试图慢慢靠近他,弄个究竟。

"冯师兄。"薛雪轻唤了一声,冯琛没有回应。薛雪蹲下身,看见冯琛蜷缩在墙角啃咬着坚果,丝毫没有注意到她的意思。

小白鼠生性胆小怕惊,对外来刺激敏感,动作非常迅速敏捷,喜居光线暗淡的环境,习惯于昼伏夜动,它们需常啃咬坚硬食物,有随时采食习惯……薛雪的脑子里忽然闪过这样一段描述小白鼠的文字,冯琛现在的样子让她立刻想到了经常在她手里被实验的小白鼠们。

她想伸过手触碰冯琛,检验他是否还有正常的知觉,谁知还没碰到,冯琛就面目狰狞地呲牙要咬她,薛雪惊吓地退到光线强烈的地方,冯琛不敢过去,这才作罢。

薛雪慌忙起身,环视了一遍屋子,发现她的十几只小白鼠都整整齐齐地躺在生态系统模拟箱一旁的数据输入口,她走近翻看了几只小白鼠,从生命特征来看,它们并没有死去,却像是在冬眠……

薛雪不敢再靠近冯琛,只得心神不宁地离开,怕冯琛闹出什么事,锁好实验室的门。出了校园,她立即给邓义光打了电话。

"小雪,怎么回事?在电话里就发觉你声音不对劲,你脸色看上去很不好。"邓义光想去握住薛雪的手安抚一下,但没敢,他只能隔着餐桌看着她。

"你当初让我帮冯琛,是不是已经知道什么?"薛雪问,女人的直觉告诉她邓义光从一开始就知道冯琛的实验目的。

"我不懂你什么意思,你先说说怎么回事吧。"

薛雪狐疑地看了看邓义光,想了一会儿,这才把在实验室看到的一切讲给邓义光听。

邓义光听后，沉默了，思绪良久。

"你是说他的行为完全和小白鼠的行为一致？"邓义光想要再确认一次。

"是的，我经常拿小白鼠做实验，很清楚小白鼠的生活习性，当我看见冯琛的时候，马上就断定他就是一只小白鼠。"薛雪缓了口气，回忆道，"他的行为不像是在模仿小白鼠，如果只是模仿，不可能连精、气、神都那么像，我能保证，他就是完全地变成了白鼠，他没有人的意识，而是白鼠的意识，就像着了魔……"

"冯琛跟你提过他的脑神经网络理论吗？"邓义光问薛雪。

薛雪点点头："他说过，难道他做的实验跟这个有关？"

"我只能猜测。"邓义光思索片刻说，"当初我让你帮他，实际也只是想证明看看他是否是想做这个实验。"

"那现在证明了吗？"

"不能完全确定。"邓义光咽了一口咖啡，很苦涩的样子说，"但根据你在实验室所描述的状况，我觉得可能性很大。你知道脑神经网络理论的具体内容吧？"

薛雪又点点头，没吱声，等待邓义光说下文。

"生物进入睡眠状态时，会自动开启一种神经网络，而脑神经处于休息状态，这种神经网络就会类似于计算机的无线网络，当生物进入睡眠，就会自动接入这种神经网络中。冯琛拿小白鼠做实验，让自己的神经网络和睡眠中的小白鼠神经网络接通，时间久了，他就会自动接收小白鼠的神经信息，包括小白鼠的生活习惯、性情以及其他，就像你看到的那样，他不是在模仿小白鼠，而是会以为自己就是小白鼠……"

薛雪想起生态系统模拟箱数据输入口躺着的一排小白鼠，有些着急地问："冯琛还能不能变回正常人？"

邓义光长叹一口气："我只能猜测冯琛做的实验，至于实验结果，我真想象不出来。对于这个理论，我只知道表面的一些东西，很多深入的细节冯琛都是保密的，实验成功与否，只有冯琛自己知道。"

"那怎样才算实验成功？"薛雪隐隐感觉事态会变得严重，"换句话说，你觉得冯琛是想达到怎样的目的？"

"如果实验成功，冯琛可以利用冬眠人，直接连入现在10亿冬眠人的无线神经网络，这就如同一个黑客黑进了10亿人的电脑，他能够让这10亿人的大脑帮助他思考、分析问题，共享知识，瞬间他就可以成为这个世界上最聪明与知识量最大的人。"

"冯琛还有这野心？"薛雪问，邓义光这么一说，完全颠覆了她心目中冯琛的形象。

"野心什么的我不知道，但我知道他一直都想向全世界证实脑神经网络理论的可行性，证明他伟大的成果。"

薛雪恍然大悟地点点头，她想起冯琛在她面前激昂的说辞，同时她也想起了冯琛说的冬眠人计划的可怕后果。她平复好自己的心情，把更多的疑问咽了回去，她想当务之急是解决冯琛的问题，至于冬眠人计划的可怕后果，她稍后再让邓义光做详细的解释。

5. 闯入实验区

徐晓宇在得知要提前半个月回"冬眠区"时,骂骂咧咧了一番。虽然她知道她的垂直上司是个工作狂,但连她假期也不放过这事让她很怀"恨"在心。

"让冯老师给我打电话,也不说清楚让我提前回来的原因,还大半夜的,这算什么事儿,明早说不行吗?"徐晓宇气鼓鼓地赶回"冬眠区",她常常通过自言自语来自娱自乐,否则在这死寂般的地方,和一群长眠的人待在一起,她会疯掉不可。当然了,和她一起工作的邓义光也会说话,但那个男人说话的时候纯属偶然,除非是为了发号施令。徐晓宇因为邓义光的名声而来,以能和诺贝尔得奖者工作为荣,却没想到邓义光是一个如此少言寡语的人,除了工作他几乎什么都不谈,他好像只为工作而生。

徐晓宇到了工作休息室,她正纳闷为什么不直接到实验室而到休息室约见,看见冯琛一个人坐在休息室里抽烟。"冯老师,怎么只有你一个人?"徐晓宇走到冯琛面前问,"邓老师呢?"作为晚辈,徐晓宇习惯于称呼这些学者们为"老师"。

"他还在来的路上,坐下一起等他吧。"冯琛说,他的声音很沙哑。

徐晓宇听出了冯琛声音的变化,坐在他面前问:"冯老师是不是哪里不舒服？我看你脸色不是很好。"

冯琛没有应答。徐晓宇只得换了话问："这么晚了邓老师找我们俩来，是有什么急事？"

冯琛依旧没有应答。徐晓宇顿时感觉空气被凝固起来，坐在位置上有些不知所措。

这时冯琛站起来，从旁边的咖啡机上取下一杯咖啡递给徐晓宇："喝点咖啡吧，一会工作起来才有精神。"

徐晓宇接过咖啡，"咕咕"地一口气喝个精光，她觉得自己心跳加快，有些焦虑，手心冒出汗来，逐渐地，眼前的光线越来越暗，视力越来越模糊，脑袋也越来越沉重……

"睡吧，睡吧。"冯琛看着徐晓宇慢慢倒下，嘴角露出一丝笑。他在徐晓宇的咖啡里放了催眠药，徐晓宇要在12个小时后才会醒过来。

冯琛把徐晓宇扛在肩上，向9号实验区走去。所有冬眠人被分成不同的组被安置在"冬眠区"的18个区域里，而9号实验区正是邓义光和徐晓宇负责的区域。虽然冯琛也在"冬眠区"工作，但他的实验室是研究有关"冬眠人"其他理论方面的，不能在"冬眠人"的18个区域里实验，所以他不得不选择在邓义光的实验区下手。

"冬眠区"是被整个监控的区域，在监控器的另一头，冯琛早就买通了这一晚的监控人员，监控人员会把冯琛这段时间的行动切换成其他镜头，因此冯琛才会这样嚣张地扛着昏迷的徐晓宇走向实验区。

进入每个实验区都需要实验区两位负责人的其中一位进行全身扫

描，这就是为什么冯琛要迷倒徐晓宇的原因。在实验区门口的检验区，冯琛将徐晓宇放到检验的位置，机器自动在徐晓宇身上扫描，当检验屏幕显示"通过"两字后，冯琛输入了大门的密码。这组密码他是偷偷从邓义光那里得到的，冯琛对今晚的行动早就做好了全面准备。

对整个"冬眠区"冯琛都相当熟悉，几乎不费吹灰之力，他进入9号实验区。他将徐晓宇安置到沙发上，让她舒舒服服地睡一觉，自己则开动所有仪器，开始输入数据。完成电脑操作的部分后，他将手动操作调为人工智能，然后自己在冬眠人的床上躺下。他看着机器人移过针头，在自己胰腺部位将针头嵌入了进去，然后他感觉昏昏沉沉，闭上了眼睛……

冯琛的脑袋一阵剧痛，仿佛要炸裂一般，他"啊啊"叫了几声，从冬眠人床上翻滚下来，挣脱掉了连接在头部的数据线，慢慢苏醒过来。他大口喘着粗气，心跳逐渐恢复正常的频率，他用手撑起上身，从地上爬起来，一步步挪到电脑前的椅子上。待头脑完全清醒后，他开始查看他沉睡这三个多小时的数据变化，在输出数据的人员名单里，他看到了夏瑶瑶的名字。果然是她！冯琛暗自说道，他的脑袋里闪过冬眠时接收到的一些信息，而夏瑶瑶这个名字让他更加清晰地回忆起一些细节，准确地说，这些细节是夏瑶瑶的记忆。

夏瑶瑶是邓义光的前任助手。

"光、水、土壤、空气、温度适宜，生物链和食物链运转正常。"

夏瑶瑶看着生物坐标一边记录一边向邓义光汇报,"按照设置的进度,一个小时后模拟系统就会发展到与我们现阶段同等级的生态水平。"

时间在模拟系统里瞬间流逝,白昼黑夜、春夏秋冬不断交替着,地平面上的动物、植物和微生物构成这个世界的生命整体,捕食者与被捕食者之间在进化中形成互相依赖、缺一不可的关系,大自然调控着这一切。就在这一次次进化的过程中,系统内的小人儿在逐渐增多,他们密密麻麻分布于各个领域,逐步占据了系统的大部分空间。

邓义光和夏瑶瑶目睹着这正在发生的生态发展史。夏瑶瑶没想到可以用一个旁观者的角色,来观赏自己所生活的这个世界及这个世界所发生的一系列奇妙变化。

"人类真伟大。"夏瑶瑶像个初中生游览科技博物馆似的,当看到地平面慢慢耸立高楼大厦时,她竟然雀跃地拍起手呼喊起来。

邓义光自问自答着:"伟大吗?或许吧。"

又过了十分钟,模拟系统里的时间进入二十一世纪中叶。

"瑶瑶,把'冬眠人'数据输入人类数值里。"邓义光说。夏瑶瑶从眼前的画面脱离出来,开始做正事。

在电脑里,无论模拟系统正在发生怎样的变化,生态都始终维持在一个恒定的数值上,这个数值,就是使整个生态系统平衡的数值。夏瑶瑶看到,平衡数值一直都在变动着。当人类数值较低时,平衡数值波动就很小,当人类数值较高时,平衡数值波动就较大,显然,时间越推后,人类对于生态系统平衡的影响就越大。她把"冬眠"数据输入人类数值,并编入相应的时间,这样等时间一到,模拟系统里的小世界也会"实施"冬眠人计划,并根据编入时间和现实情况一样每年增加"冬眠人"和增长"冬眠"时间。

邓义光看着夏瑶瑶在电脑上操作,见一切准备就绪,便说道:"好了,现在就只等未来发生的事。"

两人站在房间里静静地等待,这里除了系统运作的嗡嗡声和心跳声,静谧得出奇。夏瑶瑶看着模拟系统里世界的变化,知道自己刚才冒出的"人类真伟大"一话太冒失,此刻不得不带着工作的态度认真严肃起来。

大约半个小时后,夏瑶瑶忍不住说话了:"快到二十四世纪了,电脑显示的数值表示生态系统并没有太大的变化,仍然保持着平衡。"

"是的,"邓义光略显松了口气,"也许公式推算没有错误,只是忽略了时间在里面的作用。如果公式是正确的,它预测的事却发生在地球灭绝的时候,那确实没什么意义。"

"地球要灭绝吗?"夏瑶瑶问。

"我只是打个比方。"邓义光解释说,"公式能推算的只是一个二维结果,而我们的世界是三维、四维或更多维数的,所以很多公式在理论上正确,用在实际生活中却是有偏差的。我们并不能把所有因素考虑在内,宇宙的奥秘远远超出我们头脑可以思考的范围……"邓义光突然打住了话,他的眼死死盯住了电脑,"快看,人类数值!"

只见电脑绿色的人类数值在两秒内骤然从 3500 缩减到 1500!

"这是哪一年?"邓义光急迫地问。

夏瑶瑶看着模拟系统上显示的坐标,说:"2477年!"

系统里的大部分小人儿不知为什么突然不见了踪影,"他们去哪里了?是怎么回事?"邓义光的声音高了几个分贝,夏瑶瑶看出了他的着急,说道:"等系统停止后让我在电脑上回放刚才变化的数值。"

生态系统在时间显示2500年时停了下来,系统的终极时间只能设置到2500年。夏瑶瑶调出2477年那一刻各个单位的数值,逐一仔细分析。

"冯琛的理论推算看来是完全正确的,生态系统真的会被'冬眠人'所破坏,真的会瓦解掉,而且我们现在还基本上推算出了时间,那就是2477年!"邓义光故作镇定地说,"几乎是从2400年开始,当'冬眠人'增至100亿人数,而'冬眠'时间长达四十个月时,分解者数值就明显有下降趋势。"

"你的意思是,'冬眠人'影响到了分解者?"夏瑶瑶不敢相信显示出来的数据,她完全不能把人类和微小的分解者联系起来,随后她又开始惊呼:"天哪,100亿人!四十个月!那个时候人类都在睡觉吗?地球岂不成了一颗'冬眠'的星球?"

邓义光继续说着:"分解者把动植物的残体分解成简单的化合物和元素归还给自然界,重新供植物利用,它们在分解动植物的同时,也从中获得了它们自身需要的能量。而'冬眠人'的增多最直接影响到的就是这些分解者,因为'冬眠'使人的寿命延长而活动时间减少，分解者从人类身上获得的能量也大量减少，仅仅从其他动物和植物上获取能量是远远不够的，况且'冬眠人'增长的过度时间短暂，生态系统自我调节能力的速度赶不上'冬眠人'增长的速度，这样分解者的数值就逐步减少，当减少到一个临界值的时候，生物链突然就断掉了，就在2477这一年，人类自埋的炸弹就此爆炸开！"

"那么……"夏瑶瑶小心翼翼地问，"冬眠人计划还需要继续进行吗？"

"我是冬眠人计划的主要筹建者，虽然现在基本能证实这个计划有弊病，可要我亲自去推翻它，就相当于我拿着刀在捅自己！"邓义光面部渐渐没了表情，"瑶瑶，今天这个实验，我不希望有第三个人知道。电脑里的数据，你都统统清理掉，不能留下任何痕迹！"

"这……好的。"夏瑶瑶心里一紧，感到事情很不妙。

6. 理论变成现实

邓义光和薛雪返回校园找冯琛时，实验室已经空无一人。实验室被重新打扫得整整齐齐，干净敞亮，就像从来没有发生过任何事情，这不禁让薛雪产生那天看到的一切都是幻觉的感觉。这时徐晓宇给邓义光打来电话，邓义光便匆匆和薛雪告别，返回"冬眠区"。

"怎么回事？"邓义光回到9号实验区着急地问徐晓宇，刚才在电话里，徐晓宇紧张的语气让他很不安。

徐晓宇的精神比较恍惚，她还需要更长一点的时间才能从安眠药的功效里恢复过来，她尽量用简短的语言把所经历的事情告诉邓义光。

邓义光听后立即查看了电脑记录，里面什么都没有，看来冯琛已经把动用过的数据统统清除干净了，没给他们留下一点证据。

"我们报警吧！"徐晓宇建议说。

邓义光摆摆手："报警没用，我们没证据。"

"有监控录像。"

邓义光抬头看了看墙角的监控摄像头："更没用，冯琛既然敢这么明目张胆地闯进来，就说明监控室的人已经被他买通。我保证，监控录像里根本就没出现过他这个人。"

"那我们怎么办？"徐晓宇问，转而一想，"对了，我们还不知道他进来做了什么。"

"这也是为什么先不要报警的原因。"邓义光淡定说道,"我倒想看看他计划了这么多,偷偷溜进来的最终目的!"

"怎么看?"徐晓宇好奇邓义光的淡然。

邓义光看着那一串串没留下痕迹的电脑数据说:"过段时间,自然会知道。"他语气肯定,转身对徐晓宇说,"在没搞清楚事情真相之前,这件事不要向任何人提起!你的假期还没结束,好好回家休息吧。"

如邓义光所料,接下来的一个月,一些事情发生了。不知情的人不会注意到,但邓义光把所有事情串联起来后,猜到就是冯琛在捣鬼。所有的事情都和商业机密有关。

最开始是智立博软件集团被指窃取美国某公司商业机密,一时间智立博集团被推至风口浪尖,集团面临崩溃;随后是华鑫太阳能公司的一份机密文件曝光于世,这份关于海外市场作战计划的文件亮相以后,华鑫公司的股票一跌千丈,甚至拖累到整个能源行业;接下来是信瑞卫星通讯公司的两份检验报告某些细节被披露,直接牵涉了国家机密,信瑞公司立即被停顿调查,目前公司所有涉及的负责人都被国安局监控了起来,由这两份报告牵扯出来的种种国家商业机密、军事机密、政治机密等,弄得各个相关领域的人惊惧不安、人心惶惶……类似的事情一个紧接一个不断涌出,国家启动了安全预案,甚至开始逐一排查"间谍",但邓义光知道这并非"间谍"所为,这些应该都是冯琛为了证明实验效果而开的小小玩笑，因为他把出事的企业排名出来，发现这些企业有一个共同点，那就是这些企业曾经的关键人物，那些退休了的老人们现在都在他的9号实验区冬眠着！

邓义光给薛雪打电话："冯琛成功了。"

"什么成功了？他的实验？"薛雪摸不着头脑问。

"是的，他的脑神经网络理论被证实了。"邓义光解释道，"最近一个月内发生的事情足以让我确定他成功了，他成功进入了冬眠人的大脑，成功获取了足够多的信息量，现在他利用这些信息把周围的世界搞得乌烟瘴气，他自己却躲在某个地方独自幸灾乐祸着。"邓义光接着把冯琛迷倒徐晓宇闯进他实验区的事情告诉了薛雪。

"你就那么肯定是他所为？"薛雪还是不敢完全相信。

"从他想借用你实验室开始，我就一直有这个猜想，但是我不能确定，所以我让你帮他，之后你在实验室看见他像小白鼠的模样，我就进一步坚定了自己的猜想，但我仍然不能完全确定，直到徐晓宇的事情发生后，我几乎就预料到了结果，现在这个结果成真了。"

"那他下一步会干什么，你能预料到吗？"

"下一步？"邓义光沉思片刻说，"如果我没猜错，他下一步就是来找我。"

"为什么？"

"冯琛这个人自尊心很强，他实验成功了，第一个想向谁炫耀？那个人肯定是我。他找我更重要的原因是，他想要说服我和他一起干，因为他实验成功的基础必须是要有冬眠人，而我是掌握整个冬眠人计划的人之一，又是他最熟悉的人。"

"你会怎么做？"

邓义光又沉思片刻，这个问题确实难倒了他，于是他说："我只有先和他谈谈……"

7. 解铃还须系铃人

邓义光住的公寓在城市西边的郊区，这里是居民最少的一个片区，晚上过了八点，街道上几乎无人。邓义光喜欢这里的清静，一住就十多年，舍不得搬走，对于他这个单身汉来说，长期在"冬眠区"工作让他习惯了常年清静。这天他和往常一样，从他妈妈家吃了晚饭回来，已是近九点。到车库停了车，他进到电梯，困意让他哈欠连天，即便如此，他还是发现了不对劲的地方，从他下车到上电梯，一直有人在跟踪他！他下意识地摸了摸口袋里放着的防身枪。

邓义光出了电梯，果然看到另一台电梯正在上升中，即将停在他所在的楼层，于是他在电梯口守着，手指紧紧扣住了包里的防身枪。电梯不出所料地停在了他的楼层，他等待电梯门后出现的那个人。

"别冲动，是我！"邓义光以迅雷不及掩耳之势把跨出电梯的人按倒在地，只见那人无力反抗了一下，然后嗷嗷叫道。

邓义光松开手，虽然他是第一次对付这种事情，但他的大个头比起对方的小个子明显占了绝对优势。

"老冯，你三更半夜跟踪我干什么？"邓义光一听声音就知道是冯琛。

"你白天忙工作，我当然只有晚上找你。"冯琛整理整理衣服，站直了身板。

"进屋说吧。"

两个人心平气和地坐了下来,冯琛先开口道:"你应该知道我来找你的目的吧。"

邓义光不露声色地说:"我应该先恭喜你实验成功。"

"成功说不上,实验结果还不太稳定,而且对于我来说,成功的定义不仅是从理论变成现实,而是可以将理论运用到现实。"

"你所谓的运用到现实,就是向媒体透露各个公司的商业机密,把社会搅得一团乱?"

"哈哈,"冯琛大笑起来,"我只是初步运用一下我所得到的信息,真没想到会造成那样的后果,我可没从里面得到一点好处。"

"那你的下一步计划,就是从中得利?"

"这个嘛,就是今天我来找你的原因。"

"我不可能答应你!"邓义光以坚决的语气说道。

"先别回绝得这么快,毕竟我俩共事这么久,谈不上生死之交,也算是知根知底的好朋友,我们一直都在同一条船上,前些年这船由你驾驶,而从现在开始,我希望这船由我来掌舵,我会让它驶得更快更稳,而且还满载而归!"

"满载?哼哼,"邓义光嘲讽地笑了两声,"我不需要你的满载,我们俩想要到达的目的地是不一样的。"

"看起来不一样,实际都是想要名或利。"冯琛眼睛直勾勾地盯着邓义光,"'名'你已经有了,诺贝尔奖获得者,我们的邓大教授,难道你不想得到更多的'利'？"

"我曾经以为你只钻研学术，是一位地地道道的学者，只想要在学术上满足你的成就感，今天才知道看走了眼！"

"看走了眼！"冯琛忽然火冒三丈地站了起来，"义光，看走眼的人是我！我真没想到你为了名利掩盖了那么大的一个秘密，甚至不惜牺牲别人！"

邓义光心里"哐当"一声，无法开口，只得听冯琛说下去。

"我在9号实验区进行脑神经网络实验时，获取到了很多冬眠人的信息，其中有用的信息除了那些公司前任老总脑子里储存的机密以外，还有一个人的最有用，那就是夏瑶瑶！"冯琛说完，狡黠地一笑。

邓义光按捺不住也站起身，对视冯琛说道："你从夏瑶瑶那里知道些什么？！"

"这个你心中应该最有数。"冯琛不紧不慢地说，"我从夏瑶瑶的记忆里看到我对冬眠人计划推演出来的公式是完全正确的，你早就知道冬眠人计划存在着弊病，但为了名利却一意孤行地鼓动政府实施，并且为了掩藏这个事实，还故意制造车祸让夏瑶瑶成为了永远的冬眠人！"

"一面之词，没人会相信你。"

"你太低估脑神经网络的实用性了，我不仅在睡眠中看到了冬眠人的记忆，而且根据这些记忆我能顺藤摸瓜地找到想要知道的线索，所以我已经收集到了你制造车祸的证据!"

"原来你是有备而来,你想用这个威胁我?"邓义光既气愤又有些心慌。

"你不吃软的我就来硬的!我只是想与你合作,没其他意思。对了,"冯琛顿了顿说道,"还有小雪,我也希望她能加入我们,这样我们三个人又能在一起了,这不也是你所希望的吗?"

"小雪?"邓义光没想到冯琛会将薛雪牵扯进来。

"小雪来实验室看我,结果被我实验结果的样子吓坏了,这些我都知道。我在实验室安置了录影机,本来是想通过录影看看实验中自己的情况,结果那次清醒过来后,却看见小雪闯了进来,她看见了我在实验中最丑陋的模样。我用冬眠的小白鼠做实验,进入了它们的世界,那段时间我的思维就是小白鼠的思维,乃至生活习惯都变成了小白鼠的生活习惯,我的实验基本成功了,可是小雪发现了我的怪异,我知道她肯定会去找你,所以第二天醒来后,我赶紧收拾好实验室离开。虽然我现在还不敢见到小雪,一想到她看见我狰狞的白鼠模样,我就无地自容,但是我很想以后我们的计划中她能参与,她的学术成就不亚于我们,我们三人联手的话,所产生的力量肯定是巨大无比的!"

"别妄想了,我不会让小雪加入的!"邓义光斩钉截铁地说。

"你这是要保护她吗?哈哈哈,这么多年了,你还是对她念念不忘?"冯琛一针见血,说完话,却见邓义光手持一把枪,枪口实实在在地对准了自己!

冯琛心里不免一惊,他没想到邓义光会选择这种方式:"义光,你真变了!"

"变的不是我,是你!"邓义光冷冷说道,"自从我获得诺贝尔奖,开始实施冬眠人计划以来,我就知道你对我不满。表面上我们称兄道弟,但实际上你却一直想推翻我的冬眠人计划,想通过脑神经网络的成功来报复我。今天既然我们都摊了牌,那就没什么好隐瞒的了!的确,冬眠人计划有瑕疵,按照模型所推论出来的结果,冬眠人计划将会导致人类走向灭亡,但那又怎样,那个时候你我都已经不在这个世界上了,我不会允许任何人破坏冬眠人计划的!至于你的脑神经网络计划想通过冬眠人实现,我不会给你机会,我不会让你的成果凌驾于我的成果之上!如果你想用夏瑶瑶的事情威胁我,我就只能选择用对付夏瑶瑶的手段对付你,不过你放心,这枪是防身枪,只会让你昏迷,不会要了你的命的,杀人的事我还是不会干的。"

"你这跟杀人有什么区别!"冯琛一脸怒气,"我昏迷以后,你把我变成冬眠人,这跟死人有什么区别!"

"至少你心脏还在跳动,某一天,说不定我还会让你醒过来看看全新的世界。"邓义光看出冯琛害怕了,心里一阵得意。

"事情到了这个地步,你开枪吧!"冯琛说道,"如果你不开枪,今天我走出这个门口,明天你制造夏瑶瑶车祸的事件绝对会被曝光!我不会放过你!"

"既然你都这样说了,那么……"邓义光慢慢扣下防身枪的扳机。

"义光,不要!"就在冯琛倒下的那一刻,薛雪从门口冲了进来,但是一切都来不及了。

邓义光对薛雪的出现始料未及,有些惊慌,问道:"你怎么在这里?"

薛雪没有回答他,而是跑向冯琛的身边,想要扶住他,可冯琛已经全身被麻痹闭上了眼睛。薛雪回过头怒视着邓义光,大吼道:"你为什么要这样!"

"我……他……"邓义光语无伦次,他避开薛雪尖锐的目光。

薛雪站起来走到邓义光面前:"今天晚上我来找你是想和你道别,明天一大早我将送我丈夫到国外治疗,结果我却看到了一出好戏。"

"你丈夫?"

"是啊,你还不知道我丈夫是植物人这件事,几次想告诉你都因为工作的事情打断。"薛雪眼眶开始泛红,"我一直在为丈夫联系治疗的医院,最近国外的一家医疗机构告诉我他们刚研究出了唤醒植物人的药物,直到今天下午我才下定决心过去试试……想醒来的人醒不来,醒着的人为了延长寿命或逃避现实种种事由却选择冬眠……哎……"薛雪长长叹一口气,然后继续说道:"义光,你和冯琛都变了,我也变了,我们再也回不到校园里的那段时间。你们刚才的对话我在门外都听到了,你去自首吧……"

邓义光本能地往后退了一步。

薛雪一边死盯着他,一边用手指着冯琛:"你制造车祸已经是犯法了,难道你还想一错再错?!"

"我不能……为了冬眠人计划……"

"狗屁计划!你明明知道冬眠人计划的漏洞,你还执迷不悟地要实施,你知道吗,你会杀死全人类,你这是最严重的犯罪!"

"小雪,冬眠人计划不是我一个人说了算,如果没有需求,这个计划也不会实施起来……"

"我知道你要说什么,"薛雪打断邓义光的话,"你想把你的过错推到全人类身上吗?没错,人类总是以自己的好恶来评判生物和自然的是非曲直,总是以'科学'为由来定夺世界应该成什么样,以为可以夺权当上帝,但那又怎样,如果不是你这样的伪科学家给了他们幻想,他们怎么会一次次地想要改变世界,一次次地适得其反,以失败告终。"

"那你要我怎么办?去告诉世人不能做冬眠人,去毁掉世人的梦想,去打破现在已有的平衡?"一提到冬眠人计划,邓义光就几乎要歇斯底里。

"对,打破平衡!只有你可以做到,因为解铃还须系铃人。"薛雪放低了嗓音说。

邓义光摇着头又往后退了几步,与薛雪保持一定距离。

薛雪用复杂的眼神看着他:"义光,如果你不自首,你不解除冬眠人计划,那我就只能……只能报警了。"

邓义光心里很苦涩，他再次缓缓地举起了枪。

薛雪笑了起来："果然，不管是夏瑶瑶、冯琛还是我，你都会用同样的方式对待，就为了你那点点所谓的学术上的尊严。"

"别怪我，小雪，我是不会让任何人破坏冬眠人计划的，我不会让自己毕生的心血白白付出！"邓义光说着突然放下枪跪在了地上，失声说道，"小雪，虽然我们没在一起，但是你始终是我最爱的女人，我求你理解理解我，跟我站在一起，支持我的事业……"

薛雪背过身去："义光，我永远不会跟你站在一起，我们是两个世界的人，你热爱你的事业，而我热爱的是我的家庭。如果你下得了手，你就开枪吧，把我和冯琛都冬眠起来……哼，这样也好，我可以和我的丈夫一起长眠；如果你不开枪，我会坚持我的选择，我会去报警，并向政府揭露冬眠人计划的漏洞，毁掉这个计划！"薛雪说完头也不回地朝门外走去。

邓义光已是满脸泪痕，那个他最爱女人的背影离他越来越远，他无法目送她远去，最终他还是举起了手里的防身枪，扣动了扳机……

8. 人在做天在看

徐晓宇的假期结束了，这天她早早地打扮了一番，准备出门上班，打开门却在门口发现了一个小盒子。

盒子里只有一张纸和一碟记忆盘，纸上赫然写着：上帝保佑你不会成为第二个夏瑶瑶。

徐晓宇心生疑虑，她知道夏瑶瑶这个人，如果不是夏瑶瑶申请冬眠，今天的这份工作也不会轮到她。第二个夏瑶瑶是什么意思？是谁把这个盒子送到了她的门前？

记忆盘只能用指定人的指纹解锁，徐晓宇打开记忆盘，关于冬眠人计划漏洞的推演程序和邓义光制造夏瑶瑶车祸的证据，慢慢浮现在她眼前……

她震惊万分，许久才安抚好自己的情绪，一脸镇定，开车出了门，但这次并不是前往冬眠实验区上班，而是开往了政府的方向。

她打开广播，这时广播里正在播放她喜爱的那首歌，她觉得这世界就如这首古老的歌所唱："天渐渐光，云慢慢散，悲情的大地，人在做，天在看……"

人类塌陷

叶临之

自　序

我叫海小水，你们可能奇怪，我会叫这样一个奇怪的名字。

因为我父亲是水手，一次意外中，他二十六岁的时候留下了我，事实上，我从小在我母亲身边长大，椰树、海浪、黄沙陪伴我一生，这个海岛一直在盛行与时光赛跑，孤独的城堡，我印象里漫长的童年时期只记得三个人：

我的邻居，一个风韵犹存的女人，她开一家古董店，"你应该彻底忘记自己叫什么名字。"就是这个女人对我这样说，有一年海岛发生有史以来最大的台风，女人乘坐游艇逃离海岛的时候，地球引力让她死了；

我喜欢的一个老工人，他叫老坤，老坤是城堡里的一个古董专家，他擅长与旧时光赛跑，喜欢修复老瓷器，技艺精湛。我十岁那年，他告诉过我关于城堡的故事，人类心灵的城堡总有一天将无法破除。那一年，台风全岛搬迁的时候，老坤挺了过来，后来还没有待到我大学毕业即将失业的时候，他寿终正寝了。那时，老坤从研究瓷器，开始转行到挑战一百二十岁人类极限寿命的方向，作为二十一世纪末尾出生的智者，后来，我的所有行为几乎都笼罩在他的呓语里；

最后一个人是我母亲，她是海岛科技医疗中心的女医生，终年忙碌。海岛上的女人们构成一个纯粹的城堡，很多年以来，海岛几乎只有成年游客和军队，而我父亲属于第三种人：水手。我母亲异常爱着他，但他常年不在她身边，后来他们分开了，而她私下里用试管保存了我父亲的火种，她高龄到实在想要通过火种来告别孤单的时候，利用科技生下了我。

我可以称为试管婴儿，据查，这项技术诞生于原来英国的1978年，作为"城堡"发展原型的大陆，始自于1988年，我们的海岛是后来居上，2191年，我母亲在四十八岁的时候生下我。

第一部分　童年革命之逃离"城堡"

现在时间是 2215 年，逃离故事要从 2205 年 6 月说起。

那时，我在海岛国际学校上学，海岛只有一所国际学校，学校男少女多，除了华天是男生，便只有我。五岁的时候，我们开始上学，说到学校，你们可能纳闷，儿童时期的我是一个怎样的人。以前我母亲说过，她以医生的角度认为我将有暂时性的回溯时间的基因缺陷，那么，在海岛的国际学校成绩不会很高。单论成绩这一点，班上的同学华天说过，我是基因修补技术的失败试验品，他的意思是我不像二十二世纪末尾出生的人。

人类社会进化成为城堡，我时刻想逃离出城堡。学校里，我唯一喜欢的事是看地球仪，平常，我都把母亲给的袖珍地球仪摆在课桌上，直到一个叫菲思仪的女孩出现发生奇迹。菲思仪是我生命里的第四个人。

一天，我在课桌上瞌睡，菲思仪的头靠近我，她借以掩饰避开老师的目光，准备悄悄跟我说话，她保留着拘谨和羞涩。菲思仪说："你想逃走吗？"

我说："我现在从来没想过别的问题。"

"你说多枯燥无聊啊。"菲思仪望了望平静的海面，"城堡，可怜死我们了，还有阿 K。"

"是啊，呵呵，不想到这个问题都难。"

当时，没有人知道菲思仪怎么来的，也许她跟我一样。至于性别的抉择，自从城堡取代了国家，国家不复存在，按照不同地域，城堡划分为男人和女人的城堡，每一个城堡里只允许一种性别：男人或者女人。当然，海岛，有一个影响人类细胞性染色体分裂的天然原因：海岛上，在人类生育的有丝分裂中，Y染色体显阴性的概率为百分之五十六，远远超过大陆。

二十二世纪，人类的加速发展完全改变了人类社会。现在，人类以每一个国家和经济独立体作为独立单元，人类社会花去一百年的时间证明，社会城堡结构比家庭和国家更和谐和节省，这里没有战争和肉体痛苦。人类又花去了一百余年的代价，才将新的城堡意识彻底渗透进人类的每一个空间，每一根血管。

2150年，城堡成为人类不可逾越的公约准则，不过，与所有其他城堡一样，海岛是一个越来越孤独有些伤感的社会。海岛只有女人，盛行闺蜜圈子文化，人类社会结构变得扁平，连名字都毫不重要，海岛里的事全部由女人们来负责，而且，女人们完全可以依靠科技繁衍，产生社会和族群，这些通过各种生殖辅助手段诞生的孩子们，科技仍然无法弥补缺陷，其中包括人类心灵上的缺失，这正是我们逃离的目的。

我问菲思仪："你要去哪儿？"

菲思仪说："我也不知道，暑假，反正我要逃出去看看。"

我说:"你的意思是,你一定要我跟你走?"

"还有华天。华天说,他也要帮我逃离人类。"

"你那位叫人类的妈同意?"

菲思仪私底下把她母亲直呼"人类"。不触动情绪的时候,裳女士是一个优雅的女人,她和我母亲是闺蜜,2206年前后,她们母女经常来到我家做客,每次都是裳女士带着菲思仪来串门。裳女士开着一辆磁力轿车,拉着我们全海岛兜风,她喜欢和我母亲一起拉家常,去超市购物,裳女士的到来,让菲思仪和我接触时间多了起来。

在我们的海岛,男性成为女人们好奇的异类。不过,裳女士从来不让菲思仪问及她是怎么来的,海岛自从单性生殖成功以后,男女情爱成为回忆。对于菲思仪的母亲裳女士来说,自从经历失败的爱情后,她先天气质里带有强烈的情绪因子——憎恨开始激发,于是,躲避异性乃至情绪成了必选项。

这时,继充气娃娃后,性爱机器人已经发明,每一个人为避免相互伤害,流行孤芳自赏。每一个女孩都有一张漂亮的脸蛋,女人们可以选择自己的子宫或者人造代孕子宫培育胎儿,妊娠期早期,医生通过磁扫描,对胎儿的脸部、身材做出未来预测,然后,双方签立改良合同,采用药物和纳米机器人,参照人类的肖像库作为模板,来进行修复基因的工作,胎儿出生前已经完全修改定型。

菲思仪的相貌模板是少女时期的赫本,美国女明星比利时裔女人赫本出生于1929年,逝于1993年,距今二百余年。这漫长的进程中，人类早已把优秀的性别脸谱植入数据库。

"走的还有我家的阿K。"她说,"海小水,你看见阿K了吗,它很调皮,我一个上午都找不到。"

"呶,它不是在那吗?聪明的阿K。"

我示意菲思仪往窗外操场看去,顺着我的目光,菲思仪往教室窗外寻找。阿K聪明的大脑袋反射出一线铮亮的光,一直照到我们的教室。

阿K正在学校操场的一棵椰树前面,站在它前面的是另一台机器生物,那是一头叫"loog"的宠物机器狗,这头宠物机器狗结合了猫和狗的特点,具有年龄、能力、学习等方面的自然生长功能,就像很多年以前一种日本发明的叫"电子宠物"的现实改良版。操场上,阿K在一遍一遍地教导"loog",它就像一个久经风霜的老人,让"loog"学习导盲功能。

阿K是保姆机器人,本是量产机器人,由菲思仪的母亲裳女士私人订制,阿K有一颗高智商的脑袋,大脑由数以亿计的纳米级集成元件构成回路,人类的二进制精算已经超过万亿,阿K的眼睛由最精准的仿生眼构成,像素和人类肉眼相差无几。早在阿K出厂激活前,由她母亲裳女士按照个人需求,她设定了阿K的心理年龄,这为永久性设定,不可更改,阿K的性格结合了儿童和老年女性的心理特点。阿K是裳女士送给菲思仪的生日礼物,菲思仪多次带它出入学校。

菲思仪邀请我去她家共进午餐,后来,我经过考虑后悄悄对她说:"我也想到逃离城堡的问题。"

"你好,海小水同学,真诚欢迎你来到我家做客。"

第二天,我到达菲思仪家门口,阿K迎我走进菲思仪家的四合院。菲思仪的家在海岛学校后面靠海的地方,这是一栋现代与传统相结合的小型独立四合院,四合院两边分别是悬崖,一个出口通往码头,另一个出口毗邻海岛的科技中心,海岛的科技中心是北京大陆方面的特派机构。

迎接我的是保姆机器人阿K,阿K微躬敬礼,像一个英国绅士,优雅地伸展过来机械臂,向我握手、拥抱。阿K引导我走进菲思仪家里,前面出现一道环形走廊,它完全吸引了我。保姆机器人阿K过来解说:"海小水同学,这是一道巨大的光影照片墙,请看。"

我疑惑地看着墙壁。

阿K说:"通过这里,你可以看到时间,或许是你所迷恋的。"

随即,阿K狡黠地乐了一下。

这扇光影照片墙正是它的杰作。环形的走廊是白色幕布,开始轮回播放裳女士和菲思仪的影像。这些清晰的画面,阿K都用滤镜做过美化效果,我看到了菲思仪的幼年时期,阿K教她牙牙学语,菲思仪五岁后,然后,看到她和阿K成为了朋友。

后来,在关于裳女士的部分,我惊讶地发现,其中竟然还有我母亲的影像:她身穿比基尼站在海岛的休闲海滨沙滩上,长发飘逸,一手拢向长发，一手遥指远方。幕布下方的字幕显示，我母亲二十四岁，裳女士和她是同班同学。

照片墙上的集锦让我想到了父亲。我母亲并不像裳女士，她告诉过我的由来，她说，我父亲是一名大陆太空水手，当他从火星实验降临海岛的时候，一度，他俩就像《英国病人》里的男女主角，两性的生死依恋中，惶惶不可终日。令我母亲伤心的是，他后来还是离开了我们这个城堡，从此，他隐姓埋名，脱离了海岛，我母亲再也找不到他，哪怕使用最先进的搜索系统，我母亲借用各种出差的机会去各大洲寻找，他还是像影子一样消失了。

或许，他像电影里的特写镜头，在大陆城堡某一间宽敞的房子，抽着烟，跷起二郎腿，盯着一张休闲晚报，当意外看到我母亲发出的寻人启事，可能，他的泪点瞬间被戳中，眼泪夺眶而出。可是在人类的规则面前，他还是没有表现出像奥斯卡电影里《鸟人》艺术家的勇气，最终，他没有出现在我母亲的面前。他淹没在茫茫人海里，正如他俩在海岛最惬意的时候，他突然说出来一句话，"我是忠实的宿命论和宗教虔诚者，我相信人类的宿命。我们会塌陷。"

莫非他们无形之中给我留下一个使命：关于人类的寻找、逃离，来避免人类塌陷？

"海小水，你能过来卜吗？"我浏览照片墙的时候，菲思仪向我打招呼，她完全打断了我的思路。菲思仪在母亲裳女士的工作间，菲思仪说，"我在工作，我从来不玩网游。"

菲思仪说她正在用电脑设计直升艇，名字叫"旋转木马"，她说，我整整研究了三年，现在到逃出海岛的时候了。

我理解菲思仪的用意，菲思仪比我更为寂寞，菲思仪身边只有保姆机器人阿K。菲思仪和机器人阿K如影随形，在我们海岛学校有过谣言，传说菲思仪就是裳女士和机器人恋爱的结果，直到华天出面才扑灭菲思仪的谣言。

从这天起，我才真正认为菲思仪是我的朋友，自从那位古董专家去世后，我还是第一次去别人家里做客。而且是受菲思仪的邀请。

菲思仪家，厨房里有一套自动烹饪系统，这几乎是我们海岛上所有家庭的标配。菲思仪说午餐想吃匹萨。

"我们一起尝尝新口味，你要什么佐料。"

我说："就培根好了，阿K能吗？"

"都交给我的保姆阿K好了。它跟人时不时说它要死了，哈哈。"

"是的，我要死了。哈哈。"阿K打趣地回应："遵命，主人。"

这天下午，我们的海岛突然经历一场台风，台风改变了菲思仪和我后来的计划。午餐罢后，阿K给我们端上一杯热咖啡，太阳暗淡起来，我们坐在火红的高脚凳上，透过巨大的海景玻璃，望着数千平方公里的南海。客厅的天花板上空，响起"滴滴嘟嘟"的蜂鸣声。我万分紧张，我家从来没有报警器。阿K代替菲思仪说："我家的气象监测报警器预警，台风要来了。"

悬崖后面，绮丽的海洋开始变化，空中有女声语音播报：下午3

点零8分，起源于印度尼西亚的台风"鹦鹉"来袭，强度12级，3点零9分登陆。

台风空前来临！

海岛的威胁是台风。下午3点零8分，我们这个接近热带的海岛开始骤风暴雨。豆大的雨水吹打在海景观光玻璃上，天空成为墨绿色的海洋，海鸥高亢地嘶鸣，旗鱼飞跃，鲔鱼急游，海豚在巨浪上欢腾，墙壁上的无影电视自动开启，轮回播报台风形势。这时，人类已经解码大部分陆生动物和海洋鱼类的语言，地球上空除了卫星不间断的摄像，可以通过鱼类语言、全球各类珊瑚、礁石贝类的感应，详细掌握地球的各项突发事项，其中包括地震的提前预测、海啸根源。

586、678、786……

气象监测报警器播报台风强度增大，海岛边缘的别墅纹丝不动。外面亮起一盏盏太阳能灯，和海面上漂浮的灯塔连成一片，整座海岛形成一座更大的灯塔，倾盆大雨，宛如伍尔夫的小说《去灯塔》的情景。我再次想起若干年前：我们的邻居，那个风韵犹存的古董商女人乘坐快艇离开城堡的情景。她死了。现在想来多么可惜啊。这是我童年时期关于女人的噩梦。相比很多年以前，人类情感和心理年龄大为提前了，好像被闪电击中的瞬间，我目不转睛地望着菲思仪。

接下来，她要开始说正事。

菲思仪说："今天有台风啊，昨天我怎么会没想到，海小水，你能和阿K一起来看看我的图稿吗？"

菲思仪详细说明直升艇的用途。菲思仪说,自从在火星筑有城堡作为跳板,美国一直在向外太空发射星际间探测器。还记得人类第一次向外空发射星际间探测器的时间吗?自从那个名义是社会主义的苏联失败后,第一次成功是美国,1962年"水手2号"探测器!菲思仪说,通过她母亲的智能电脑,她可以依照大脑发出指令,有阿K的帮助,暑假准备打造一艘小型直升艇,她把它取名为"旋转木马",现在有个疑问,我们采用什么能源什么时候离开海岛,我们去哪里?

"就八月二十号吧。"

"还能回来吗。"

"不能。我学会了预设和回程的程序。"

"你真会用核动力?"

"物理学家说,核技术是人类打开魔咒的第一道关口,只有通过核技术,人类才能升级,得以使用粒子技术,人类才能到达其他地方。嗨,预防核放射性再简单不过。"

"你告诉别人吗,你要去哪?"

"告诉华天了。去上海。欧洲。西安。你呢?"

"夏威夷。"

"嗨,你还是海岛。"

菲思仪梦想去新的城堡。天生的叛逆起源于人类的幼年时期,城堡随着政治与社会领域的规则而确立,仍然无法改变人类的心理意识，这些行为基因只是处于禁锢状态。裳女士作为菲思仪的监护人，她从来不准菲思仪离开城堡。海岛作为一座独立的城堡，所有离开的交通工具包括船艇、飞机，都需要基因识别码吻合，未成年人不得监护人同意无法逃离城堡，菲思仪逃离城堡三次，每一次都被电子识别设备识别而不得成功。

菲思仪的秘密渐渐为我一个人知道，那个夏天，我作为海岛基因缺陷的异类，更像是她身边如影随形的保姆机器人阿K。那场叫"鹦鹉"的台风过后，这个暑假，菲思仪一直偷偷使用母亲的电脑，准备在保姆机器人阿K的帮助下，和我一起设计逃离城堡的工具。现在，菲思仪认为"旋转木马"太像直升机，菲思仪从来不相信直升机，她认为直升机就像一匹骄傲的马，不堪重用。

"这是聪明的阿K教我的。"菲思仪说。

我们约好去海岛中央的环形山，到达城堡的科技中心，这是裳女士的工作地方，我们试着寻找能合作的技术工人和备用器材，同时，菲思仪调用了她母亲的科学数据库，这仍然是阿K提供的，阿K有非常好的记忆功能，对于它见过的裳女士输入的电子密码，它能过目不忘。

我们对裳女士隐瞒我们的行踪。这个暑假，我们一起度过很多个愉快的白天和夜晚，当然，我们去过星空科技馆，后来，空隙时间，我们还一起去自然博物馆查询人类简史（自然涉及生命起源）。为了专门对付地球上的"鹦鹉"等台风，我们也去过智能机械研究所。

等到从机械研究所回来后,我们重新回到菲家的四合院。等看到机械研究所一辆叫"海洋机械船"的模型后,菲思仪准备和我、阿K一起设计更为可行的机械船,具体是利用陀螺仪不会倾覆的原理,她用自我输出的思维向阿K发出指令,指示高智商的阿K设计图纸,艇是小型的潜水艇,最多适合四人出逃,我、菲思仪、阿K,还有替她解过围的华天。

一切皆因台风"鹦鹉"的到来打破我们的计划。每天深夜,菲思仪都待在母亲的智能电脑前,她认真得成了正在计算圆周率的阿基米德,任何人的到来,她都会浑然不觉。

一个晚上,她家的房门被粗鲁地拧开。

裳女士回来了,她单独采用瞳孔识别功能(她家四合院安全系统具有语音和瞳孔两套识别)。对于她的回家,连负责警备的阿K也没有发现。

裳女士回到家的时候,菲思仪家的气氛全然不对,裳女士眼神冰冷冷,一屁股坐在紫色的沙发上。她的目光在扫视这个陌生的家,她看到了一旁的阿K,阿K在继续保姆机器人的角色,它一直在向裳女士赔笑。

万万没想到的是,天真烂漫的阿K反而激怒了裳女士,她愤怒地快步走去,用指令关闭阿K的电源,阿K丝毫没有反抗就进入了待机状态。这时,菲思仪正好准备歇一口气,转过身来招呼说她想要喝一杯咖啡,当看到客厅的阿K变为静物一般,她脸唰地阴了下来。

"你干什么？"裳女士在朝她自己的工作间走去，她发现菲思仪在用她的电脑，发现她的设计稿时，裳女士歇斯底里。

她开始粗暴地训斥女儿，菲思仪坐在沙发的另一角，她的长发滑到了眼睑边，一声不吭。裳女士训斥到最后，搂着发怔的菲思仪哭了起来。

美丽女人很久没有这样脆弱了，以至于我经常怀疑海岛上的女人们不相信眼泪。我们是一群没有泪腺的人，也可以说，我们是一群太过先进的人。人类自从从古猿进化200万年以后，可以利用科学技术，宣布神秘主义不是人类的障碍，甚至国籍毫不重要。地球村的完整融合，各个国家名称只是成了有纪念价值的一级地名，就像以前的村、镇、市、省。要知道我班上的同学华天的理想，他的入学宣言是从火星挺进银河系。

前不久，美国人刚刚在火星上筑造新的城堡，平常，地球和火星间由核能等离子星际飞机提供往返，华天的母亲是一名航天员，她说，如果华天希望的话，他们母子准备移民火星。火星上，我们的城堡都是封闭性巢穴，高强度的钛铝金属作为网状建筑材料，巢穴足以抵消火星上缺乏的大气和水分。

可是，华天的母亲说，万事在于行动，不用去相信人类的心灵，唯一的障碍仍然是人类，障碍在于彼此间的交流、性别、情感困难。而人类自从成功利用辅助生殖手段，代替两性情欲后，为了避免伤害，性别分流和分群，于是，人类选择了城堡。

时间在一点一滴地流去。裳女士自己去冲了一杯拿铁咖啡。她没有搭理菲思仪的保姆机器人阿K。

裳女士跷着二郎腿坐了下来。她们母女俩大概有半年没有见面了，这些日子，裳女士每天都待在海岛科技中心值班，她需要向火星提供数据测试研究。平常，她只是到晚上的时候，向菲思仪打一个视频电话，热烈地称呼一声"baby"，然后叫菲思仪吃些水果，记得用面膜敷脸，保持睡眠，这就算是问候一番了。

她缄默地坐在沙发上，独自流泪，她身为全球生物智能专家，但在内心最柔软的部分，说起来还是充满一些个人情绪和感伤，她和菲思仪的家，是一个纯粹的单亲家庭，虽说城堡的人都是这样，可是，裳女士仍然会想起多年前的怀孕。菲思仪的来源是这样的，她将自己的卵子植入那个男人的精液，种在自己的子宫。她在利用自己的报复心，等到出现妊娠症状的时候，她采用了人类生殖领域的基因剪切技术，痛恨地减掉了男人的影子，这带来非常强烈的副作用，这十月怀胎的过程中，她的妊娠反应非常重，与我母亲当初的怀孕一样，甚至比起来还要严重，等到菲思仪将要分娩，她一度以为自己会因为难产或者大出血而没命，是我母亲救了她，从此，她把我母亲视作亲姐妹。

现在，她觉得到了和女儿开始一次谈话的时候。

"你想走？思仪，我的小阿仪。"

裳女士开始询问女儿。平常，菲思仪都叫母亲为可鄙的"人类"，她没有为之吭声,她反而镇定。

"妈妈,你怎么了?你很累?"

裳女士抹了一把脸,再次询问:"思仪,你要认真回答你妈。我可以带你走。我们去旅游。你知道,这会是最好的结果。清白、独身、个人存在、问题关键在这……"

"妈,你又不回来,而且总是很累。"菲思仪憋红了脸,她终于小声说,"其实,你不用跟我说哲学。"

菲思仪说到这,给母亲递去一个粉红的苹果,苹果早已让阿K削好。裳女士只是看了一眼,纹丝不动。

争论不可预料地开始了。

"也是,应该怪我,现在单位很忙,我也想时刻回来看你,可是,思仪,你知道吗,只能是这样。"

"妈,其实,我只想自己选择,你支配了我,现在没有小孩的称呼了,那已经是人类历史。"

"是的。你十四岁了,你有自己的想法。"

"妈,难道你没有注意到?你说你六岁的时候就有了独立。"

"思仪,这算顶撞。"

"每一个人都有个体的自由。就像你说个体就是自由,个人有选择,妈。"

"好了,阿仪,你长大了,我承认。工作让我很累。"

到这,裳女士算是投降了,她双手拢向头发。这个漂亮女人无休止地陷入愤怒的情绪中,她不准备再和女儿说话,避免发展到辩论的地步。她一直秉持这样的观点:法律、准则、底线比巧舌如簧更为重要。准则,已经消除所有非理性,在人类心灵里像大理石一样坚硬,构造理想的人类城堡。它是我们城堡的思想基础。

裳女士打了一个哈欠,往家里的绿色植物浇了些水,她就准备睡觉去。那时,菲思仪已经陷入哭泣。

裳女士走进自己房间的时候,望了一眼"死亡"的阿K,滔滔不绝地说:"阿仪,下次你不准用我的电脑。我至少会进行加密的。你也知道,这是人类的选择,早已于你出生前,人类就制定了经过严格论证的规则,我作为科学研究人员,绝不支持倒退。情感是人类最大的罪恶。连这个念头也不允许有,而我就是在这上面犯了错。自从单性生殖发明以来,人类已经到了前所未有的飞跃……你和海小水到底怎么了?"

"他人即地狱。不准你和他见面!"

我和菲思仪的筑梦就像夏天的台风,随着一场连续的暴雨来临而胎死腹中,菲思仪没有实现她的梦想。菲思仪有忠实的助手保姆机器人阿K,阿K完全可以帮助她实现计划。事实上,菲思仪正在做一件紧张得令人窒息的工作:她和阿K密谈过一次,她准备悄悄和阿K合作,重新书写阿K的大脑程序,阿K经过考虑后,最终答应了菲思仪的要求。这是一个对成熟机器人进行高智商的软件程序修改的过程,而且可能怀有不可告人的秘密,目的是——裳女士再也不能以母亲的身份主宰她的行踪,接下来,裳女士可能局限于阿K的老年人心态带来的约束,阿K将对裳女士采取有针对性的策略,裳女士不再是它的主人,甚至,裳女士的思维可能受阿K控制。

菲思仪从逃离到反叛的行为,让我们那一年的夏天后来充满神秘、紧张的气息,甚至犯罪的气息,直到它被一声粗鲁的敲门声打破。

裳女士来我家了。对于裳女士没有提前预约,我母亲唉声叹气,她说,"思仪她妈说,她快到门口了,这次她会给我半个小时。她难道不清楚,我也很忙,真的很忙,忙得真想任何事都能像收衣服才好,能够折叠才好。"

我清楚地记得裳女士登门的下午,裳女士开着一辆时尚的磁力轿车,她登门的时候,先是绕旖旎的海岛走了一圈,十分钟后,磁力车到达我家门口。我母亲亲自出门来迎接她(我家并没有保姆机器人)。这天,裳女士穿着一身粉红的休闲服装,拎着提包,面容憔悴。

"她从来不听话。自从被我发现后,我们谈过一次,今天早上,她又和我吵过,我真的很累。"

"我不骗她,没有人知道什么是爱。"

"我发现给她配一台机器人,是错误。它有高超的智商。会使坏。机器人和我们人不一样,它终究不牢靠,幸好我始终握有它们的钥匙,否则人类前途不堪设想……"

说罢,她哭了起来,她痛心疾首,她像一个孩子伏在我母亲旁边的抱枕上，哭得披头散发，像一头野兽，像一头发怒的母狮子，让我母亲只能安慰她："小裳，思仪她不恨你，一切会好。"

我隔着窗子站在外边的草茵地里喝茶，看着音乐喷泉流出各种形状的水花，我只敢在距离裳女士很远的地方。

这是我第二次看见人类哭泣了，人类高度进化到这个时候，证明了一件事：某种程度上，人类变得更为脆弱，或许说，只是现在人类进化到没有遮羞布，到了无可回避任何维度的地步。

裳女士和我母亲在一起的时候，裳女士远远地看了我一眼，我不由心虚起来，待我母亲去给她沏了一杯茶，我远远地走开了。

其实，我差点让裳女士的情绪感染，我已经得知她和菲思仪吵架的原因，我并没有上前聆听她们的谈话。裳女士看着我的眼神是橙色的，也许是情感让她基因变异，也许是她从太空回来后留下的创伤。她的眼神让我觉得非常诧异，不可捉摸，我根本猜不出里面的内容是什么。只是隐隐让我觉察到裳女士的决定，也许她会真如我母亲所说，是时候该发生新的改变了。

裳女士痛哭流涕，我母亲一直在安慰她。

"小裳，你要重新来过。欢迎你来找我，我们还是可以经常见面。"

裳女士用手帕揩了揩眼泪，她说："我好了，哭一哭就好。"

那天，月亮将近树梢的时候，裳女士拖着疲惫的身子迈进磁力车，她终于走了。接下来的几天，在海岛的国际学校，令我惊讶的是，我再也没有看到菲思仪。这让我感到无比巨大的恐慌。

裳女士把菲思仪带出了城堡，带走的还有我们的逃离计划。

时隔两个月，我终于鼓起勇气，打算亲自去菲思仪家里一趟，菲家的四合院悄然无声，我趴在巨大的海景玻璃上，透过那道环形走廊，往菲家的客厅张望。在杂乱的高脚凳后面，我发现了阿K，看到阿K的时候，我感觉到前所未有的恐惧，我急忙捂住嘴，差点惊声尖叫。

阿K死了！它的手臂被拆得七零八落，还有那颗白色可爱的大脑袋，它的眼睛黯淡无光，不再有电波通过时的炯炯有神，成了两盏再普通不过的聚焦灯，阿K的头壳上蒙上一层灰，那是海上吹来的灰白色盐芒。

天啊！裳女士拆解了阿K。除了我之外，裳女士把阿K当成了罪魁祸首，她在我们行动前杀死了阿K！

我眼前的只不过是二十二世纪一具机器人朋友的尸体。

那天，我垂头丧气地离开空洞洞的四合院，到达悬崖边后，我在一块巨大的礁石上躺了下来。我的眼泪从眼眶里流了下来，因为菲思仪也从海岛彻底消失了。那天，悬崖上的我脑子里出现幻象。

阿K死了。

我又想起那个挑战人类生存极限的老坤，我坚信阿K依然存在。

2008年，本海岛因为南海领海冲突而建市，一百年前，本海岛产业全部转为高端科学研究，优先发展为城堡。那个夏天，我却愚蠢地在城堡里寻找菲思仪,这时有人说,菲思仪跟随母亲去往火星,移居钛铝金属为框架的火星城堡,她作为裘女士的助手跟随母亲开展科学活动。也有人说,她母亲只是被派往大陆开展新的科学领域,可能在北京,有可能在巴黎,或者美国佛罗里达的休斯顿。

我询问过我母亲,母亲沉默不语。(最大可能是,她在遵守城堡的行为法则)有一次,我鼓起勇气再次前往星际飞机的航天中心,询问从火星上过来的男人和女人,那些男人承受了过多的宇宙射线,看起来肤色深沉,他们说话的时候,汉语有一种怪怪的腔调,以一种美国黑人的幽默对我说,他们都没有。再说一遍:还是没有。而另一些人听着我的陈述,似乎有点同情我了,这是从太空回来的女人们,女人们与男人们一样有深沉的褐色皮肤,她们还带着少许星空的腥臭味,来自火星上的女人们笑着对我说,"朋友,你别傻了,我们的航天飞机都只有代号,没有申请权限怎么去找?"

"我们只有代号,没有名字。火星成为城堡后,也是。这是我们的发展方向,就像宗教消亡。阿门。"一个中年男人一顿一顿地说。

第二部分　寻找卡夫卡

现在是2216年10月，自从菲思仪从海岛迁走，我在海岛的日子重新陷入平淡如水，后来在我们的海岛上，我完全成为孤家寡人了。2207年4月，人类大规模朝外星球迈进，随后，我的母亲作为医疗专家一度加入了火星计划，她成为地球负责测试火星数据的专家。不过，自从菲思仪作为在我身边出现过的第四人，第五人迟迟没有出现，这种情况一直延续到我大学毕业。

我对科技高度发达的海岛无比厌倦，因为向往旧时光而研究人类历史。我的心愿是时间折叠，穿越时光隧道回到城堡形成之前，回到2000年，但是，过去一百年的时候，也就是公元2100年初始，时光隧道被证伪，时空学公理证明宇宙不可逆，它就像永动机一样成了永远的笑话。可是，历史是写给未来人看的，因为它会重复。未来和过去都是这样，人类的缺陷唯一来源于冷漠。

人类真的陷入一种境地，就像小王子的星球一样孤独。

我毕业即失业的第二年，第一次来到我们的大陆，说起来可笑，这还是我第一次离开城堡。当我乘坐飞机离开海岛的时候，那一刹那间，我突然陷入悲伤，我恨海岛，这让我产生了不正常的情绪——憎恨，就像裳女士骨子里存在的憎恨一样，这真是一种既爱又恨的依恋关系啊。

我终于要走出海岛的城堡去大陆了。整个大陆是一个固定的男性社会，作为一个终将走入扁平化的城堡，它仍然是全球最大单元，与西太平洋的美洲大陆遥相呼应。我们的时代，大陆人口将近10亿，2050年的时候，大陆人口曾经达到历史最大峰值，随后人口快速老龄化，女性急剧减少，男性总量增加到百分之八十，国家开始消亡，逐渐被城堡取代。城堡里除了无形的人类规则，已经没有杀戮、战争、纠纷、恩怨，也没有了领土纠纷，日常生活除了醉生梦死的网游、竞技、享受，就是冲浪，旅游。

　　这时，大陆作为一个男性居多的城堡，每天平静如水，在熙熙攘攘的人流中，我一个人背着旅行包，听着有强烈节奏的金属乐，模仿着迈克尔·杰克逊的舞姿，一个人参观了长沙的马王堆，又去了一趟杭州，参观良渚文化遗址，这都是过往两千乃至上万年以前的历史。

　　天气日渐转凉的十月，海岛的台风已去，就在我打算返回海岛的前夕，最后一次的旅行中，准备从杭州前往西安的飞机上，我巧遇一个故人。

　　我都不知道怎么会碰到菲思仪的。

　　碰到菲思仪的时候是一天的上午，在去往西安的飞机上，那时，飞机正在自动供换核废料，在机舱宽敞的一等座上，我疲惫地躺下，正准备翻阅一本电子杂志的时候，屏幕反光，上面出现一张姣好的脸。

　　我的目光很快注意到旁边的女孩。

菲思仪。菲思仪的识别度真是太高了，乃至十年后相见我仍然认得她，这可能归功于她长得太像赫本，以至于让我条件反射般总是想到菲思仪。

现在看到她，我不由自主地嘘出一声："嗨，赫本！"

"海小水？"菲思仪见到随身背着帆布小旅行包的我，她认出了我，大声地说，"你终于也来了，你个蠢人！"

她哈哈大笑，而我被她说得竟然有些腼腆。

这一路我们一同到达西安。不到二十分钟的飞机旅程上，我们稍许聊了下。这时，我才知道菲思仪的职业，某种程度上，菲思仪倒是延续了童年时期的梦想，现在，她成了天上的人，她是酒泉航天中心的一名科技官，负责开通火星和地球之间的星际航线联络。菲思仪说："我是因为工作关系才住西安的，这里到酒泉航天中心方便。"

我们的重新见面很是愉快。当我说我到了西安，除了逛逛兵马俑和唐三彩销售店就无事可做了，每天晚上住旅馆，像一个无业游民时，菲思仪说："你可以住我家里，我妈不在。"

我问："这样合适吗，不影响你？"

菲思仪笑了起来，她说这段时间，陨石云和流星雨密集，她有大约一个月的时间陪我游玩。

菲思仪说他们准备开通火星到地球的所有航线了，不幸的是，这阵子恰好是特殊时期："小行星带之间有陨石云，而且，我们的射电望远镜和各种射线纷纷检测到高强度的流星雨，这个周期持续一个月,在太阳系出现的概率是百年一次,数以亿计的陨石云和流星雨一起跑到近太阳公转轨道,如果我们闯入它们的轨道,万一不幸,它们会洞穿航天飞机的高强度外壳蒙皮,甚至吞噬我们的飞机,机毁人亡。"

"哦,太空还真有这样的事儿。"

"这是前所未有的休假周期。只能等这个周期过去,航天部会开通火星的民用航线。"

在西安的那些天,我们都闲下来了,这是一段相对安详和静止的时光。

这些天,我没有去图书馆翻阅关于唐朝陇西集团的史学资料,菲思仪也没有去上班。太阳很好的日子里,菲思仪邀请我去洗浴中心拔火罐、洗脚,祛除旅行的疲劳。参观完兵马俑后,我们又一起前去咸阳骊山,望着高大的丘形山出奇,这是公元前秦始皇时代的西安,骊山是一个巨大的人类象征。傍晚的时候,我们找上一家小吃街,来上一碗滚热的馄饨儿。第二天是臊子面。第三天,端上一盆略带膻味的清真熟牛腱子。第四天,看到大街上有人模仿清代末期的黄包车招揽生意,我们一起结伴骑自行车,绕西安城墙走了二十公里。路上,菲思仪说:"这里没有海风,也没有台风。很宁静。"

西安的日子,没有风,但阳光很好,璀璨得就像鱼的鳞片一样,竟然有一股欣欣向荣的气息。这样松松垮垮的日子无忧无虑,不知不觉,在西安过去了一个星期,不过,我倒是没有见到菲思仪的母亲,也就是裘女士。那天，在西安高大的城墙下，我们享受着掏耳朵的服务时，我们倒是一起谈起她。

"你妈还好吗？"

"还好，她犯上了唠叨。越来越喜欢哭泣。特别是有一回，她从火星回地球的来路上。"

"哦，还没有退休？"

"她严重神经衰弱，这病迫使她一直工作，她竟然给我说出数据，说现在大于百分之八十比例的人类有精神疾病，我也没有办法，其实，我们已经没有退休概念，休息和工作融为一体。"

到这时，我才意识到我真是局外人，2216年10月，地球人类中的局外人。这让我有些摸不着边际，我说："我们难道就不能回归心灵？"

"别傻了，我们再也回不到以前。人类不可能产生伏尔泰和卢梭。"

"是的，人类学和社会学已经停滞多年。"

"不过，当然，可能也只有我母亲是这样。你也知道她是怎样的人。她极大地影响我，让我不敢去爱，唉，我真的像赫本啊。"

"你说说那一年后来去了哪？"

"我跟我母亲离开地球去了火星，我前前后后陪伴她五年。从海岛走后，我母亲和我首先进行一趟星际旅行，十年前，飞机速度已经很快，我们的飞机使用核裂变提供能源，这是一架先进的航天飞机，飞机速度大约超过第三宇宙速度两倍,因此,不要轻视人类关于自然科学的能力。两年后,我们和从远日点归来的木星邂逅,前前后后花去了两年。时间就是这样容易过去,旅行,你也知道会让时间特别容易过去。我以前就喜欢这样,你还记得我们童年时期的梦想吗?"

"我知道,不过我差不多忘记了,最近反正也没事可做,所有时间都迷上史学,魏晋史、史前史、1919到1979年的大陆,嗨,这是另一种含义的城堡。这段历史,特别是它的后段部分,黑得就像星空没有星星,很多历史学家认为它的解密很有趣。还有,你也知道这两百多年来,人类人文科学僵死,蜕化成死板的教科书。不过怎么说呢,你可是有用的人,可我不像你。人类到这个时候,对工作、失业的讨论失去意义,没有任何激烈辩论,这么说人类确实进化到马克思构想中的共产主义……啊,不过,你还记得往事啊。"

"海小水,你要我谈谈对你的看法吗?"

"其实我也好奇,这么多年不见面。"

"我总觉得,你是来自过去时间里的人。"

七天后,我按事前预定准备去帕米尔高原考察。我决定去帕米尔高原,还是因为童年时期的经历。自从我与那个老得不能再老的古瓷器专家老坤相遇后,老坤讲述完人类城堡里最后的故事,他用神话告诉过我,说绿松石是一种有魔力的石头,天蓝色的色彩总是令人迷恋,因为那是一种模拟天空和海洋的颜色。从此,我才转为研究人类的过去史。

西安一行的巧遇让我准备邀请菲思仪同去阿富汗,这趟行程只需一个星期左右,听罢我转述完老坤的神话,菲思仪高兴地答应了下来。不过,就在我们临行的前夕,菲思仪前后接到两个电话。第一个电话是她的母亲裳女士打来的。我在西安差不多第九天的时候,裳女士第一次打来电话,她说,菲思仪,你什么时候能去火星,逃避可恶的地球。菲思仪不回答她,裳女士说,她正在星际飞机的出发前夕,她真的很挂念女儿菲思仪,希望她能马上乘坐另一架星际飞机,作为她的宝贝女儿,希望她能认真考虑。

裳女士用微波打来视频电话,菲思仪看着电子屏幕,一边看了我一眼,她冷冷地对她母亲说:"我知道了。"

见她放下了视频电话,我说:"那么还去吗,你以前想去非洲。帕米尔是亚洲的非洲。"

菲思仪犹豫不决。那天晚上,当她要驳回裳女士请求的时候,她又接到一个星际电话。给菲思仪打电话的是我们昔日的同学,正是海岛的华天。就是那位讥讽过我智商的华天。

当天,我们正在外面餐厅一起吃饭。

菲思仪接到华天的视频电话,她起身走到走廊上,面对一棵茂盛的白杨树,和远在火星的华天开始聊天。他们聊天的时候,忽然,我想起一点什么,天啊,我突然想起十年前的海岛上,菲思仪身边有过的保姆机器人,被裳女士疯狂拆解了的阿K。就这样,我在餐厅里思绪错乱。菲思仪一直在外面,电话里,她和华天聊了差不多有半个小时，等到通话结束，菲思仪一路笑着走进餐厅，她的通话与刚才对母亲的态度截然不同。

菲思仪高兴地说："海小水，你还记得我们的同学华天吗，华天从火星回来了。阿华邀请你和我们一起去火星，他说马上就去。"

我蹊跷地问："阿华？我们？"

"就是海岛上的华天呀，后来，他继承了航天员的职业，是星际飞机的驾驶员。华天的飞机速度大约有光速的百分之一，他算是接近比邻星的边缘，后来，他飞机的引擎还是坏了，好可惜。"

"原来是这样，是的，我记得他像你一样，他转学了。"我第一次回想起海岛学校里的华天。西安的上空没有工业废气笼罩，我推开窗，意味深长地望了下天空，能看到明亮的北斗七星，那是遥远的大熊座，也能清晰地看到半人马座，它们和太阳系一样处在银河系的旋臂上，半人马座上的比邻星距离太阳系4.22光年，以现在人类的终极速度，至少需要200年。

没想到，我生命里的第五人是华天。如果，此时能脱离人类到达半人马座的话，我将非常愿意。

"后来，他也是从海岛去了火星上。阿华母亲不比我母亲。以前在我们的海岛上，你也知道阿华妈和我母亲都是干什么工作的。后来，和妈去火星的星际旅行上，我和阿华前前后后见过好几次，和他差不多一起待过一年。想起来还是挺像海岛生活的。就是除了无边无际的星空和射线，没有椰树、海浪、海风。这一切都是我母亲给我的,她是我的终极孤独者,她就是女皇,独裁者。"

我说:"你又谈到人类的困境,发生的总比预想的坏。"

"就是我母亲让我不相信任何人。"菲思仪说,"两百多年前,写《小王子》的埃克苏佩里也知道人类的未来,孤独。"

菲思仪还不忘初心,到这,我准备谈谈阿K,谈谈我们的童年。

我的话便脱口而出:"阿K呢,后来?"

"死了,我母亲终结的。"

我说:"再后来呢?"

"阿K死了,我瞒着我母亲取走了它的芯片,后来,我请过一名生物专家救活阿K,他爱莫能助,他说阿K早在出厂进行参数设定的时候,我母亲输入过一套三级密码。密码负责阿K的所有参数还原,这套密码在我母亲手里。就这样,我始终没有办法修好它。我也不可能去求我母亲。你也知道,我母亲是全球顶尖级生物智能科学家。谁能和她做对?城堡没有男人,城堡也没有女人。"

"后来,你和华天呢?"

"有点,但是还不确定。因为我母亲,我也开始相信宿命了。"

说罢,时间已经不早了,菲思仪准备去客厅隔壁的浴室淋浴。菲思仪说,她喜欢听水流动的声音,就像在海滩上一样,能听到海浪就可以,她从来不用浴缸。

菲思仪在西安仍然维持着海岛的生活习惯。她走向浴室,客厅的后面,那间镶嵌着毛玻璃的浴室外,我能看到水流过毛玻璃的痕迹,就像动人的音乐。毛玻璃上，那团巨大的女人黑影显示：菲思仪高约一米七二，她身材高挑，婀娜多姿。

菲思仪裹着白色浴巾出来，她大概想到这关系到男女之间的性私密问题，严重点说关系到人类准则问题，我还想问些什么，可是我发现我已经无话可说。而且，她差不多应该向我这个房客说晚安了。

我点起一根烟看着她。

菲思仪说："海小水，阿华说作为同学，他欢迎你来火星，要不，你能跟我一起去火星吗，你不想研究那里的城堡？"

我说："研究火星？好啊，说来笑话，我别无去处，这算是我的第一次出门远行啊。"

菲思仪回过头来，露出迷人的微笑："不对。你忘记了过去的半个月，你不是一直沉迷于历史吗？"

她说得让我不禁想起过去的数天，到此，应该就到睡前告别的时候，那边菲思仪说她准备和华天视频电话下，了解最近太阳系星体的具体情况。菲思仪说罢，仿佛我们之间到了真正生死告别的时候，我站了起来，走到客厅的边缘，站在我晚上休息的房间门口，表情无辜得就像一部二十世纪流行的好莱坞电影的男主角。

我扶着门槛，略带忧伤地说："说来，其实每一个人都是卡夫卡。以前，在海岛上的时候，我就在寻找。现在，它就是城堡的基础，人类的停滞基础。人类已经塌陷。晚安，再见。阿门。"

2216年10月初，我和菲思仪一起前往火星。

菲思仪在西安的家里，仍然在做前往火星的前期准备，于是，前往帕米尔高原的事只能交给我一个人了。我乘坐直升艇一个人前往，我在帕米尔高原短暂逗留了一个星期，到达海拔高度六千余米的绿松石原生矿场，我带走了三颗天然绿松石，对于海岛上那位古瓷器专家老坤来说，我终于完成了他的夙愿。早年，老坤是位马来西亚的移民，这位华裔人士从来没见过大陆。

当我返回西安，我和母亲报了一声平安，我说，我接下来准备和菲思仪去往火星。因为这次来大陆的巧遇，让我找到了菲思仪，在火星上有可能和菲思仪的母亲裘女士见面。

我母亲仍在当医生，她凝思一阵说："那么，你快去快回，代我向她们母女俩问好，我们应该有十年没有见面了。"

地球的秋天已经开始，平原到处是金色的稻田和麦田，硕果累累，对于她的姐妹火星来说，恰好到了最近距离，星际飞机的航空距离约6000万公里，这是去火星的最佳时机，这种机会只有每隔十五年才有一次。

我们从菲思仪家启程乘坐磁力车到达酒泉航天中心，在航天等待区办理星际旅游手续，距离候机室外约一千米，发射台上出现待发火箭，白色的火箭箭体用楷体书写一行中文："汉文火星联合号"。

与过去的一个世纪一样，火箭为多次循环往返火箭。我们十个游客乘坐摆渡车到达火箭下方，从火箭边缘乘坐升降电梯抵达星际飞机的舱口。火箭之上，等待我们的是一种核裂变等离子飞机，飞机前后有四个引擎，我突然想起那个夏天"旋转木马"的事情，现在，这算是另一种概念的直升艇。

这时，人类的星际飞机除用于军事用途，可以直接点火发射外，火箭发射仍然是一种最安全的发射方式，菲思仪说："特殊时期，还是谨慎为好。"

我们都身穿密封性的助推器救生服，我和菲思仪一起坐在第二密封舱。四十多米的星际火箭上空，菲思仪说："再过十五分钟，一刻钟，就要暂时离开地球了。从这里，10000米的上空，你可以看到西安。20000米，看到秦始皇的埋葬点骊山，看到黄河。火箭再远点，高度到达10千米的时候，你可以看到太平洋、美国，地球缩成了一个水晶球，你可以拿出望远镜看看。当星际飞机完成点火，30秒内，飞机不断加速，最终它会达到光速的千分之一。你会体验到光波的滞留作用，你能看到舱外光圈被放大，耳朵轰鸣。"

我说："我想起小时候在国际学校上课，我喜欢玩地球仪，其实，当我偷偷睡懒觉，我已经幻想有这样一种感觉。那时起，我就喜欢球体。一直喜欢幻想各种各样离开城堡的感觉。现在的体验算是实现理想了。"

我为离开地球有点兴奋。星际飞机上，有那么一瞬间，我想起菲思仪和华天在星空的时候，我脑子里竟然涌出一种情欲，伴随着生理反应，因为情欲，我内心上升一种巨大的落败感。

我自言自语道:"星际是无穷大的规则,因为无边的规则,人类终将塌陷,这是人类无法幸福的理由。"

说罢,菲思仪认真地望了我一眼,她可能觉得我说得很有趣,她递过来一个望远镜,以便我能从大气层之外好好回望一下地球。我举起望远镜,回望美丽的地球。随着火箭发射第二十分钟的到来,舱体开始有语音播报:1、2、3……

"轰!"突然,轰隆一声,巨大的响声,我感觉座位连同偌大的机舱都在颤抖,从座舱往外看,火箭在循环推力下往后面的地球返回,火箭上仍有我们的航天驾驶人员,他会让火箭重新降落到发射地。而我们的星际飞机与火箭分离,四个机体引擎全部点火,飞机开足马力,不过,往后面的地球方向,飞机仍然有一个不容忽视的角速度,这是地球万有引力的作用,这时,火箭停滞了大约半秒钟。

我看着菲思仪,紧张万分。

"这是火箭脱离。星际飞机正式点火,流体有颤流过程,系好安全带。"

刀光剑影,这正是陨石云摩擦飞机蒙皮发出的最后一波呼啸,是高度氧化的过程——好在飞机蒙皮涂有一层致密的氧化硅作为保护层,氧化硅原子排列致密,足以抵挡氧化侵蚀。那一刹那,我不禁伸出手去握住菲思仪的手,我和菲思仪的第一次亲密接触,万万没想到是发生在这种时候。旁边,菲思仪表现镇定,她来往火星和地球之间不下十次,对于她成为了家常便饭。

飞机越来越快。一刻钟后，舱体又有语音播报："汉文联合号起稳，速度达光速的千分之一"，这时，机体上总算没有重力加速度的感觉了，我回过头去，后面已经看不见可爱的地球。我感觉自己陷入沉沉欲睡的昏迷中。我仍旧握住菲思仪的手，旁边的菲思仪双眼闭合，她已经习惯性地睡着，从她优雅的睡梦里看，她真像婴儿一样妩媚，她真的太像赫本了。

在座舱上，我再次回想起在她西安家里，那天晚上菲思仪和我聊天后去洗浴的时候。我不禁身子探到她的密封服旁边，然后头伸过去，轻轻地亲了下菲思仪的脸颊。这是一种多么美妙的感觉。

"别了，地球。"

"暂别了，同胞们。"

"这是一次实验。"

人类自从第一次登月，时间只不过区区 250 年，现在，人类已经超越地球的引力登陆火星，在 2150 年，组建另一星球的人类——新的城堡。

飞机上，所有人都陷入了睡眠中，远去的地球，夜深了，浑浑噩噩。迎接着高速的飞机带来的火红海洋，我才渐渐发现火星快要到来，在心灵的一片惊悸声中，菲思仪仍旧陷入以往和地球上一样的沉睡，而我们的脚下慢慢出现一颗粉红的星球。它从微小的红色小圆点变大，当大到足球的时候，这颗渺小的类地行星上，我蓦然发现有地下穴道的入口，它们像墓碑一样，那正是火星的未来——人类城堡。

我才知道我和菲思仪到了火星上。我应该记住我到达火星的时间：2216年10月16日早晨8点。这是地球时间。

一百年前，人类开始派遣机器人到达火星，机器人开始在火星上种植蓝藻，蓝藻释放氧气，现在，火星拥有与地球越来越相似的大气成分，不过，相比气候宜人的地球，走出火星钢铁结构的城堡，在这一颗缺少空气的星球，人们仍然需要穿着密封服出行。二十世纪以来，人类发展空前加速，这是比地球社会更孤独的城堡。

华天在距火星飞机发射基地的家里等我们，准确地说，他在等待菲思仪。

"阿仪，你好。我已经等你很久了。"当华天见到菲思仪的时候，他万分激动地奔了过去，和菲思仪久久拥抱。

我远远地看着华天。华天成年后，他的眼睛非常美丽，深邃有神，就像欧罗巴人种的眼神，一点也不像汉族人的基因，这一度让我怀疑华天的父系是北欧岛国人。他们相拥后开始热情说话。

"是吗，你吃过饭了吗，你要记得地球时间。"

"哈，这是火星。314年以来，我们作为航天员一员，航天员的生活极不正常。"

"那么回到二百年前吧，这里还有一位拖延时间的男士。"

菲思仪在介绍我，那时，我尴尬地站在他们后面，倚靠在灰色的有迷人色彩的钛金属门槛上，我仍旧穿着密封服，这让整个人都有些闷热。

这是我时隔十年再次见到华天,当然,我还记得在海岛国际学校时候的事情。刚才,他和菲思仪倒把我撂在了一边。华天听菲思仪提及几米外的我,他朝我缓缓地招手道:"嗨,欢迎你,地球仪男士。"

"这是火星,可是对于我们哪儿都一样。"我回道。

华天让菲思仪噗地笑了出来,她说:"海小水,你扮演阿K好了,大家开个玩笑。"

我没有笑。我们乘坐平衡行驶仪离开星际飞机场,前往一个大型城堡,这是华天的家。火星上的城堡好像是地下迷宫,全部由机器人建造,材料为高强度的钛钢合金。他的家位于火星地下20米处,华天说,这是他在火星上一个人的房子,因为房子代号Q,所以他在火星上叫Q,自从离开海岛,他和母亲就搬来了这里。

如果按地球上的人类标准来说,华天的家十分狼狈。一个典型的男生宿舍。房间有强劲的新风系统,里面仍然有一股硫磺气味,掺杂着烟火,据说这股混合气味在火星上常有,房间里还有浓烈的臭袜子和未洗内裤的味道,这些气味充斥在一起,混杂着男性充满诱惑的荷尔蒙。不过这是在火星上,倒又习以为常。

我们需要补充营养液和蛋白质,以便好好调整来适应火星生活,一天后,我们驶出城堡,朝火星的地表开进。华天驾驶平衡行驶仪,他带我和菲思仪参观火星地貌,现在,火星地表是遍地的蓝藻,从太空看起来,仍然是一个火红的星球,就像地球上数亿年以来的撒哈拉沙漠,除了绿洲,就是沙砾和沟壑。地球的非洲赤道地区仍旧荒无人烟。

有一天，我们去了阿尔及尔盆地。当我们抵达盆地上方的边缘，地表出现无数条沟壑，它们像章鱼腕往同样的方向延伸，地表形成一个类似地球三角洲的破碎地貌，这让人不得不推理，乃是亿万年前的河流冲积而成。正好，自动驾驶仪上有语音播报，显示它的行驶轨迹接下来是一个往盆地下坡的过程，角度大约15度。

往盆地中心开进的时候，菲思仪向我介绍："人类诞生前的数亿年，火星上曾经有过海洋，有过河流，其实，它就像我们成长的海岛，它很美丽。"

"不过，等等。"我停顿了下，"我好像闻到一丝诡异的气息。"

菲思仪说："接下来可是盆地，火星风暴频繁。你还记得海岛的台风吗？相比地球的台风，这是不同指数级的。"

"是啊。"我说，我从后视镜望了望前面开车的华天，华天表情无比轻松。

这是一个波澜壮阔的盆地，看似平坦，实则危机不断。果然如菲思仪所说，我们到达盆地后，马上遭遇险情。华天回过头来说："遭受红色风暴。"

一场铺天盖地的尘暴，呼啸连天。嘟、嘟……自动驾驶仪警报器不断低鸣。

人类文明从大陆文明发展到海洋文明，再到天空文明，人类的新征途，正是从征服风暴开始，然后是海啸和台风。如今距离地球遥远的邻近星球上，人类发明的平衡行驶仪面对火星风暴，采取的办法是抓紧大地。平衡行驶仪自动探出四根稳定柱，用压缩气体打入地表，像钢铁章鱼的触角，末端形成无数吸盘抓紧土壤。

尘暴携带滚烫的灰尘，把平衡行驶仪完全掩埋，车内外漆黑无光，我恐惧地看着菲思仪，华天打开车内灯说："你就休息吧，面对这种突发情况，弄不好的话，风暴要七个火星日才能停歇。未来学家，请让火星风暴来得更加猛烈吧！"

七个火星日？天啊，全程，我们在车上不能动弹，只能吃压缩食品，呼吸驾驶仪上的自动制氧机制造的氧气，连方便都只能采用临时方便袋。在不到两平方米的行驶仪内坐上百个钟头，这是一种怎样难受的感觉。

"体验看起来真不一样吧，不过，老同学，你可以注射昏迷剂和镇定剂，这样坐着睡一觉，也许会更舒服些。"华天幽蓝的眼睛望着远方，嘴角带着胜利的快意。

幸运的是，三个火星时后，风暴停歇。

毕竟这还不到风暴最为剧烈的春末夏初。遥远的西方，我们终于看见从尘埃缝隙里露出的太阳了，太阳带着一种悲情缓缓入地，华天启动行驶仪从像雪一样的尘埃掩盖中露头，这是一种好像末世英雄的悲怆。

华天小心翼翼地驾驶，我们终于离开风暴中心区，当我们从盆地出来，方才歇了一口气。这时，自动驾驶仪已经不能再向前行驶，我们走出车外,站在一个山壑与峡谷的交界点,居高临下,远眺数十千米的地方,这时,我们望见了人类在火星上的城堡,城堡远在50公里外,这到达我们肉眼所能看到的极限——这正是火星球曲面的极限。在火星的尽头,终于出现人类的痕迹,城堡里的指明灯开启,零碎的,仿佛是看到地球上大漠的灯光,孤独,没有万家灯火。

华天开始发话:"同学,思仪说你一直研究人类史,你说说人类以后的走向吧。"

我说:"你知道的肯定比我更多。"

"你说,人类会毁灭吗?"

"这是一个上帝才能回答的问题,不过,或许能够预测。"

"陷入困境的预测?"当我不置可否的时候,华天说:"我不相信。我们这一代人肯定能解决,我相信未来,未来属于强者,人类的强者,强烈的探索,还有规则。我们就是依照规则挺进月球、火星,还有现在人类能达到最遥远的距离,接近比邻星,你说除了规则还有什么?"

我又听到规则二字,华天似乎已经说得很好,除此,还能说什么。

听到我们的谈话,菲思仪说:"人类不再争辩。好了,要不我们回去吧,我开始饿了,小水同学开始累了,毕竟他是初次来外星球。"

华天意犹未尽,他说:"下个星期,我们中心马上开展终极实验,这是地球上的你进行的第二次实验,还有思仪和我,你准备好了吗?

哈，其实历史也是未来，你是未来学家。"

望着人类火星上倍显孤独的城堡，我打趣起来："哈，接下来去寻找宇宙的卡夫卡？"

这是模拟人类塌陷的超前模式，从中却能感受到强大威胁，这来自于距离地球不少于6000万公里外的火星，来自不可预知的未来。

华天邀请我参加超越光速的实验，说这是一次前所未有的终极实验，一次真正孤独的游戏，模拟宇宙，展开一次对人类的淘汰、遴选。当试验型星际飞机速度从光速的十万分之一开始，每次以10倍提升，人体承受的加速度大概是地球重力加速度的10倍，瞬间会让人体承受10倍于体重的质量，轻则思维停顿，重则全身血管爆裂，骨骼压碎，陷入昏迷状态。

"玩的就是刺激。"华天意味深长地问我，"这种情况下，完成机体外行走，人类进行哲学对话。"

我说："哈，人类塌陷从这里开始？"

"人类比你想象的还要坏。"华天诡秘一笑。

在华天的鼓动下，我决定和菲思仪参加华天发起的活动。因为在火星城堡的每一天，终日消沉，枯燥无味，同样是一种不正常的精神分裂状态啊。我决定前往是因为菲思仪决定前往，当然，这也是一场心理测试：极端的冒险故事才能激发内心最真实的意图，这或许才是华天的内心用意吧。

等到火星夜的到来，黑暗中，我们朝星际飞机基地走去，我们乘坐核聚变等离子星际飞机离开火星,前往太阳系边缘。这是有史以来发明最高飞行速率的飞机,标准八引擎装备,由核反应堆提供驱使动力,喷射等离子带来超级速度,最大达到光速的十分之一。华天是正驾驶员,思仪充当他的副驾驶员。我们仿佛乘坐一艘诺亚方舟。上机的时候,周边出现数架星际飞机,其中有军用飞机,也有民用飞机,它们正要返回地球。一刹那,所有飞机在火星的天空中消失,变为再也看不见的亮点。

看着消失不见的飞机,我说:"我开始怀念地球了"。

华天说,"当你离开人类心灵的改造,你就会忘记所有错误。而你陷入它的困惑和迷宫。"

"有道理,因为我喜欢无穷尽的球体。"

就这样,我们从火星出发开始终极实验,谁能想到更大的厄运在后头呢,人类肉体的衍生和毁灭,这就像模拟一次宇宙爆炸的过程。华天让飞机速度从零瞬间爬升到光速的万分之一。华天说:"人类就是在这样极致的激烈试验中忘记从前,鄙视落后,唾弃历史。"华天就像一个王者,他以掷地有声的声音宣布,说他从来不相信历史。

千分之一的光速!

百分之一。五十分之一!

最后关头的冲刺,星际飞机以五十分之一的光速维持了一分钟,我们的危机,从穿越木星和土星的小行星带正式开启。只有穿越这里才有能力抵达太阳系的边缘。

"嘭！"首先，我们听到一声震耳欲聋的撞击声，这是一颗直径达到一米的行星碎片，以上千公斤 TNT 当量撞向飞机，幸好只擦在引擎圈上，否则，这颗小行星带来的后果是飞机毁灭。

　　紧张万分的时刻在继续，越来越多的小行星迎面扑来，华天和菲思仪启动红外线跟踪仪，飞机都巧妙地避开了撞击。这一路过来历经三个小时，我们已经损坏了两个引擎，才终于逃离对于人类来说是噩梦的小行星带。这时，从飞机的引力表来看，我们已经感受不到太阳引力，它正在变为无穷小。

　　我们飞越海王星了，就在为之庆幸的时候，突发事件又一次降临。这时，飞机速度冲刺到超过光速的十分一。天啊，光速的十分之一！

　　"这就是我带给未来的成绩。"华天骄傲地回过头来说。

　　华天话音刚落，一声巨大的"嘭！"倏然传来，它就像从人类的骨髓深处发出的震撼，随后，飞机马上掉头翻转，像流体一样开始空翻，陷入空前而遥远的漩涡中，连翻了无数个大筋斗，飞机在太空中坠落数百米之远，当我们三人全部晕头转向的时候，舱体到处响起"嘟、嘟、嘟、嘟"的警报声，飞机四壁的红灯和绿灯醒目地交替闪烁，我们的表情一直停顿在惊悚和惊叫的状态，一秒后、两秒后，飞机遽然而止了。

　　"引擎故障。"

　　"伽马射线扫描失效。"

"反应堆停止。"

飞离太阳系的关键时刻,飞机失控,骤停,然后处于一种失重的漂浮状态,此时,只有发动机空转,由它的转动传递给金属微弱的颤抖,证明核反应堆运转完好。但也只不过是这样,除此,四周只剩死寂的沉默了,再没有任何其他的声音。我们都有一种不祥的预感出现,情况比火星风暴更为严重。

华天和菲思仪双双露出严峻的脸色,几乎听到警报语音足足一秒钟后,他俩才有反应,华天走下驾驶舱,回过头来对我们宣布:"我要开舱去修复,应该还是陨石撞击问题。速度和撞击概率成正比。"

菲思仪说:"我也去"。

华天说:"是的,我还需要助手,这种情况非常罕见,我从来没有遇到过"。

菲思仪看了看我,本来我也是一副爱莫能助的表情,这下只能激发潜能,去给他俩打下手了。我们都身穿动力助推器,打开星际飞机的舱体,启动助推器,集体出舱。华天和菲思仪携手往引擎盖处游去,我在后面负责给他们递送工具和仪器。我们三人正式开始修复飞机引擎的工作,不过,情况并不如我们计划的那么乐观。华天更换两个备用引擎,飞机舱体里面再也没有备用引擎,这时候,我们手腕上的手表显示修复引擎工作共花费地球时八个小时,到此,我们完全精疲力尽,只能改换另外一种计划。

这时,另外一种巨大的不祥现象逼近我们,它来自于飞机上的计算机和仪表的跟踪和计算,两种机器同时检测到危急情况出现:我们的前面出现两颗超级大彗星。彗星以非常大的速度逼近,飞机的计算机清晰地显示,它们将相撞——我们飞机骤停的位置正是它们的相撞点,两颗彗星到达时间是四天后,也可能是三天后的地球日晚上到达,如果,我们没有得到及时救援,两颗相互撞击的彗星将彻底埋葬我们,接下来要么等待救援,要么等待死亡。

华天极为冷静地说:"等待军方星际飞机吧,我用代号已经发射微波 S.O.S.,他们会在彗星碰撞前到来,你们回去吧。"

菲思仪说:"阿华,我们一起走吧,和海小水一起。"

"你是不是喜欢他?"华天神色大变。

他神色讥讽:"他是个废人,对于我们来说,却成为我们之间的障碍。恰好,我们是人类,万分纠结!"

菲思仪瞬间被情绪击溃。她说:"阿华,我跟你一起走,我让海小水带走阿K的芯片。阿K和他都是我以前最好的朋友,超过我母亲。我不想让他们去死,总有一天,阿K会复活。我把阿K的芯片交给他。我跟你走。"

"思仪,不需要了,这让人矛盾,你会让我堕落。"

"这是你做实验的真正目的?"

"思仪,我们俩就不要争论了。你先回去,就这样决定了。我真的不能冲破人类的准则,虽然,我也知道人类准则越来越奇怪。"

我在一旁听着菲思仪和华天谈论,他俩仿佛我不在一样,不过因为有关我，我只能默不作声，因为我并不想参与争论，某种程度上，华天是对的。我来到火星，只是看看人类的未来罢了，人类从二十世纪、二十一世纪到现在，加倍前进，而这就是人类在二十三世纪的未来。孤独是一把利剑，让人类陷入自我，塌陷加速，这依然是一条毁灭的路途。

这时，倒是菲思仪打断了我的思路。菲思仪说："海小水，阿华这么说你，你就不能辩护些什么吗？"

我说："哦，你们在谈及人类？其实大家都明白。人类只有两种可能。百分之百的理性带来彻底的疯狂和残酷。还有一种可能，脱离人类，寻找无边无际的行星。利用单性生殖。但是，大家看到脱轨的列车，只能看到它越滑越远。"

华天说："这一点，你说对了，我选择后者。"

我们在太阳系的边缘无休止地争论。

华天原本准备突破驶离太阳系，他只需要菲思仪一个人，梦想和菲思仪脱离塌陷的人类，然后得到永生，意外的是菲思仪把我带入了火星的禁区，这完全打乱了他的计划，这迫使他改变决定。

华天说，计算机大概算出两颗彗星碰撞的时间，军方星际飞机来修复飞船，这都得看运气。如果幸运的话，等到飞船修复后，他将继续完成终极实验。

煎熬的等待中，我们在华天的飞机里，已经是地球日的三天三夜了，飞机上的计算机显示彗星的轨道，它们在逼近，红外线表感觉彗星的红外线热度越来越大,我和菲思仪不时相互望着对方,心跳加快,面容赤红,连我们的意识也开始出现模糊,记不清这是第三天还是第四天……汗珠在密封服里像水一样流淌,我们只有等待着恐惧,迎接死亡。

万幸的是,救援飞机终于及时赶来,身穿动力助推器的军人把我们迎进救援飞机,为我们注射营养液和强心剂,同时,另一拨人以最快的速度行动迁移华天的飞机偏离彗星轨道,然后更换华天那架损坏飞船的引擎。

我、华天、菲思仪这才身体和情绪达到稳定。我们目睹了修复飞机引擎的全过程,不过,情况仍然非常危急,即使我们已经逃离彗星相撞的轨道,距离相撞点将近五十余千米,巨大的冲击波和相当于核弹爆炸的热度仍然会埋葬我们。军用飞机的指挥官已经对全体军人发出指令,鉴于超级大彗星将于五分钟后到达,撞击冲击波巨大,周围50千米热度将达到上百摄氏度,他们飞机将于两分钟后启动引擎,马上离开,否则后果不堪设想!

我牵着菲思仪的手,准备和她回救援飞机上,华天没有跟上来,他轻蔑地看了我一眼,他说:"我仍然准备穿越太阳系。我从不当逃兵。"

万分紧急之时,菲思仪身体又出现虚脱,于是,我顾不上华天了,我仍然牵着菲思仪的手。我疲倦地抱起她,凭借助推器的动力,准备和她一起游到军用星际飞机里,华天一直站在原处。

当我们即将离开华天去往军用飞机的一瞬间，菲思仪从虚脱中以惊人的毅力挣扎站起，她去拉华天的手，华天却挣脱了，华天把助推器的推力加大，他像鱼一样双手后划，大步流星地朝他的飞机驾驶舱划去，临走前，他只是认真地看了菲思仪一眼。

"夸父追日，与时光赛跑。还有那年，你家的保姆机器人怎么被杀死的，我向你妈说了你的事，思仪，请原谅。"

华天说完，便头也不回地走了，登上飞机的驾驶舱，不到半分钟，等到他戴上头盔，飞机发动，在菲思仪痛苦的哀嚎中，他的飞机向太空驶去，那是背离太阳系的方向，瞬间，就像那些从火星即将回地球的飞机，他的飞机变为再也看不见的亮点。

我和菲思仪回程了。菲思仪没有因为华天的叙说而痛恨华天，返回路上，她一直哭泣："华天会死的，太阳系有大公转的速率，华天一旦离开太阳系，他的飞机再也追赶不上太阳系的速度，核能终将耗尽，你知道吗？"

经过一次舐血的终极实验，还能说什么呢，当然，我早就知道华天的实验别有意图，现在，我只能安慰菲思仪："小仪，现在，你妈可能告诉过你的出生了。其实，人类可能有一点说对了，可能你妈说过，城堡里，情欲是魔鬼，是人类的魔鬼，是所有毁灭的魔鬼。"

后方大约100千米的地方，两颗大彗星如约而至，它们以约600千米每秒的速度剧烈地撞击，顿时碎片四射，撞出亿万个火花。它们带来一场宛若六级地震的冲击波，冲击波以光速向四周扩散，宛若一颗太阳喷薄而出,让救援我们的军用飞机一时踉跄不已,同时,彗星们像准备了一场盛大的葬礼烟花,烧灼了我们刚才的行迹,只剩下无尽的悲凉。它们的后方,华天早已经驶出太阳系,也许他将永远消失在太空的大漠中。

第三部分　尾声：人类塌陷

2217年2月，我和菲思仪带着无尽的失意从火星上归来。这时，地球北半球正是隆冬，白雪皑皑，到处只见盛开的梅花。华天可能永远回不到地球上来了，自从终极实验归来，菲思仪再也没有接到太空音讯，倒是待到这一年雪化时，据巡视太阳系的太空军回报，他们接收过华天的微波信号，华天说，他已经在比邻星C星球，一个人站在C星球上。华天说，他成了小王子，他决心给这个星球种上一畦的玫瑰花。

华天终于以他的行为获得一劳永逸的快乐。而对于地球上的我和菲思仪，从此，还能说什么呢，回到地球，菲思仪变得和她母亲一样，她心力交瘁。

菲思仪唯一跟她母亲裳女士说过，她想回到海岛上去，回到故乡，让最封闭的海岛把她的情绪关闭。现在，她明显感觉到关于她个人的毁灭，看来裳女士的憎恨因子是对的。作为科学家，她果真有先见之明。

这时，裳女士才露出得意的笑容。她满意地说："思仪，其实，我们都预感到了结局，这是整个人类的结局。"

菲思仪回海岛的那天，我去送别。送别的时候，我赠予她一颗绿松石，我们最后有过一次谈话。

"你真要回去？我们像囚笼一样的海岛。"

"我们哪里不是囚笼?"

"你也开始说这样的话了。我记得人类是有希望的,只是可惜,以后我会更努力地查遍史书……"

"阿华走后,我渐渐想明白,也想明白了我母亲。至于华天,他离开我,你也知道有多重目的。他本来可以不选择规则。现在,是规则杀死人类,他永远死了。"

我开始为华天叹息。

我当然知道华天进行模拟实验的寓意,当然,我想说这归根结底还是因为人类的孤独。永远的孤独。即使到了2200年代,人类还是没有改变。就像年老的古董专家老坤,他改变了自己的寿命,却没法改变他一个人鳏居的孤独,我们需要孤独,又害怕孤独。

"人类真能改变自己吗?"自从太空之旅归来,我决定脱离海岛,定居暂且不那么封闭的大陆城堡。我仍然在寻求时间倒退,那么,选择定居大陆,从此也可以用我一生来回忆了,放逐到大陆的城堡,当然,我知道我的内心永远无处安放,作为一名自由历史学者,我只不过是二十三世纪人类生产的一枚废品。

那天,菲思仪是乘机械船走的。这时,存在我们童年记忆的机械船已经发明,我们童年时期的梦想全部实现。

菲思仪的船上出现一台机器人,在等待华天归来的日子里,菲思仪制造了一台机器人,好像时间重新来过,只是,一切为时已晚。

菲思仪站在机械船的船舷上,高强度玻璃罩还没有放下。机械船的船体自动开始海水吞吐，菲思仪用修长的手指揩了下脸颊。

这是赫本啊。她让我想起十年前，也就是在海岛上的下午，那座宁静的四合院里，突然迎接一场出其不意的台风，我和菲思仪还有阿K待在一起的时候。现在，又和十年前的痕迹折合起来，像一根光滑的筷子摆在银色镜子前，倒映出一滴晶莹的泪水。菲思仪现在总是以泪洗面，回归裳女士的当初。

到我们告别的时候了，菲思仪背过身，她慢慢走进船舱，这时，机械船的玻璃罩自动关闭。隔着巨大的弧形玻璃罩，我再也看不见那张姣好的脸了。

我们隔着彼此的海洋和陆地，久久相互凝视。在码头和船舱之间，她就像白色的石雕，那边夜无休止地安静了下来，我们仍然像身处火星盆地边缘，眺望人类城堡，啊，万家灯火。

码头边出现机械船微微的引擎声。机械船响起海螺的号角声，宛如是最后凄婉的叹息，这是即将离开的汽笛声。这是一辆没有铁轨的火车，这是一条没有皮肤的鱼，它滑向深渊。

5、4、3、2、1……

从2206年开始发生的事，一路走来终于算完结了。岸上的我，好像又回到了童年，回到很多年前的城堡里，对于地球来说，除了人类，仿佛一切都没有发生一样。当头脑中不时有来自过去的古典音乐奏响，梦寐中，我仿佛看到了命运中最初开始预言未来的老坤，看见了机器人阿K。嗨，他们在城堡里化作时间本身，徐徐走来。

黑名单　　　　　　　　　　　　　　　　重　木

I

汉知道自己撑不了多久了，最终会因为流血过多而死在这里。那么此刻，对他来说的当务之急便是如何把这份名单藏好。他环顾自己此刻所在的四周，一片荒凉，尽是破旧的楼房和工厂；阴雨连绵，已经没完没了地下了一个星期。不知道诺亚对此会说什么？想到诺亚，汉的嘴角露出笑容。

老搭档，看来这一次就真的是永别了！

他一边用衣服把伤口扎紧，一边踉跄地沿着工厂黝黑的墙面往前走。机器警察就在身后，而那些红眼蜂鸟不一会儿就会像龙卷风一般出现在这整片区域。逃跑已经是不可能了，汉也早已经放弃了逃跑的念头。他透过窗户看工厂的内部，空荡荡的，堆满了尘土与破旧的物件。这里不是藏名单的地方，机器警察会把这个地方翻得底朝天。血很快就染红了他白色的衬衫，他能感觉到那些液体从自己的身体里流失，就好像是小时候在医院抽血检查时那样的感觉。母亲一直都会待在他身边，温柔地看着自己，告诉他不要紧张。汉从来没告诉过任何人自己最怕针头，即使是诺亚，他也不知道。如果他知道了，肯定会笑得前仰后合。

他已经能听到蜂鸟银质翅膀扑打空气所发出的响声。他横穿过一座坍塌的工厂，往西走。这里应该是第六区。如果记得没错，就在这前面会有每天准时来此处倒垃圾的垃圾车。它们把上城区那些人的生活垃圾拖到这里，进行处理，但总是因为数量太过庞大而无法及时销毁，往往也就堆积在这边，任由其发臭和腐烂。汉看了眼时间，拖着已经开始死去的身体继续往前跑，但是垃圾车并不在那里。他看着巨大的，好似无数山丘聚集的垃圾场，心里一阵不安。如果把名单留在这里，机器警察一定很难找到，但同样他的伙伴们也会很难找到，那这一切就全白费了。

在逃跑的途中他已经把原本是电子文件的名单转化成了密码，而他所用的密码载体便是那本他一直都很喜欢的小说。这是他26岁生日那天，爱丽丝送给他的。这是汉在生日那一天收到的最意外的礼物。纸质书籍在第四次世界大战之后就已经被毁于一旦，再加上其后威廉·马丁将军的"文化新生法案"而使得仅存的一部分书籍也被焚烧殆尽。当爷爷痛心地和他说起当时焚书的情境时，年幼的汉根本无法理解。在爷爷去世的前一天，汉偷偷地溜进他的卧室，注视着他的睡容；他觉得爷爷的脸就好像是干枯的树皮，有一种粗砺而让人不安的感觉。当他准备出去的时候，却听到爷爷虚弱的声音。汉不确定爷爷是否还能看见自己，但是汉能感觉到他握着自己手腕的手上依旧有力气。他感到爷爷在说话，但却像沉重的呼吸，他不得不靠得很近才能听到。那个时候，汉觉得自己能闻到爷爷身上死亡的味道。

一片黑暗的垃圾场让他想起爷爷给自己书的那个遥远的傍晚。或许是这雨的缘故。自从汉有记忆开始，昏暗冷淡的雨就成为他生命中无时无刻的存在。父亲说这是因为一个世纪前战争的原因。汉注意到距离自己不远的地方有一个影子在移动,不是机器警察,他心中一阵欣喜,坚持着往那里靠近。

在垃圾场的是一个流浪汉,正在找吃的或是其他什么还能用的东西。竟然是个小女孩!汉感到自己干涩的喉咙发出可怕的嘶嘶声。那个小女孩看到他惊恐地往后跑。

"我不会伤害你的!"汉艰难地说,"我不会伤害你!"

小女孩左手里拎着一个袋子,右手抱着的好像是玩具。她的头发脏乱地扎着,一部分盖住了半边的脸。汉从她露出的一只眼睛里看到恐惧。

"我不会伤害你的!"他站在原地,时间不多了,"你能帮我保管一样东西吗?对我很重要的东西。"汉尝试着靠近她,并把藏有名单的书递给她。"这是一个对很多人都很重要的东西,你能帮我收着吗?收在你的袋子里,不告诉任何人!"

小女孩缩着脖子,紧张地看着这个满脸雨水和泥巴的男人。他的眼睛里没有那些人的凶巴巴,小女孩能看出来。她看到那件血红的衬衫。

"我叫汉,你呢?我能知道你的名字吗?"

沉默片刻,小女孩低声地说:"赛娅。"

"赛娅,真好听的名字。"汉说,"赛娅,你能帮助我吗?帮我把这个东西藏好,不让任何人发现。"

此刻他和小女孩之间只隔着一张坏掉的玻璃桌子。

"有坏人在后面追我,他们马上就到了。你能帮我把这个东西藏好吗?"

小女孩出人意料地点点头。

汉脸上露出笑容,小女孩接过那本书。

"好,谢谢你,谢谢你!"汉说,"赛娅,你听我说,你不能把这个东西拿给任何人看,也不能告诉任何人。但是,有一天我的朋友会来找这个东西,他叫诺亚,金色的头发。那个时候,你就问他他第一次用笔写字时,写的是什么!"

汉贴着她的耳朵告诉她正确的答案。

"能记住吗?问题和答案?"

赛娅点点头。

"你能问我一遍吗?把这个问题问我一遍。"

"你写的字是什么?"

"是第一次用笔写的字。"

"第一次和用笔!能记住吗?"

赛娅点点头。

"第一次用笔写的。"她说。

"对,就是这个。把这个和答案都记在心里好吗?"

赛娅第三次点头。

"好,谢谢你,赛娅!"汉说,"现在赶快离开这里,不要再回来,快走!"

赛娅把汉给她的书放进袋子里,在汉的催促下犹豫不决地离开。

她小小的身影在偌大的垃圾场上显得孤独而坚强。翻过一个垃圾堆，她便从汉的视线里消失了。汉跟跄地爬到一个垃圾堆后面，他现在已经感觉不到伤口的疼痛，或许就连血都已经流光了。他靠着垃圾堆，吐了口气，觉得此时应该能休息会儿了，把一直处于高度紧张的身体放松下来。这时他再次感激爱丽丝送那本书给自己，在那本书的掩盖下，名单或许能更好地被隐藏并最终送到组织手上。诺亚并不知道他带了这本书，如果他知道自己在出任务时带了书，他又会说什么呢？

我是教授的学生！①

看来这就是结束了。他知道，作为一名守时者，为任务而牺牲是再光荣和合适不过的了。但此刻，在他心中他渴望爱丽丝和诺亚能在这里，在自己身边，而不仅仅是这些垃圾和冷雨。这些雨几乎充满了他的一生，从他出生到此刻的死亡，它都在。他希望自己能勇敢，面对此刻，面对即将到来的死亡，但是眼泪却不知在什么时候流了下来。真没用！

他真希望再能看一眼那些朋友，听一听他们的声音，真希望诺亚能在这里！

成群的蜂鸟闪烁着冷硬的银光，随之而来的机器警察在黑暗的雨中熠熠生辉。

---

① 据守时者资料显示，守时者是由一位教授所创立；因此在其后，当有人需要守时者帮助时都会说这句话。

II

小六骂骂咧咧地从昨晚睡觉的一个破棚子里走出来，准备到前面找些吃的。他看到那些从巨大垃圾场中钻出来的无家可归者和流浪汉懒洋洋，无精打采地望着阴沉的天。虽然雨停了，但天气依旧昏暗无光，谁也说不准下午是不是又会下雨。一些流浪汉把自己的衣服拿出来，挂在简易自制的衣架上。小六并不鄙夷这些人，毕竟自己现在也成了一个无家可归者。再说，很多时候他还挺崇拜那几个大名鼎鼎的流浪汉的。而那些从前几天就开始在垃圾场上的机器警察依旧还在那里。小六和其他人一样，都对机器警察来这里感到奇怪。一般情况下机器警察是从来不会到这里来的。这片区域的管理者是地区的治安官。

崎岖不平的路上都是积水和泥泞，一些人从家里出门，不到两分钟鞋子和裤腿上就全是泥巴了。在这片区域没人能开得上汽车，即使是一个世纪前骑自行车的人们也很少出现在这里。并不是这里的人不会骑，而是一旦谁有了这样一辆自行车，很快就会被其他人偷走。小六从新闻上看到，这片区域的盗窃是最多的，还有像什么暴力，谋杀这些犯罪也都是名列前茅。在其他区域，这个地方有两样东西是最著名的，垃圾和犯罪。人们一提到第六区，首先想到的就是这些。小六挺喜欢这里的，虽然他爸爸十分厌恶这个地方。有时候小六想不明白,作为这个区域的治安官,他怎么会讨厌这里呢?

一个粗壮的男人一拳打坏另一个男人的鼻子,因为后者踩了他的脚。其他人对此都无动于衷,熟视无睹了,因为这样的事情每天每时每刻都在发生,早已经见怪不怪,感到麻木了。那个被打坏鼻子的男人哀嚎着,血滴在他那件别扭的西装上,几个小孩围着他嘻嘻哈哈,用脚踢他。小六的爸爸经常会一边喝酒一边吼吼地告诉他,在这第六区,谁能打谁就是老大!你要是被人打了却还不了手,就废物一个。他对小六吼道:"别人打断你一条膀子,你就要把他两条腿都打断!"

而小六也确实这么做了,他把一个男人的两腿手臂都打断了。那感觉还挺好的,似乎有一股力量在自己身体里聚集,然后像火山一样爆发。而他也经常用这件事向山崎和李汉炫耀,山崎虽然经常怀疑,说是小六吹牛自编的,但他依旧不敢当着他的面说,李汉听得乐呵呵,傻子似的笑着。但这事他从来不会在学校说,当然他也是大肆宣扬,但只要有白的地方,他都不会说起这事。因为他一直都知道白讨厌别人打架,她哥哥就是被别人打成残废的,至今只能待在轮椅上。

有几次小六都问爸爸,为什么打了白哥哥的那些人没被抓起来?

他爸爸一巴掌打在他脑后,笑道:"这关你什么屁事?"

"你知道是哪几个人吗?"他问。

"怎么?你想去把他们打残了?"爸爸说,"还没等你靠近,别人就把你弄死了!"

"那你是治安官,你怎么不去打他们?"

"你小孩子懂什么？赶紧滚蛋！"

但小六从来没有停止调查，他曾经让别人去问白，她哥哥是不是知道那些人是谁。但因为当时天太黑，再加上下大雨，她哥哥没看清那些人是谁。对于能提供线索的人少之又少，小六虽然也尝试过变着手段去问爸爸，但他总是什么也不说。有一次他生气地说："是不是你根本就不知道那些人是谁？"

"小兔崽子，老子知不知道关你屁事！"他一个酒瓶摔过来，小六熟练地躲开，"那些人是你能惹得起的吗？你还不够人家一个手指的！滚！"

从那之后他就没再问过爸爸这件事，因为他知道爸爸很害怕，他是不敢说出那些人名字的。但即使如此，小六从这上面也找到一些线索，能让爸爸害怕的人除了治安局里那个凶巴巴、一脸肥肉的上司之外，就是那片垃圾场上的流浪汉帮派。对于他们小六并不是很清楚，他只是经常会听别人说起。有一个叫约翰逊的名字经常被人提起，小六觉得这个叫约翰逊的人或许会和自己调查的这件事情有关系。但他不知道怎样能找到这个人。

经过被雨水淹了好几天的街道时，他看到赛娅一个人坐在公园边的石头上。小六知道她晚上并不住公园里，而是在另外一边的一个流浪汉聚集地。她手臂上挂着那个她时时刻刻总带在身边的袋子，一脸不高兴地吃着干硬的面包。

"怎么？吃不惯面包了？想去上城区吃鱼肉了？"小六说。

"六六哥!"

"和你说过多少遍了,不许喊我六六哥,叫六老板!"

"六老板。"赛娅撅着嘴。

"你怎么在这里啊,不是快到上货时间了吗?你不去垃圾场了?"

"我不去那里。"

"为什么?"

"就是不去了!"

"有人欺负你了?"

赛娅摇头。

"是不是因为那些机器人?你是不是害怕那些机器人?"小六笑道。

"当然不是。"赛娅底气不足地说。

"你要是不去垃圾场上货,到时候肯定被其他人从住的地方撵出来。"小六坐到她身边,"那些机器人估计是来这里找什么东西的,但是这里除了垃圾就是我们了。说不定是来找上城区的公子小姐的,他们被卖到了这边。赛娅,会不会是你啊?他们是来找你的?"

赛娅看着他,憋着嘴,眼泪就流了下来。

"哎哎,我开玩笑的,开玩笑的!"小六手足无措地道歉,"他们不是来抓你的,不是来抓你的。不要再哭了,不要再哭了!如果他们真是来找上城区公子的话,那肯定是我,六老板!你看见山崎和李汉没?"

赛娅摇摇头。

"李汉昨天又偷到了不少好东西，等我们把它卖掉了买果酱给你吃！"

赛娅开心地笑着。

山崎和李汉正在他们的"藏宝屋"里数着昨天偷来的东西。几把钥匙扣和三只鞋子，一个皮夹（里面只有一张相片），一个眼镜和三只打火机，还有一台机器。山崎说那是一个世纪前的电视，李汉说那只是烤面包机，两人为此争论了一会儿。小六和赛娅来的时候，他们已经在吸那几根偷来的烟了。

"留点给我！"小六夺过山崎手里的烟。

"嘿，赛娅，你那小袋子里还有面包吗？我饿死了！"李汉说。

"不要给他。你就是饿死鬼，昨天你一个人吃了一大半的面包，我和山崎最后只能饿肚子。"

"因为我要翻窗户和开门，当然要多吃一点！"李汉说。

"滚蛋吧你！收获如何？"小六眯着被烟熏得难受的眼睛问。

"比上一次好！卖了这些这次就能买一罐酒了！"山崎说。

"不买酒。"小六说，"先给赛娅买果酱。"

"果酱不好吃，买酒更好！"

"你要想喝酒我从家里偷点出来，这次先给赛娅买果酱。"

山崎生气地揣着那台不知道是电视机还是面包机的机器。

"你不服气吗?"小六说。

"服气!"山崎说。

"不服气就和我打架,你要是能赢就给你买酒。"

山崎低着脑袋,不说话。

"老板,我们什么时候把这些东西卖了?"李汉问。

"就今晚。"

"但垃圾场上都是机器人,我不敢去那里。"

"怕什么,他们不会发现的。"

"你知道那些机器人来这里干什么吗?"

"不知道。"

"你爸爸知道吗?"

"他也不知道。"小六说,"机器警察直接听命将军,他们的级别比治安官大,我爸爸还得听他们的话!"

"流浪汉说他们是来找东西的,一个人从首都偷了东西!"山崎说,得意地望着小六。

"从首都偷东西?那这人太厉害了!谁敢在首都偷东西?"李汉说。

"守时者!"山崎迫不及待地说,"你知道守时者是什么吗?你知道吗?赛娅你知道吗?"

赛娅摇摇头。

"那你知道?"李汉问。

"当然,你知道在其他地方的那些炸弹和杀人的事吗?那都是守时者干的,他们是最大最厉害的组织,将军都在电视上说了,说他们是恐怖组织。只要抓到就立即杀死,但是守时者从来不会被抓到。"

"为什么?"

"他们太厉害呗!"山崎说。

"你是从哪里听说这些的?"小六问。

"那些流浪汉都在说这件事。"山崎激动地说,"他们说之前就有一个守时者在垃圾场上。有很多流浪汉都看到满天的鸟和机器警察,他们就是来抓那个守时者的。"

"那个守时者被抓到了吗?"李汉托着脸颊,津津有味地听这个刺激的故事。

"当然没有,我刚才不是告诉过你了吗,他们太厉害,从来不会被抓到!"

"那些流浪汉看到过那个守时者?"

"他们说那个守时者跑起来就像一阵风,手里的激光枪一枪一个机器警察。他们根本打不过他,所以才让他跑掉的!"山崎倚着木桩,洋洋得意地说。

"老板,你知道这些吗?"李汉问。

小六生气地看着得意的山崎,他说:"我不知道,如果知道这些机器警察一定就会找我谈话,我可不想和那些废铜烂铁说话!"

山崎满脸的欣喜顿时变得难看,他努力地隐藏着,觉得这只是小六因为自己知道这些而他不知道才说出来吓唬自己的。他在心里想，自己知道的这些都是从流浪汉那里听来的，虽然在其中的一些地方有些添油加醋……反正都是他从流浪汉那里听来的。

"赛娅你怎么了？被吓得脸都白了！"李汉嘲笑道。

赛娅下意识地抓紧自己手臂上的袋子，缩着脑袋。

"好了，快把这些东西收拾一下，晚上就在这里汇合。"小六说。

III

爱丽丝透过窗子，看着昏暗无光的天空发呆。放在腿上的电子相册里不时闪现着汉的相片。其中几张是他出这次任务之前照的，有一张在办公室的就是在他离开前两分钟拍的。他笑得自信而坦诚，一如既往地让人感到温馨。当汉的生命体征灯灭掉的那一刻，爱丽丝觉得自己的脑袋里有无数"嗞嗞"作响的电流声在炸开。办公室里的员工都停下手头的工作，为此默哀，有几个女人发出低低的抽泣声。但这样的事情几乎每一天都在发生着，只要有持炬者①在外出任务，每一个人的心都会被提到嗓子眼。总部那个连接着每一个持炬者生命体征的仪器，骇人而威严地始终在那里。

当属于汉的那盏灯灭掉的时候，诺亚还在外边出任务，所以他知道汉去世的消息是在第二天。爱丽丝不知道如何把这个可怕的消息告诉他，逡巡不定，但诺亚很快就知道了这件事。她在大楼第二十六层的一个走廊里找到他。在他眼前的除了泥土就是钢铁，其他的什么都不会有，因为他们这座大楼是建在地底下。他的半边脸颊隐在黑暗中，爱丽丝站在他身边，一言不发。

许久之后，她说："在汉牺牲前的半个小时，他曾向总部发来一

---

① 持炬者：古美的守时者组织称为SOL，因其标志为燃烧的火炬而被称作持炬者。

段加密的文件。他已经从我们在军事议会的工作人员那里拿到了名单,并一直带在身上。他说会妥善保管的。我相信他一定是通过某种方法把那份名单藏了起来,他希望我们能找到它。"

诺亚从未怀疑过汉作为一名守时者的专业性,他总是能出色地完成任务。而无论是作为一名守时者,还是以他对于汉的理解,爱丽丝的推测都是非常有可能的。汉一定会找到某种方法来藏匿名单,等着他们去寻找。这就好像他总喜欢玩的拼图一样,他已经把所有的碎片找到了,现在他们所要做的就是把这些碎片放回正确的位置。

"他在什么地方遇害的?"

"总部侦察到他生命体征消失时是在第六区。"

"第六区。"那里确实是适合藏一份名单的地方。

"如果我们明天早上出发,傍晚就能到。"

"那就明天出发!"

"好!"

似乎又下雨了,爱丽丝注意到落在窗户玻璃上的那几颗雨滴。第六区这些建筑似乎是从上个世纪遗传下来的。破旧而荒芜,这里似乎被外界遗忘一般,除了每日早上和傍晚来这里的巨大垃圾车,这片区域和外界没有任何联系。当爱丽丝从那些荒凉的街道走过的时候,她觉得自己似乎回到了战前的世界。谁能想象这里也是古美军事议会国家的组成部分?

诺亚从外边回来，说："到处都是红眼蜂鸟和机器警察。我从几个流浪汉那里打听到，他们从四天前就在这里了。"

"四天前？"

诺亚点点头。

"他们并没找到那份名单，所以还在这里。"爱丽丝说。果然，聪明的汉把名单藏了起来。但接下来的问题是他们该如何在那些机器警察前找到那份名单？

"你有什么想法吗？"她问。

"没有。"

这里是垃圾的王国，而那一份名单如果落在这里，那简直就是海里捞针。他担心汉在紧急之间没有足够时间为他们留下线索，这样一来，找那份名单对他们来说也会变得十分困难。

"你知道汉在出这趟任务的时候身上带着一本书吗？"爱丽丝问。

"他没和我说。"

"你当时还在古亚。"她说，"就是他生日时我送的那本书，你俩都很喜欢。"

"《黑水灯塔船》？"

爱丽丝点点头。

"你的意思是？"

"汉知道那份名单不能依旧再保存为电子形式，机器警察很快就会扫描出来。如果他当时身上有一本书呢？他会不会通过什么方法，把名单上的那些名字加密放进书里?他会这么做吗?"

诺亚觉得汉会这么做。因为这既是当时最好的隐藏名单方法,对于汉来说也是给其他守时者传递信息的最好手段。他知道爱丽丝和诺亚会来这里找自己隐藏的那份名单,而他们一定会想到书。因为他们都知道书对于汉的意义。

汉之所以愿意加入守时者,或许就是书的功劳。他爷爷在临死之前给了他两本自己珍藏多年的书。那是汉的爷爷冒着坐牢的危险从曾经焚书的火堆中偷出来的。威廉·马丁将军的"文化新生法案"使得古美在战争中留存下来的书都被焚烧,每一个藏书不交的人不是被关进监狱就是被杀。而在军事议会的鼓励之下,亲人之间互相揭露与背叛,孩子向军事议会告密自己的父亲在墙里藏了一本书;丈夫告诉军事议会,自己研究生物学的妻子藏了一本《物种起源》在花盆里;妹妹告诉收割者①,自己姐姐所嫁的男人家里有一本《理想国》……一时间,整个国家都是告密者的声音,而人们都以此为傲。马丁将军通过这些告密,把那些艰难藏匿起来的书都找了出来,在广场上烧尽。

汉坐在靠窗的沙发上,颇为激动地说:"当我看完那些书,我就突然发现过去自己的脑袋里什么也没有,就像一片荒漠,但我从来没有意识到过。爷爷留下的书里有一本是小说集,这个世界上曾经一度是那样的:人们的生活,衣着,住的房子和吃的食物;其他的有别于

---

① 收割者:军事议会下的秘密部门。

现在我们每一个人所过的相同的生活。你会意识到生活会充满我们自身无法预知的各种可能性，一尘不变让人安心，但变化无常却更会让人着迷和充满惊喜。

"那一种渴望知道更多的感觉，是我这二十多年里感觉最强烈的一次。对于未知和陌生的渴望了解，对于那些人曾经生活过的世界的猜测和窥视……你能明白这样的感觉吗？就像在漫长的黑暗隧道里一直行驶的列车，突然有一天开到了阳光普照的地方。那是一种颠覆，诺亚，那绝对是一次彻底的颠覆！"

诺亚面带笑容地听他讲述这些生命里重要的时刻。

"爷爷在其中一本书里写了'守时者'这三个字，再加上我的一些打听，我知道了守时者的存在。"汉说，"当时我还不相信你们，但对于将军说你们是恐怖分子我也开始产生了怀疑。我觉得既然是爷爷写下来的，那肯定不会是十恶不赦的恐怖组织。所以从那开始我就一直在寻找守时者。"

"我们无处不在。"

"我知道！"

"所以，"爱丽丝说，"只要我们能找到那本书，就找到了名单。"

当他们最终明白汉把名单藏在一本书里之后，爱丽丝和诺亚的寻找方向也开始明确了不少，甚至可以说非常明确。在这个地方，如果出现一本书那一定是个爆炸性的新闻。但直到现在，也没有出现这样的新闻；而机器警察还在这里，也就表示他们同样一无所获。

IV

小六早早地吃完饭就离开了棚子,外边又开始下雨了。现在傍晚四五点天就黑了下来。他把帽子戴上,双手插在口袋里沿着泥泞的道路往前走。在经过巨大的垃圾场的时候,他看到那些机器警察和蜂鸟依旧在那儿,没有任何变化地在垃圾海洋里找着什么。他问过爸爸两次,看他是否通过什么途径听说这些机器在找什么,结果和以前没什么区别。

在山崎刚认识他的时候,经常问小六妈妈去哪里了。小六总是躲躲闪闪,最后是在被逼无奈的时候,他就威胁山崎把他鼻子打坏,只有这样山崎才能安静下来。他曾私下问过李汉,但他也不知道。其实即使是小六自己,他也不知道生自己的妈妈去哪里了。小时候他会经常问爸爸,但被打过几次就不敢再问了。而之后小六就学着忘掉了那个自己从未见过的妈妈,让自己相信自己从来就没有过妈妈。但有些时候,小六还是会想起那个陌生的妈妈,但也就只是那么一会儿。

在路上他遇见几个打架的流浪汉,一个站在边上的老流浪汉傻呵呵地笑着。看见小六经过的时候做些鬼脸吓他。小六握着拳头冲他挥着,他吓得缩着脑袋。小六觉得自己总有一天会成为这些流浪汉的老大,就像他们一直提到的那个叫约翰逊的男人。小六觉得自己只要成了这些流浪汉的老大,那掌握第六区也就轻而易举了。当他成了第六区最有权势的人,他要做的第一件事就是带领这里的人离开这个破烂地方,到上城区去,去住那些干净宽敞,没有垃圾作伴的大房子。他从来没把自己这个秘密告诉任何人,以前他想告诉白,但他又担心她会嘲笑自己。为了证明自己有这样的能力,小六也一直在寻找那些打伤白哥哥的人。只要找到那些人,白就会相信他是有能力去变成他想成为的人的。

他看到李汉倚着门框,嚼着塑料包装袋。他示意山崎已经在里面了。

"赛娅那丫头也来了!"

"是我让她跟来的。卖了这些东西就直接到神仙那里给赛娅买果酱。"

"我能吃点吗?"

"你吃什么吃?上次偷到的一瓶花生酱都被你一人吃了!"小六拍了拍他的脑袋,李汉呵呵地笑着。

赛娅撅着嘴,双手正死死地攥着自己的袋子。山崎正威胁要过去抢。

"还和以前一样,我和山崎去把东西卖掉,李汉和赛娅在外边望风。如果有人来就学狗叫。"

"我们从来没见过真正的狗,为什么总学狗叫?"李汉问,"谁也不会相信我们这里有生物狗,就连一只电子狗都不会有!"

"那随你学什么!"小六说。

山崎领着袋子,四人从屋子里走出来,沿着断壁残垣的工厂和房子去倒卖这些东西的流浪汉那里。小六觉得那里一定也是约翰逊掌控的,但他在那里除了看到那个邋遢,长着张老鼠脸的流浪汉之外,什么人也没有。

　　道路昏黑,那些路灯都被流浪汉和其他人偷走了。白天装上,晚上就被偷走了。有几次治安局还专门给每一个路灯安排了治安官,但同样没有维持多久,因为那些流浪汉又开始在白天去偷那些路灯了。道路上黑黢黢的一片,赛娅拉着小六的手,小跑着跟在他身边。山崎讲着鬼故事去吓李汉和赛娅。

　　在黑暗的远处他们能看到那些两只眼睛通红的蜂鸟和那些发光的机器人。

　　赛娅问:"六六哥,他们是不是以后都在这里?"

　　"谁知道?应该只要找到他们想要的东西就会回去了。"小六说,"但他们肯定不知道这个垃圾场有多大!"

　　李汉不耐烦山崎又要再讲一个鬼故事,冲上去踢他的屁股,山崎追着他,两人一会儿就消失在黑暗中,只有李汉的笑声时不时地传过来。

　　"六六哥,你认识守时者么?"赛娅问。

　　"守时者?就是山崎说的那个恐怖组织?"

　　"他不是坏人!"赛娅说。

　　"谁不是坏人?"小六问。

赛娅不说话。

"谁不是坏人？赛娅，你是说……"

小六的话还没说完，他就听到黑暗中传来山崎的哀嚎声，他下意识地停住脚步。山崎的哀嚎声很短，此刻已经消失不见了。小六立即警觉起来。黑暗中他不知道李汉此刻在哪里，周围没有他任何一点声音。就在山崎哀嚎声刚刚消失的时候，黑暗中又传来愤怒的男人声音，嚷嚷地骂着脏话。有人点了烟，根据火光小六大约知道自己和那个人相距不到二百米。他拉着赛娅小心翼翼地钻进路边的废墟中。赛娅手里提的袋子发出清脆的响声。

"还有！"小六听到另外一个男人的声音。

"这些小混蛋，又是来这里倒卖偷来的东西的！"吸烟的那个男人说，"抓到了就打断他们的腿！"

"快出来，乖乖地出来！否则让我去找到了，就打断你们的腿！"小六对这个新的声音很熟悉，正是他爸爸。

那么此刻的状况就更糟了，如果让爸爸抓到自己偷这些东西卖给流浪汉，他一定会真的打断自己双腿的。小六感到手心里全是汗，他抓着赛娅的手一动不动地躲在一块废墟石块后。天太黑，治安官要想找到他们也很困难，当然他们会用电子灯。小六示意赛娅，看自己的手势，随时准备跑。

从他们此刻所在的位置，小六知道在这片废墟后面有一排排以前的老工厂，如果能跑到那里，他爸爸就很难找到他了。他示意赛娅慢慢地往后退,突然几道光束在黑暗中炸开,照亮了一大片区域。小六看到山崎和李汉了无生气地趴在雨水里,身旁站着三个穿着黑色服装的治安官,其中一个是他爸爸。

他们一直蹑手蹑脚地往后挪,从倒塌的石块之间穿过。赛娅身体小巧,轻易地就能穿过,而小六却需要蜷缩着身子才能穿过。一块石头落了下来,发出沉闷的响声。小六对赛娅说,快跑!

逃跑其实早已经成了他们每一天生活中最常用的方式:和成群的流浪汉打架时逃跑;偷别人家东西被发现逃跑;因为治安官在路上盯着他们而逃跑……他们都很熟悉这样的生存方法,并且利用它使自己能多活许多日子。赛娅从那些小洞中灵敏地穿过,而那些身材庞大的治安官只能被挡在外边。有两个人在追小六。小六在这些废墟中灵活地绕着圈子,从一栋破房子跑到另外一栋房子里。他和赛娅在一条小路上汇合,原本以为甩掉了那几个治安官,但小六的爸爸却不知道从什么地方冲了出来。赛娅在钻进一个破厂房的时候弄掉了挂在手臂上的袋子。小六看到她突然停了下来,望着丢在洞口的袋子,犹豫不决,就当她最终准备回去捡那个袋子的时候,小六一把拉过她从厂房的窗户里跑掉。一直追着他们的小六爸爸被挡在外边,愤怒地破口大骂。

"六六哥,我们得回去拿那个袋子!"赛娅挣脱他,焦急地说。

"不能回去,你想被他们抓起来吗?"

"但是……"

"不就一个袋子吗?六六哥明天再给你弄一个!快走吧!"

但赛娅依旧僵硬地站在那里,一动不动。

"为什么不走?他们马上就追到这里了!"

"我要回去拿那个袋子!"

"你怎么不听六六哥的话呢?我明天弄十个一模一样的袋子给你,好不好?"

"不好,我就要那个袋子!"她倔强地说。

小六单膝跪着,看着她脏兮兮的脸问:"为什么要回去拿那个袋子?那里面有什么重要的东西吗?"

赛娅紧闭着嘴,一言不发。

"你如果不告诉六六哥,我们就不能回去!那里面有什么重要的东西吗?"

赛娅点点头。

"是什么?你的玩具熊还是面包?"

她摇头。

"告诉六六哥,那是什么?"

"我答应过那个哥哥,不能告诉任何人的。"

"哪个哥哥?"

"在垃圾场里的哥哥,受伤的……"

"赛娅,你老老实实地告诉我,是哪个哥哥?你在垃圾场遇见的?"

"他受伤了，躲在垃圾场，让我帮他保存，等来找的金头发的人。"赛娅说。

小六听得糊里糊涂，他拉着赛娅坐下来，让她把事情从头到尾清清楚楚地告诉自己。赛娅就把那天晚上自己一个人偷偷去垃圾场找吃的时，遇见那个受伤哥哥的事情一五一十地讲给他听。她讲了汉让他问那个金头发人的问题，但并没把答案告诉小六。

"他给了你一本书？你知道书是什么吗？"

赛娅摇头。

虽然小六也不知道书到底是什么，但是他听别人说过书这个事情。

"他说自己是守时者没有？"

赛娅说自己记不得了。

"他一定是守时者！"小六肯定地说，"那么那本书里一定有什么大秘密！你怎么一直不告诉我这件事呢？"

小六盘算着下一步该怎么做。他觉得自己接下来所做的事情会是十分重要的，这就是老天爷给自己的一次机会。小六在心里想着，如果自己拿到了那本书，知道了那个守时者放在里面的秘密，说不定他立即就会成为大人物，成为有钱有权的人，即使那些机器警察都不敢对自己怎样了！小六想着这些，觉得改变自己生命轨迹的时刻到来了。他拉着赛娅往回走，去袋子丢掉的地方，但是无论他们怎么找，那个袋子已经不见了。

"糟了！"小六意识到，"一定是我爸把袋子拿走了！"

回到爸爸的房子，小六探头探脑地找着赛娅的那个袋子，结果整个房间找遍了都没有。小六最担心的就是爸爸会把那个袋子放在治安局，如果是这样就彻底完蛋了。即使他爸爸是治安官，小六也从来没有去过一次治安局。那是个臭名昭著的地方，人们都对它敬而远之。

已经脱了治安服的爸爸坐在沙发里一边喝酒一边看电视上反复播出的那些节目。其中有几个小六都已经能背诵出来了，并且如今再看就有一阵恶心感从胃里升起。他尽量把视线从电视屏幕上移开。

"干什么？你怎么在这里？不睡你的狗棚了？"

"我回来拿我的刀子。"小六撒谎，"你晚上没去治安局么？"

"去了。"

"回来的那么早？"

"有几个小混蛋偷东西到流浪汉那去倒卖，他们不知道那里早就被打跑了。你看到那些机器人了吗？他们都是来收拾像你这样的流浪汉的。"

"流浪汉有约翰逊，根本不怕那些机器！"

"约翰逊？狗屁！"爸爸说，"你见过他长什么样了？老子告诉你，从来就没有人知道约翰逊是谁，长什么样，到底有没有这个人都没人知道！"

"但流浪汉每个人都知道约翰逊。"

"都是几个人胡编乱造出来的。"他说,"垃圾场上从来就没有约翰逊!"

"你根本就什么都不知道。约翰逊保护着垃圾场和第六区所有的流浪汉,每个人都这么说!"

小六爸爸喝着酒,嘲笑地看着他说:"小混蛋!老子什么不知道?老子什么都知道!什么军事议会!马丁将军!收割者!我哪个不知道?"

"那你知道守时者吗?"

他看了看儿子,说:"我知道他们的时候,你这个小混蛋连这个世界都还没看见!"

"你知道守时者?为什么你从来没提起过?"

他一言不发。

"还是和以前一样,你只是从别人那里听来,然后说是自己知道的?"

"你个小混蛋,老子是爱喝酒,但老子从不吹牛!"他说,"我当年和守时者面对面,决一死战的时候,这整个第六区域谁不知道?谁没听说过?"

"从来没有人说过!"

他喝了口酒,声音低了许多说:"没人愿意和守时者扯上关系。都是些忘恩负义的王八蛋!"

"守时者?"

"什么?"

"你说忘恩负义的王八蛋。"

"什么守时者?是这里的人,住在这里的每一个人!"

"发生了什么事?"

"你滚蛋,给老子滚!"他生气地嚷嚷着。

在小六准备离开的时候,他问:"你知道什么是书吗?"

"不知道!滚!"

小六知道他已经喝醉了,再问下去也不会问出什么,便离开了。

他靠着沙发,把空空的酒瓶丢到一边,从屁股底下颤颤巍巍地拿出一本被坐皱掉的书,正是汉临死前给赛娅的那一本。

V

赛娅的父母在一次回家的路上被三个抢劫的男人杀害。尸体就躺在磕磕绊绊的马路上，路过的人没有一个上前帮忙的。之后下的大雨把他们尸体和泥巴冲在一起，当最后治安官找到他们的时候，尸体已经面目全非了。而对于这次抢劫，也和之前其他的那些调查一样，无疾而终。在第六区，这并不是什么耸人听闻的事情，人们都太忙于找机会让自己活下去了，不会再有任何多余的闲心思去管别人。冷漠在这里就和那巨大的，始终存在的垃圾场一样，人们早已经习惯和它比邻而居了。

父母遇害之后赛娅流落街头，变成流浪汉中的一员，每天和其他一百多个小孩到垃圾场上货：捡那些还能穿的衣服，还能吃的食物和其他任何对于他们来说是有用的东西。统一上交，然后按照每一天工作的收获分发食物和衣物。在流浪汉群体中，他们说这是"按劳分配"，最公平的分配方法。而一开始到那里的赛娅常常因为上货收获太少而饿肚子，也就是在饿肚子的时候她遇到了把自己面包分给她一半的六六哥。

赛娅的愿望之一就是有一天能到上城区看看。她听那些出去过的流浪汉说，上城区——尤其是首都——全是高楼大厦，到处是飞车和漂亮的衣服，就连路边的垃圾桶中常常都能发现别人丢掉的还未打开的蛋糕。对于像赛娅这样的流浪孩子来说,那简直就是梦一样的地方。她曾经问六六哥:"你想去上城区吗?"

"当然,这里谁不想去上城区!"

"那以后我们一起去吧。"

"你有钱吗?想从这里出去得有大笔的钱。"小六说。他有些不高兴赛娅问起自己这个问题,因为一直以来他都把这个想法暗藏在心底,不会时常去想,也就不会因为自己身无分文,距离这个目标太过遥远而气馁和灰心。而现在赛娅提起这个话题,把他害怕的东西都引了出来,再次让他不得不面对这个遥远的渴望。

"六六哥,你觉得我们什么时候能赚够钱去上城区呢?"

"如果就这样在垃圾场上货,下辈子都去不了!"小六说。

赛娅嘟着嘴,很伤心。

此刻,小六正靠着自己的小流浪棚子想赛娅晚上丢失的那个包。那个包里就装着他们去上城区最后的车票,只要他能找到那个包,把守时者给赛娅的那本书交给上城区的将军,那他们一定会得到奖赏,到时候,待在上城区就不是问题了。如果爸爸没把包带回家,那么包就肯定在治安局。那如何才能到治安局,神不知鬼不觉地偷出那个包呢?小六这时想到李汉,要是他没被抓就好了,他是一流的小偷,他肯定有办法。

赛娅在梦中翻了个身,嘴里模糊不清地说着梦话。

想到李汉,小六心里感到不安,因为他不知道山崎和他会不会出卖自己？如果他们在治安官的殴打下说出他和赛娅的名字呢？那他们此刻就已经处在危险中了。小六想象着爸爸知道这件事后脸上的表情，他一定会把自己打死的。所以他把赛娅带到自己这里来，不知道治安官什么时候就会来抓他们。

与此同时，小六的爸爸也在房子里辗转难眠。他时不时地打开灯，从枕头下面拿出那本书，随手翻几页，然后合上重新放到枕头下面，关灯继续睡觉。就这样不断地重复着。他觉得自己此刻脑袋下面就枕着一把枪，随时都可能要了自己的命。虽然他只是第六区垃圾场这边的一个小小治安官，但他依旧知道书这个东西在这个国家是违法的，发现之后是要被抓走坐牢的，严重的还会处以死刑。

他曾多次在局里听其他同事讲些不知真假的事情，他们都称自己离开过第六区到过上城区，见识过世面，但谁也拿不出证据。当其他人咄咄逼人要他证明的时候，对方的一拳头就立即打上来了。他们讲一些上城区的事情，关于老将军的法令这些。其中有一个黑瘦的同事就讲到他在上城区看到一个人因为家里藏了一本书而被机器警察抓走。

"那机器警察就像拎电子狗一样拎着那个男人。"黑瘦的同事说，"你不知道那些机器家伙有多大力气！它一只手轻而易举就能把你的脖子捏碎！"

小六爸爸此刻脑子里全是那些在垃圾场里的机器警察把自己脖子

捏碎的画面。而想到这些日子在垃圾场的那些机器警察,他醍醐灌顶般地突然意识到,那些机器会不会就是在找这本书?根据那些流浪汉所说,那里曾经死过一个人。第六区每一天都有人因为各种各样的原因死掉,但机器警察和那些鸟却从来没来过,为什么有个陌生男人死在这里,它们就立即来这里了呢?能让军事议会有这么大动静的,除了守时者,不可能再有其他的事情了。那些机器都是HEL①派来的!

意识到这一点让他明白自己此刻是站在多大的飓风之中。如果HEL知道他们要找的东西在自己手里,那一切就都完了。他似乎已经看到那个机器用生硬的长手指捏碎自己脖子的情景。他应该立即把这本书交给HEL,只有这样自己才能安全。

他决定第二天天一亮自己就去找那些机器,告诉他们自己手里有一本书,可能就是他们要找的东西。下定这个决心,他准备好好地睡一觉。他把书整齐地放到自己枕头下面,关了灯,准备睡觉。但这时,窗外那一阵阵清脆的响声越来越大,让他十分不耐烦。不知道又是哪个不识相的混蛋在自己房子外边吵吵闹闹,小六爸爸拉开窗帘往外看,没有看到什么人。但在那唯一一根路灯的昏暗光线下,他看到一阵银红相间的光从黑暗中流过。

是那些红眼睛的鸟!它们怎么跑到这里来了?它们不是一直在垃

---

① HEL:古美收割者组织。

圾场上配合那些机器找东西的吗?

在好奇心的驱使下,小六的爸爸穿上衣服走到外边,跟着蜂鸟一路小跑。那些蜂鸟在一栋房子前停下,原先那栋房子是宋杰的,但他在一个晚上被人打死之后房子就空了下来。他注意到那些蜂鸟停留在半空,包围着房子。

那里面肯定有什么重要的人,否则这些鸟不会紧追着不放。小六的爸爸躲在一块石头和灌木丛之间,雨水哗啦啦地下着,很快就打湿了他的衣服。他紧盯着那栋房子,不一会儿就有五个机器警察来到这里。它们冲进屋子,里面发出一声声尖叫。

小六的爸爸顿时意识到,那些流浪汉估计又偷偷地住进房子里了。治安局最近这段时间都在整治这样的事情,但那些流浪汉被从一栋房子赶出来之后马上又会跑到另外一栋无人的房子里,怎么赶也阻止不了他们睡在别人的房子里。治安局对此十分头疼。

七八个流浪汉在机器警察的驱赶下从房子里走了出来。从小六爸爸这里看不清那些都是谁,半空中的蜂鸟渐渐地散去;那几个机器警察聚在一起似乎在商量该如何处理这些流浪汉,就在它们还未达成一致意见的时候,聚集在一起的流浪汉中突然有人开枪。蓝色的电子枪击中一个机器警察的脑袋,机器人抽搐几下便倒下了。那些流浪汉惊恐地向四面逃跑,又一个流浪汉对着机器开枪,又有两个机器警察倒地。剩下的两个机器警察立即做出反应,向四面扫射,但那两个开枪的流浪汉已经躲到了墙的后面。

那两人不是流浪汉！小六爸爸立刻意识到，而至于那两人的身份，第一个跳进他脑海里的就是守时者。不知为什么，他有一种强烈的感觉，那两个人不会是普通的对机器警察有仇的人，而是守时者。而他同时也强烈地意识到，他们或许也是为了那本书而来。

　　他开始往后退，准备逃离这危险之地。而就在他准备赶紧回家的时候，一道蓝光击中他的手臂，他大喊一声，跟跄地跌倒在冰冷的雨水里。尖锐的疼从左手手臂传来，而此刻他知道自己要立即站起来向那些机器解释清楚，自己不是什么流浪汉，自己是这里的治安官。他艰难地从泥水里站起来，冲着机器警察喊：

　　"别开枪，别开枪！我不是守时者，我是治安官！我是这里的治安官！"他感到自己双腿发软，随时都有可能再次跌倒，"我有你们要的东西！我有那本书！别开枪，别……"

　　他还未说完最后的"别开枪"，就看到那个机器警察的枪里发出刺眼的蓝光。他觉得躲不过了，一切都完了！他感到有一股强大的力穿过自己的身体，冲击着他向后倒。他听到巨大的轰鸣声，眼前黝黑的天空中似乎有几颗星星，这是以前从未出现过的事情。

　　躲在暗处的两个"流浪汉"把剩下的两个机器警察击倒之后，跑到倒在雨水里的小六爸爸身边。他似乎听到有人在很大声地说话，但是总听不清，要是都能像混蛋小六那样说话就好了！

　　爱丽丝对诺亚摇摇头。

"你听到他刚才说的话吗?"爱丽丝把头发上的雨水拧干,跟着诺亚快速地穿过一个拐弯口。"他说他手里有机器警察想要的东西,他手里有书!你觉得会是汉的那本书吗?"

"我不知道。"诺亚说。红眼蜂鸟还没有察觉发生在前面的事情,他们得立即换个地方。"只有看到那本书,我们才能确定!"

"如果他真的像他自己所说的那样是这里的治安官的话,我觉得他手里的很可能就是汉留下的书。我们现在是去哪?"

"垃圾场。"

"垃圾场?那里到处都是蜂鸟和机器警察。"

"那里也是流浪汉最多的地方,我们只要混在他们之中,蜂鸟就很难识别。"

他们像猫一般穿过荒凉的夜晚,来到一望无垠的垃圾场里。

小六不知道到底发生了什么事情,为什么那些机器警察一大早就来到垃圾场的这一边,并且住宅区里也到处都是,而那些银色翅膀红眼睛的机器鸟也到处都是。赛娅抓着他的手,害怕地看着天上飞着的鸟和凶巴巴、面无表情的机器人。

很快他就从其他流浪汉那里得知昨晚在住宅区里机器警察和两个流浪汉发生枪战的事情,并且有一个治安官死掉了。听到有治安官在其中死掉,小六心里咯噔一下,一股不祥的预感在他身体里蔓延。他觉得不会是自己爸爸,因为他很懒,如果不是轮到他值班,他是从来不会在晚上到街上的。

他对赛娅说自己要回家一趟,让她别跟来,就待在这里不要乱跑。

当他看到那些站在自己家门前的治安官时,那股不祥好似叫嚣的野兽般抬起脑袋,在他心里翻江倒海。小六感到有一股莫名的感觉在自己的心里,他说不上来是什么,就是有些难受。一个黑瘦的治安官拍拍他的肩膀,什么话也没说。其他人都只是望着他,神情漠然,有几个人有些不耐烦。

赛娅听六六哥的话,乖乖地待在棚子里。她从一小块硬邦邦的面包上掰下一小块,放进嘴里,喝口水,然后安静地坐在门前,看着那些流浪汉来来往往。期间不时出现的整洁一新的机器人让赛娅觉得很有意思。那些飞在头顶的鸟从来不叫。

流浪汉开始准备早饭,一时间垃圾场上升起一阵阵浓烟。赛娅闻到一缕饭香,于是忍不住又从刚才那块面包上掰下一点。她把剩下的面包放到袋子里,放到离自己远一点的地方,决定不再吃了,那是留给六六哥的。在赛娅再次坐到棚子前的时候,她在一群灰色的流浪汉里看到一种迥然不同的颜色。那是一个人的头发,即使他戴着破烂的兜帽,赛娅依旧看到那是金色的头发。她感到一阵电流从自己身体里穿过,那个受伤大哥哥的话在她耳边响起。她立即跳起来,挤过成群的流浪汉,追着那个走得很快的金色头发。

"有一个小女孩一直跟着你。"爱丽丝对诺亚说。

"我知道。"

"是来要吃的吧!"爱丽丝停了脚步,等着那个跌跌撞撞,从人群中挤出来的小女孩。

她有一双很漂亮的大眼睛,水灵灵地闪闪发光。爱丽丝已经很多年没见过有这样眼睛的人了,即使是孩子,所有人的眼神都是一样的,漠然而无神。她脸颊脏兮兮的,头发用绳子胡乱地扎在一起,身上穿着一件似乎是大一号的男孩衣服。

"小妹妹,你是不是想要吃的?"她拿出一块面包问她。

赛娅摇摇头,她两只大眼睛始终盯着诺亚金色的头发。

诺亚看着她,问:"你不要吃的么?"

赛娅点点头。"金色头发!"她说。

爱丽丝开心地笑着,问:"你以前没见过金色的头发吗?"

赛娅摇摇头。

"第一次用笔写字,写的是什么?"她问。

"什么?"

"第一次用笔写字,写的是什么?"

"你是说写字吗?"爱丽丝惊讶地问,"你会用笔写字?"

赛娅又摇摇头。

"第一次用笔写字,写的是什么?"

诺亚蹲下来,和她齐高,问:"你是问我第一次用笔写字写的是什么吗?"

赛娅点头。

"是你自己要问的吗?"

她摇头。

"是别人让你问的?"

她点头。

"是谁让你问的?"

"第一次用笔写字,写的是什么?"她像一个被设置循环的机器,又问了一遍。

爱丽丝看着诺亚,满脸疑惑。

"我如果告诉你,我写的是什么,你是不是就会告诉我,是谁让你问我这个问题的?"

赛娅又点头。

诺亚靠着她的耳朵告诉她自己第一次写字写的是什么。

赛娅听完脸上露出笑容,她轻轻地吐了口气,觉得自己完成了一个光荣的任务。

"你现在能告诉我,是谁让你问我这个问题的么?"诺亚问。

"是一个大哥哥,受伤的大哥哥。"

爱丽丝也坐下来,问:"受伤的大哥哥?他有告诉你自己的名字吗?"

赛娅点点头,她一直都记得那个大哥哥的名字,因为李汉名字里也有那个字。

"他说叫汉!"

爱丽丝捂着自己的嘴,不敢相信地看着眼前这个小女孩。

诺亚不由得发出轻轻的笑声,他们到这里找了那么久,几乎都快要绝望了,最后却在这里遇上了这个小女孩。在天上的汉一直都在暗中帮助他们。他此刻一定也在笑吧。那家伙!

"我们是那个大哥哥的朋友,我叫爱丽丝,他是诺亚。"

"金色头发!"赛娅说。

"那个大哥哥有和你说过他吗?"爱丽丝问。

赛娅点头。

"那他有给你什么东西吗?像一本书或者是其他任何东西?"

赛娅又点头。

"是一本书吗?"

赛娅有些犹豫,但依旧点点头。

"那么现在那本书在哪里?在你这里吗?"

赛娅有些紧张地拉着自己的手指,她说:"本来一直都放在我的袋子里的,但是六六哥的爸爸发现我们,就一直追我们。袋子被弄丢了,六六哥说袋子被治安官拿走了!"

"你能认出来是被哪一个治安官拿走的吗?"

"能,是六六哥的爸爸。"

"六六哥是谁?"爱丽丝问。

"六六哥就是六老板。"

"你能带我们去找六六哥吗?"

赛娅点头,拉着她的手往住宅区方向走去。

而回到家的小六被治安官带走。不出他所料,山崎把他抖了出来。

VI

赛娅指着前面那栋灰色的独立房子,说那就是治安局。

爱丽丝利用仪器探测,治安局中不足二十人。有一部分估计是那些因为闹事而被关进来的,所以在那里的治安官应该不会有二十人。而诺亚担心的是距离此处不远的红眼蜂鸟,一旦这里发出枪声,蜂鸟就会立即察觉,机器警察一旦介入,他们再想救出小六就不可能了。爱丽丝让赛娅待在这里,如果发生什么事情就立即跑到安全的地方躲起来。她和诺亚不动声色地靠近治安局,那周围没有多少流浪汉,所以他们两人十分显眼。

爱丽丝惊恐地冲进治安局大厅,叫嚷着:"有枪!有枪!"

一个正靠着墙壁,无所事事的治安官不耐烦地问:"什么?"

"有枪!我看见一个男人手里拿着枪!"她说。

那个治安官站直身子,问:"枪?是那两个混蛋!"在这个治安官的叫嚷下,一楼的三个治安官和从二楼下来的一个一起气势汹汹地冲了出去,要找那两个突然闯进这里的持枪陌生人算账。

爱丽丝按赛娅所描述的样子找小六,一楼都是一些凌乱的办公室和堆放得乱七八糟的房间。她走上楼梯,看到两个在说话的治安官。

"嘿,你是干什么的?这里不容许上来!"一个年轻的治安官说。

爱丽丝脸上露出笑容,说:"我丈夫让我来给他送吃的。"

"你丈夫？送的东西放到下面就行了。"

"下面的长官都去抓守时者了。"爱丽丝说。

"守时者？"

"他们就在不远的废弃农场那里，听说其中一个还受伤了。"她一边说一边迈上另一级台阶，不知不觉地就走到了那两个治安官面前。

她用眼角的余光观察二楼的房间布局，这里被分成一个个小隔间，看来都是用来关惹了事的人。在左手边的走廊尽头，一个办公室关着门。

"你给你丈夫送的吃的呢？"另外一个眼神敏锐的守时者问。

爱丽丝快速地出手，打昏右手边那个年轻的治安官，就在另外一个准备掏枪的时候，她一腿把他踢倒，头撞到墙上，发出沉闷的响声。爱丽丝不知道那间办公室里是否还有其他治安官。她从走廊穿过，两边的房间里关着形形色色的人。几个流浪汉趴在地上，流着口水在睡觉；一个衣着整洁、干净的女人对着窗口跪着，嘴里念念有词的。在快到走廊尽头的一间牢房里，她看到一个头发剃得很短的男生，和他一起的还有两个男生：一个长得尖嘴猴腮，看着很精明；另外一个面无表情，无聊地抠着墙上的油漆。

"你是小六吗？"爱丽丝问那个短发男孩。

"你是谁？"

"是赛娅来让我救你的！"爱丽丝用分解机器毁掉电子牢栏。

"赛娅？赛娅怎么会认识你？"小六问。

"这里不是说话的地方,你们快跟我走!"

山崎犹豫地看着小六,李汉说:"能出去干嘛还待在这里啊?"

他们的动作惊醒旁边另一间牢房中睡觉的流浪汉,他们大声嚷嚷着,伸手拉爱丽丝和小六的衣服。走廊另一边的办公室门打开,从里面走出两个治安官。三个男孩推搡着,跌跌撞撞地下楼,爱丽丝躲过一个治安官的枪,从楼梯护栏跳了下去。他们冲出治安局,跟着爱丽丝向诺亚躲藏的废墟边跑去。

诺亚打中一个追来的治安官,另一个吓得掉头就往回跑,嘴里喊着,犯人跑了,犯人跑了。不远处的红眼蜂鸟被他的声音惊动,但当它们对治安局附近扫描的时候,诺亚和爱丽丝已经带着三个男孩跑进了昏暗潮湿的废墟中。

赛娅看到六六哥,高兴地拍着手。

小六问她:"你怎么认识这些人的?"

"他们和那个大哥哥是一起的!"

"哪个?"

"就是给我书的那个。"

"那个守时者?"小六说,"你们是守时者?"

山崎和李汉听到这三个字,身体都哆嗦了下。他们惊恐地看着爱丽丝和诺亚,就像在看一个奇怪恐怖的怪兽一样。山崎说:"我们应该告诉治安官!"

"笨蛋,我们就是从那里逃出来的!"李汉说。

"她如果告诉我她是守时者,我死也不会出来的!"山崎看了眼爱丽丝,害怕地躲到李汉后面,他那表情就好像随时都有可能哭一样。

"我们就是普通的流浪汉,你们干什么找上我们?"小六问。

"书!"赛娅说,"六六哥,是书,那个大哥哥给我的书。"

"你们是来找那东西的?"

"你知道它现在在哪里吗?"

小六犹豫是否要说,但他看到诺亚威严的眼睛,便老实地说:"赛娅的袋子被我爸爸捡到,我以为他一定会把它带回家,但家里没有。他或许上交给治安局了,但他们说,那些治安官追我们回来的时候手里什么都没有,爸爸也从来没上交什么。所以我认为那本书可能被我爸藏在家里了!我可以带你们去!"

爱丽丝透过坏掉的屋顶向东面的天空看了看,她不知道此刻红眼蜂鸟是否已经开始扫描这片区域了。现在这样走出去太危险,机器警察轻而易举就会发现他们。小六观察到周围情况的危险,他说:"我可以自己一个人回去把那书拿过来!"

爱丽丝看看诺亚,征询他的意见。诺亚对小六说:"我跟你一起去!"

小六点点头。

"爱丽丝,你保护他们往里面走,沿途留下记号,我很快就回来。"

诺亚跟着小六从背面的一个门洞钻出去。天空阴沉，下的雨一直是断断续续的，四周所有能触摸到的东西都湿漉漉的。小六灵巧地穿过那些低矮的残垣，他注意到跟在自己身后的诺亚，虽然身材高大，但动作却十分熟练，像一只黑猫般没有发出任何声音。这就是传说中的守时者！

"你们是准备在我们这儿放炸弹吗？"小六问。

"我们从来不会放炸弹。"

"但是每天的新闻和电子报上都是你们用炸弹炸死几百人的消息。"

"那是军事议会想让你们相信，守时者就是恐怖组织。我们只帮助别人，不是放炸弹的恐怖分子。"

"那你们没杀左德将军？"

"那是执剑者安排的一次刺杀。"诺亚说。

"执剑者？他们和你们不是一伙的？"

"执剑者也是守时者，他们激进并且常使用暴力，我和另外许多人并不赞同这样的做法。"诺亚说，"你听过持炬者吗？"

小六摇摇头。

"你也在垃圾场上工作？"

"时间不长。我爸不准我和流浪汉混在一起，为了气他，我就偏偏住到垃圾场，和那些流浪汉混在一起。"想到被杀害的爸爸，小六感到有些失落，"我以后要变成所有流浪汉的老大，掌管整个垃圾场。

就像约翰逊,你听说过约翰逊吗?"

"约翰逊·布朗?"

"就是约翰逊。"

"他也是一名守时者。"

小六停下脚步,问他:"你是说流浪汉的老大也是守时者?"

"约翰逊在两年前就遇害了,他遭人背叛出卖。"

小六对他所说的这句话完全没有任何心理准备,他木然地站在断壁中,在脑子里一遍又一遍地回放这句话。他感到很伤心,就好像自己身体里的某一部分突然死去一般。那一个重要的,长久以来支撑着自己的那一部分悄然死去了。

"你认识约翰逊?"诺亚问。

"不认识。"小六说,"但我一直希望能见到他。为什么他也是守时者?"

"你身边永远都有守时者,只是你不知道而已。"诺亚说,"并不是所有的守时者都像我或者是约翰逊那样,需要出任务,懂得如何对付那些蜂鸟与机器警察;更大一部分的守时者就是普通人,像所有人一样安静地生活着。"

"但是,如果这样他们怎么会是守时者呢?"

"但他们就是守时者!"

房子的周围依旧和往日一样,冷清空无一人;天空里也没有蜂鸟。小六从一堆石头后出来,灰头土脸地撬开电子锁,打开门。

如今再站在这个房子里，小六会想起自己最后一次，也就是昨晚和爸爸的最后一次对话。曾有一段时间，小六渴望爸爸在垃圾场上被那些流浪汉杀死，或者是傍晚回家时走在路上被陌生人用刀或是电子枪杀死，但总是未能如愿。而如今，他已经死了，尸体也从这房子里消失不见了，小六觉得心里突然就变得空落落的，好像原本填充在那里的一个东西被拔掉了。这并不是伤心，他早已经忘掉了伤心是什么样的，他只是会感到有些失落，仅此而已。

而此刻身在这个屋子里的诺亚也依旧不知道，他和爱丽丝昨晚所遇见的那个被误杀的治安官就是这个房子的主人，是小六的爸爸。他依旧不知道，即使在后来，他依旧对此一无所知。

小六翻着客厅和那些大大小小的抽屉，实则他并不知道那本书是什么样子的，但他在心里觉得一旦自己找到了，就会立即认出来。房子里最多的就是酒瓶和垃圾，他到爸爸的卧室，把两个柜子全打开，里面除了几件衣服和几瓶酒，其他的什么也没有；他又翻脏乱的床，在把被子拉起来的时候，随着枕头一起掉在地上的是一个方方正正的东西，并且是一片一片的。小六在以前从未摸过这样的纸，感觉挺好。他还能认得写在封面上的几个字，黑水灯塔船！翻开第一页上面写着一个"汉"字。

他把书藏在衣服里，离开卧室。

"什么都没有，"他对诺亚说，"难道被藏到其他地方了？"

"你还知道会藏在哪里么？"

小六想了想，摇头说："其他的我就不知道了！我们还是赶快离开这里吧，如果那些鸟发现我们就不好了！"他一边说着一边往门外走。

诺亚拿出枪指着他。

"你这是干什么？"

诺亚只是观察着他。

"你疯了，没找到也不是我的错啊。难道你要把我杀了？你不是说你是不动暴力的那一派吗？"

"我并不打算杀你，如果你能交出那本书！"

"我说了，我没找到！可能被我爸爸藏到其他地方了，我可以再带你去找找。"小六感到藏在胸口的书脊压着自己的胸膛，他觉得诺亚那双聪明的眼睛已经发现了。最后在沉默的僵持下，小六没有办法只能把书拿出来，交给诺亚。

诺亚把书收好，拉开门示意小六离开。

当他们从房子里出来，就看到西边的天空聚集着成群的蜂鸟。那些流浪汉堵着马路，非常有兴趣地看着这些奇怪的电子鸟。机器警察已经向那个方向移动了。

"是赛娅他们！"小六说。

诺亚飞奔过石堆，从刚才来的路折返。蜂鸟在移动着，而那些机器警察的速度也越来越快，其中一些已经消失在废墟的昏暗之中了。围观的流浪汉聚集在废墟边，几名治安官警告他们不许再靠近了。诺亚听到枪声在自己的西北方向响起，蓝光乍现。他加快速度，但在满是乱石和枯朽钢铁之间，阻碍太多。小六一直紧跟着他，他感到自己胸腔里的心脏"怦怦"的响着，他从未有过像这样的紧张。

一个机器警察看到诺亚，向他开枪，打在一根石柱上。小六听到石头倒塌的声音，躲到一台机器后面，诺亚就在他前面。他快速地穿过两处低矮的石洞，开枪击中那个机器警察。头顶昏暗阴雨的天空，一只蜂鸟发出"嗞嗞"的响声。

"快跑！"诺亚说。

在往前跑的时候，小六似乎看到有一个身影消失在自己右手边的荒湖中，那是已经死掉多年的湖泊。他没有时间细看，因为有两个机器警察已经发现他了。他沿着工厂的废旧大机器，一路往前跑。

此刻，赛娅紧紧地抱着爱丽丝，大气不敢出。她觉得自己仿佛又回到了那个偷偷跑到垃圾场而遇见那个受伤大哥哥的下雨天。她害怕，但是并没哭；她能感觉到爱丽丝呼吸的热气打在自己的脖子上，她觉得爱丽丝身上有一股很好闻的味道。

她们藏在一个低矮隐蔽的碎石夹缝中，爱丽丝用电子干扰器破坏蜂鸟的扫描。她感到左手臂的伤口在流血，但此刻她们不能发出一点声音。因为她听到机器警察僵硬的走路声。

诺亚再次击中一个机器警察，他把小六从一棵看着像树的石柱后拉过来。他问他："你会用电子枪吗？"

"会！"他说，"我看过我爸开枪，但自己没开过！"

诺亚把身上另一把枪拿给他。"就是这蓝色按钮，两次开枪之间必须停顿二十秒。不要握得过紧，放松，否则会伤到手指。中指放到这里！"

机器警察的脚步声已经越来越多，越来越近了。小六感到自己全身都无法控制地颤抖，诺亚对他说："冷静，让身体放松下来。"

"我正试着放松……"

一道蓝光击中他们躲藏的钢铁板，小六慌忙地往后面开了一枪。

他呵呵地看着诺亚，说："再让我试一次。"

他们跨过不到二十厘米宽的死河，继续向西边跑。越往里跑，废墟越多，阴暗四起，他们躲在形状怪异的石头和钢铁骨架之后。飞在天上的蜂鸟虽然及时地向那些机器警察传回扫描图，但是他们一直都在跑，位置变化太快太频繁。

诺亚看到前面的蓝光，向那里跑过去。爱丽丝和赛娅被六个机器警察围困，诺亚从外围打掉三个，爱丽丝打掉一个，另外两个机器警察火力全开地对付突然而至的诺亚。小六跑过来的时候正停在一个机器警察的后面，他用两手端稳枪，按下蓝色按钮，一道蓝光击中机器人的后背，嗞嗞两声后就倒地了。诺亚的枪被机器警察打掉，他一脚踢中它的脑袋，使它踉跄后退，爱丽丝挣扎着开枪打死最后一个机器人。

"六六哥！"赛娅颤抖的声音传过来，她眼泪流了满脸，手上全是血。

那是爱丽丝的血，她从夹缝中出来的时候被一个机器警察击中胸口。鲜红的血流在黑色的石头和钢铁上，显得十分刺眼。诺亚抱起她，紧贴着自己的胸膛，眼睛里充满了惊慌和恐惧。

"爱丽丝，撑住！撑住！"

赛娅在一旁流着眼泪，把所有的声音都藏在嘴里。

"坚持住，爱丽丝！我会带你离开这里的，坚持住！"诺亚反复地说，就好像害怕自己一旦停下来不说，爱丽丝就会忘记一般。

"带赛娅和小六离开这里吧。它们马上就来了！"爱丽丝说，"书找到了吗？"

诺亚把书放到她手里。

"果然。"她满意地笑着，"你和汉都喜欢这本书，但是汉的生日在前，所以我就送给他了。但是……你和汉……"

"不要说话了，我这就带你离开。我们这就走！"诺亚抱起她，移开步子往前走。

"你不能带上我……"血从她的嘴里流出来，"我会拖累你们的。"

"我一定会把你带回去的。"

"你不能！"她说，"我们都知道自己会在什么时候死掉，不是吗？我没有辜负汉对我们的信任，所以我能光明正大地去见他了……我比汉幸运，他只有自己一个人！"泪水从她眼角流下来，这突然而来的思念让她感到心比身上的两处伤口还要痛。"而我现在要去见汉了，留你一个人，真对不起！"

小六看到诺亚的泪水默然地沿着脸庞流了下来。

"我能成为一名守时者，是无上的光荣；能和你和汉一起工作，也是无上的光荣。去见教授和其他的守时者兄弟姐妹，我希望自己没有辜负他们！"

我是教授的学生！

我是教授的学生！

赛娅看着爱丽丝轻轻地说完这句话，闭上了眼睛。她想放声大哭，但是她知道自己在这个时候不能发出任何声音，因为那些杀死爱丽丝的机器人还在这里。小六把她搂到怀里，感觉到她在颤抖。

诺亚把爱丽丝的身体放进荒湖里，看着她被黑色的水淹没，消失其中。他擦掉眼泪，对小六说："你能抱着赛娅么？我断后，前面就是禁闭区了！"

小六抱着赛娅跑在前面，他没听说过这片废墟有尽头，也不知道诺亚所说的禁闭区是什么，他只是一个劲地往前跑。枪声在他的身后响起，黑色的天空里什么也没有。

VII

小六发现,他们越往西边走天空越阴沉灰暗,好似一面巨大的镜子,映射着枯死的大地。他从来没走那么远,也从来不知道过去自己每天看到的那些工厂和建筑的废墟只是冰山一角。他渐渐地意识到这里在战争前曾是一座城市,一座大城市,而如今剩下的就只有这些可怖的残垣断壁。但此刻,他感谢这些被战争毁掉的城市。

红眼蜂鸟不知道是在什么时候从天幕消失了,而那令人不安的机器警察脚步声也在不知不觉中消失。小六抱着赛娅,紧跟着走在前面开路的诺亚。气氛凝重,他们都还沉浸在逃跑的紧张和失去爱丽丝的悲伤中。在逃跑途中,他想起原本和爱丽丝与赛娅在一起的山崎和李汉的时候,他们已经穿过一个偌大空旷的工厂了。赛娅告诉他,山崎和李汉在机器警察来之前就跑进废墟中了,之后就再也没见过他们。赛娅已经无声地哭累了,时不时地打着瞌睡。小六知道自己感受不到此刻诺亚的心情,即使在昨天他的爸爸也被人杀害了,但是他知道诺亚对于爱丽丝的感情绝对不会像自己对于爸爸那样。小六怀疑他们会不会是情侣。

诺亚手里的侦测电子器反映,红眼蜂鸟和机器警察都已经放弃追他们了,或许是因为他们走得太深。他知道这片城市废墟之后是军事议会禁止人们靠近和入内的禁止区。第三和第四次世界大战留下的核辐射经过一个多世纪依旧未完全消散，反而成了人类危险的邻居。生活在第六区的人们并不知道，他们生活的地方是这个国家的一道屏障，一旦辐射扩散，他们就是第一批受害者。

对于第一代守时者来说，或许最危险的地方就是最安全的地方。无论是否是因为军事议会和收割者对他们的大肆围捕追杀，还是因为其他原因。如今的守时者总部就建立在辐射区的地底下。生活在这个国家三分之二土地上的人们对于太阳早已经失去了渴望，他们其中的很多人都记不得自己最近一次见到太阳是在什么时候。生命里大部分时间都是阴云密布，昏暗无光的，再加上连绵不断的雨，让如今的人们身体散发着一股阴郁之气，一种冷的特质。在一定程度上，核辐射保护了处境艰难的守时者。

诺亚在一处看似大楼的建筑里停了下来。准备在这里休息一会儿，然后做好准备进入禁止区。小六把赛娅放下来，看到诺亚在翻着那沾着血的书。

"这本书里有什么重要的信息么？"他问。

"有一份很重要的名单在这里。"

"名单？"

"黑名单。"诺亚说。他知道像小六这样生活在偏远第六区的男孩是不会知道黑名单是什么的。他说："军事议会下的收割者利用遍布全国的蜂鸟时时刻刻地监视着每一个公民，观察他们每一天的生活，并一一记录在案。收割者中有一个部分是用来分析这些材料的，以此来分别哪些公民是危险的,或者属于潜在危险;他们会把这些人的名字列成一张名单,用来给机器警察实施抓捕。每天都会有人突然消失,但家人对此却一无所知。"

小六认真地听着,他想起第六区那些突然消失的人。难道他们也是在午夜里被那些机器警察抓走了?但他从来没在这里见过一只蜂鸟啊?

"守时者一直都在关注这份名单,最终通过我们在军事议会内部的人员获得了这份名单。但在把名单送出来的时候,由于有人背叛而导致参与其中的几名守时者遇害,汉就是其中之一。他把名单转化成密码放在这本书里,所以这本书就是那份重要的黑名单!"

"那些被抓的人会怎么样?"

"没有人再知道他们的下落。其中有些人的亲人在用一辈子的时间去找他们。"

小六神色黯淡。他觉得自己似乎能理解失去亲人,并且坚持不懈去寻找亲人的那些人的感受,就好像曾经那段时间他对于自己从未见过的母亲的好奇和思念,渴望见到她。他想到那些为了寻找自己亲人而背井离乡的人们,对他们充满了一种亲切的怜悯之情,悲哀于他们再也见不到自己的亲人了。小六被这样的情感温暖地包围着。

"书是讲故事的吗?这本书是讲什么故事的?"小六问。

"你认识字?"

小六说自己曾经上过三年学。

"等回到守时者总部,破译完其中的名单,可以借你看看。"诺亚说,"讲了一个很感人的故事,汉很喜欢!"

抵挡太平洋的堤坝　　　　　　　　　　　　　　叶　端

烦恼的悲伤
一次次如潮水涌来
鱼儿梦见她们的故乡
而我以身体为堤坝
昨天，今天，明天
它要毁灭

1. 异动的月亮

你听，水声。

海关署里，两名哨兵站在堤岸上，望着海潮一阵一阵冲打脚面，冷泠泠地打了个寒颤，一齐拿枪指向月亮。天空中，苍白而诡异的脸，漂浮在星海之上。刹那间，一个浪头冲破堤岸，两人稍一蹬脚，就淹没在浪潮之中了。

清晨，堤岸顶部湿漉漉的，仿佛下了隔夜雨。工程师松岛平江照例爬上平台检查水塔，这是每一次圆月涨潮后他必备的工作。咸湿的气息侵入他的衣服和脖颈，他闻得出海浪的癫狂，尽管眼下看起来风平浪静。他坐在水塔顶端俯视这座堤岸，空旷的哨台，暗示着悲剧的发生。这已不是第一次海浪活活将人卷走。他想象着海水如何一点点越过堤岸，像河水决堤般涌向城市，而他就在水塔顶端注视着这一切。这寂静的领地使他感到一种怪异的眩晕，大海和城市就像两座深渊，挤压着也召唤着他。他慢慢地从水塔爬了下来。

就在松岛爬下水塔的过程中，他看见水塔底部的阴影下似乎有什么东西在闪亮。他起先以为是海水带进来的沙粒，但是当他手握着旋梯转一个弯后，他发现那是一个女人的脚踝，紧接着他看见了她赤裸的臀部。他下意识屏气凝神，左右望了一会儿，快步跳到她面前。女人蜷缩的身体仿佛是种自我保护，然而她的赤裸又太过自然，看不到一点被剥去衣物的抵抗。他试探着伸出手，拨开她依靠在粗糙砖面的脸颊。

清晨在堤岸上发现裸女，无论从常识还是理智来看，都应该立刻通知长官或医生。但是松岛甚至都没有确认女子是否还有呼吸，就顺着胳膊把她整个儿搂起来。到这时他才发觉女子出奇的高大，他只能用外套裹住她的脚，一路将她拖到楼梯口。他打开闸门，先把她放下去，然后喘了口气，抱起她胡乱地狂奔起来。要是碰见同事就完蛋了。幸而他的宿舍就在堤坝高层，女人的形体在他臂弯交叠，仿佛感受他的呼吸般温热起来。

她身上凝结着晶莹的盐粒，刺身一般的鲜嫩味觉。然而就松岛触摸到的，一些部位却像粗麻般紧实，充满肌肉的力量感。如果忽略生物学的性征，与其说是一个女人，不如说是一个有着女性气息的男人。这更加无法解释他不可理喻的冲动。现在把她丢出去还来得及,松岛一边做着思想斗争,一边隐秘地锁上房门。

为了安全考虑,堤岸里住着常备军官、技术人员和后勤工人。然而由于空间的限制,所谓宿舍不过是一些低矮狭长的暗室,他们戏称之为"洞穴",仿佛原始人般,在堤岸里过着与世隔绝的生活。松岛给女人喂了些水,圈养似的执著地将她留在这狭小的室内。当天夜里女子就醒转过来,松岛在床下新铺的被褥里望见她疑惑地四下摸索,趁她还虚弱,松岛从工具箱里找到绳子,把女子的两只脚捆在一起。他原本想把她的嘴巴塞住,但是女子在黑夜里茫然地望着他,似乎没有大声呼救的意思。松岛怀着微妙的罪恶感煮了点吃食,女子毫不挑拣地吃掉。替她漱口以后,松岛给她喂了一颗安眠药,女子很快又睡着。

第二天工作的时候,松岛一直想着女子的事。下午被上司格兰特叫到办公室,松岛心惊肉跳,以为露出破绽,格兰特却十分器重地说起水塔改建的工程。原来在早间的内部紧急会议上,已经通过加高堤坝的决议。格兰特希望趁这个机会,在堤岸顶部建造一座空中花园似的观景平台,新的水塔也会成为景观之一。这模糊了此前人们对于堤岸安全性的质疑,比起高度的增加,让普通民众登上戒备森严的堤岸,显然是更受称道的政绩。为了保持堤岸内部的机密性,格兰特计划在靠近城市的一侧架设几台观光电梯,直通顶部的观景平台。松岛猛然意识到,在没有外部工具的辅助下,女子没有任何理由通过重重关卡抵达堤岸顶端。她唯一的机会只有月圆之夜的潮汐,她从海里来。

女子不会说话,不听人言。她身上的气息与常人迥然不同,似乎也不知道被一个陌生人绑在卧房是何等诡异和危险之事。松岛痴迷地追随她的一举一动,她并不反感他的拥抱,只是对他这样执着地想要触摸她感到不解。松岛一味放任下去,到了情不自禁一边渴求抚摸一边向她表白感情的地步,然而女子只是困惑地"咕隆"两声。

异类。他是在向异类求爱。但是爱上异类的他到底算不算异类呢。到了清晨他不得不离开她,走在冰冷的走廊上的时候,松岛感到一阵空虚。自从改建堤岸的消息正式发布,无论到哪个部门,同事们都在热切地讨论,互相打探内情。堤岸从建造伊始一直都被刻意地边缘化,此次改建受到媒体和公众热烈关注,是否预示着某种政策的偏斜?据说除了旅游设施,还会跟进一整套的基础建设和开发项目。松岛想躲避这些讨论,然而一点办法也没有。钱、房子、职位、名声,这些苦苦追求的东西,偏偏伴随突如其来的机遇一下子改变,甚至有知道他在堤岸工作的老同学向他推荐起相亲的人选。苦笑着放下电话,松岛把自制的糕点端到女子面前,这是他第一次尝试使用发酵粉,面团一膨胀,捏好的样子就散了,显得十分狼狈。女子毫不嫌弃地全部吃掉,他几乎怀疑她没有味觉。在他盯着她看的时候,她又躺倒在床上,不管吃吃睡睡,一点基本的礼节也没有。松岛却感到轻松,就像对待宠物那样,无论看到她做什么,都会不由自主地溺爱着微笑。比起相互理解的人类，或许这种靠喂食就能彼此依存的状态，更值得信赖罢。

抱着这种自以为是的想法，松岛侵犯了女子。到最后把绑在女子脚上的绳子弄散了也不知道，中午醒来的时候只能以发热为由补请了半天病假。女子的一只脚搭在他的胸口，不知道是不是中途起来过一次，前后颠倒了个方向。如果她能求救的话，恐怕他已经被抓起来了吧。从前在报纸上见到犯罪新闻时，他还讶异什么人竟会做这样毫无理智的事情。现在他相信，比起自身的欲望，规范啊、律令啊，都像是德育课作文才有的东西，轻易就被击破了。

松岛平江沉溺在这温情的梦境里，仿佛被岩石包裹的大海。在那里富足的欲望汹涌着，在岩浆暗流的地方，板块缓慢漂移，海平面升起陷落。对大海来说，堤岸有什么意义？这无法变换的界限，犹如倒插在湍流中的界碑，松岛在月光下凝视着久远的碑文，冷冽的风使他短暂醒觉。他倚靠在这濡湿的领地，位于高高的水塔。大海的归于大海，土地的归于土地。

女子消失了。就在松岛发梦的夜里，又一次月圆涨潮之时。

松岛等待被警官传讯的时刻，无法安心工作。但是这一时刻迟迟没有到来。上司格兰特好几天都不见踪影，他隐隐听说，上头似乎有什么重大发现。过了好长时间，他终于有机会在堤岸深处的军部实验室见到格兰特，研究员们正在建造一个集监控、养殖、海水循环、电化学刺激为一体的新器械,他只瞥了一眼,就被格兰特带出来。

"听说您正在挑拣技术人员到军部参与项目,希望您能把机会给我。"松岛直截了当地说。

格兰特显得十分惊讶,通过升降梯返回行政部的过程中,松岛一直紧跟着他。

"这可不像你。"格兰特以激赏的措辞推脱道,"你是我见过唯一一个因为喜欢大海到堤岸工作的人。我观察过你,除了必要的应酬,几乎不和任何团体来往。这也是我信任你、对你有期待的原因。"

"我明白。正是因为我喜欢大海,才绝对不想错过这次机会。"

"我不知道你听说了什么,但这次的任务绝不是头脑发热就能完成的。何况你不做生物研究,再怎么努力也进入不了实验核心领域。"

"但我知道怎样做出模拟环境最相像的器械。"松岛肯定地说。

格兰特凝视着松岛,这个一贯低调的老好人似乎已经忘却他应有的立场。由于实验室是军部严格监控的最高机密,松岛没有理由预先得到风声。他脸上少有的狂热的神情,使格兰特感到不安。作为堤岸的行政长官,选派人手到军部,是不想让军部独享实验的果实。但是松岛能否为自己所用呢?格兰特有些怀疑,又为他孤注一掷的勇气震动。

"记住。任何欺骗都会毁了你。"格兰特警告道。

松岛知道,他最近有些过于亢奋了。至少他过了格兰特这一关,夹起尾巴,也不难骗过军部。看到军部制造的"大水缸"之后,他重新设计出一个环形培养皿。这一下，再没人质疑他了。这个"培养皿"由两面巨大的圆环状玻璃墙构成，里面一个圆环只能由接近圆心的内侧朝外侧看，外面一个圆环只能从圆周外往里面看，圆环中间区域注入海水，由中心辐射，十二等分，用和堤岸相同的实心材料区隔。这个构想，来自于前堤岸时期，哲学家边沁与福柯的"圆形监狱"。研究员只要站在圆心或圆外，就可以轻易掌握位于环形区域的实验对象。他们在每个"格子"里，放置不同的实验器材，如果器材放射的刺激超过实验对象承受范围，实验对象就会拼命跳过区隔墙，逃往第二个格子，又会在第二次实验后，跳到第三个格子，不断循环。

"嘿，松岛，把你扔进去怎样？"一同工作的中村开起玩笑。

松岛一边测试仪器的稳定性，一边装模作样地说："我可没有弹跳的本事，大概在第一个格子就被电死了。真奇怪。这次抓了条大鱼吧，这样兴师动众。"

"据说是比鱼类更厉害的东西。你知道美人鱼吗？"

"当然。我还知道吸血鬼呢。"松岛嬉笑道。

"那种东西说不定真的存在。之前不是死了几个人吗？他们在水下布置了几张渔网，原本是想试试看能不能找到尸体，没想到前次涨潮的时候，捕捞到了一个能在海里游泳的女人，就像传说中的美人鱼一样。"中村低下声音，凑近来窃笑道，"你说他们像人一样交配呢，还是像鱼一样交配。千古难题。不知道尾巴长什么样……"

原来是这样。松岛一直以为女子是在堤岸里被抓走的,没想到她已经逃到海里,差一点就永远消失了。他的心在苦涩中又如释重负,在这件事中,无论他是否将她关起来都没有意义。她是被大海冲到堤岸上,又被大海捉入渔网里,她是注定要被研究被观赏的。

海水经抽水泵流入容器,在室内轰隆隆地响。当工作人员将束缚在水箱里的女子倒入第一个格子时,松岛并不感到意外。女子朝人群的方向看了一眼,松岛不知道她有没有看见自己。然后女子就沉下去,一直沉到水底。隔着单向玻璃,他知道她怎么也看不见他了,但他还是感到心惊,仿佛那个眼神一直追随着他,失落,困惑,又恐慌。

"哎呀,竟然没有尾巴。"中村失望地咕哝道。

女子在水底躺了许久,松岛感到呼吸急促,仿佛她已是死的,但是旁人都兴奋地鼓起掌来。玻璃顶盖封锁后,实验正式启动。他看见她由沉睡而不安地蜷缩,以至猛然惊醒、四下浮游,接着,她拼命地拍打玻璃墙,像想要跳出渔网的鱼虾一样狠命挣扎,那声音使得最凶猛的人也心头一憷。松岛没有被吓倒。看呐,逃离他以后,她只能待在这狭小的牢室里。他比从前更深刻地占有她了。

终于,女子撞在区隔墙上,发现区隔墙离玻璃顶有一段空气流动的迹象。她踮起脚尖,举起手臂,像芭蕾舞者一样来回踱步,试探墙壁的高度,然后蹲下身,猛然一跃。他这才发觉,她瘦白的脚掌、纤细的脚踝,能迸射出如此惊人的力量。她的头部当先越过墙壁,双手推了一把墙沿，臀部也越了过去，接着双脚用力一蹬。她几乎游过第二个格子，到了第三个格子边缘，然而舒适的环境让她很快放松，试探几回，便又沉入水底。

在海里她也是如此休憩的吗？为了避免注意，松岛走到背离人群的角落。研究员们紧接着启动第二个格子里的仪器，他看见她再一次失去家园，仓皇出逃。这一回，她多跳了几格。她以为游得越远，越能够逃离痛苦。然而她就像钟表盘上的指针，徒劳地旋转着，却不知身在何处。

漫长的试验，一日接着一日，人们变换各种花样，她对这些花样的忍耐力也越来越强。他没有一刻不在凝望着她，他望着她，他以为她就像实验室里的小白鼠，玩弄多了，就能从这无聊的趣味中抽离。然而她是那么美好，痛苦的呻吟也是美的。稍纵即逝的快感慢慢被疲乏淹没，隔着那道无法对视的玻璃墙，到后来，仍是悲哀占了上风。

很久很久以前，还没有堤岸的时候，海边是一片银色的沙滩，人们可以自由出海、晒太阳、潜泳，湛蓝的大海向着碧蓝的天空，在视野的尽头涌流。然而随着南北极冰川融化，海平面越来越高，渐渐的，沙滩被淹没，港口被淹没，出海口的大片平原被淹没。人们不得不退居内地，用连绵的山峦来阻隔海水，同时在山谷修建堤坝，防止海水通过内河倒流向大陆。

这是一项浩大的工程。科学家们经过几代人的实验，终于研制出一种高强度高稳定性的建筑材料。堤岸延绵在整个海岸，有如神迹，被誉为"海上长城"。然而堤岸落成数年后，仿佛有一种神秘的力量作用，每逢月圆，汹涌的潮汐便不断击打堤岸，它一次次越过堤岸，仿佛要进攻城市。原先住在开阔港口的人们，现在就像被包裹在一个巨大的瓮中，只需要一个浪头，海水倒灌，尽成鱼鳖，陆地变成一艘大船，随时感受海浪的颠簸。为了保护民众，堤岸越建越高，渐渐像一座高山，阻挡着大海。由于人们往往"谈海色变"，再加上堤岸的刻意隔离，关于海洋的传说虽在流传，却再没有人把远方视为自由的彼岸。

松岛平江以为，这将是他最后一次看到大海。他撬开放置仪器的暗门，动用激光割开玻璃。女子还是不说话，松岛用衣服蒙住她的脸，把她带到堤岸顶层。这是在午夜，海浪很高，他几乎要随之而去。苍白而明亮的月光下，女子站在堤岸边缘，肌肤散发着一种丰盈的细光。她感到钳制住她的气息慢慢远离，伸出手来，想要解开蒙住眼睛的黑色外套。松岛忽然想起一个久远的笑话——如果你被丢在荒岛上，你愿意陪伴你的是一条上半身是人的鱼，还是上半身是鱼的人？外套掉在地上的一刹那，松岛狠狠地推了女子一大把，女子来不及转头，就扑向浪涛起伏的大海，像一条柔韧的银鱼，逆着湍流穿梭，转瞬就失去踪影。

报警响得比松岛预料迟些。监视器的红灯一闪一闪地瞪着他，如同马上要进射出上膛的枪子。军人们从各个通道涌入平台，他举起双手,没有为自己辩解。

天色一点点亮起来,他知道,第二天,当阳光蒸发残留海水中的水分,堤岸将变成一道银白色的龙脊,在面朝大海的方向,熠熠生辉。

他是这伟大事业的背叛者。

他不配为人。

簇新的军服和军靴一列列仿佛望不到尽头,闪亮的徽章随着坚硬的脚步轻轻跃动,直到挤进鼹鼠一般的地道,才被拦截在守卫严密的闸道外。另一队人马接替了押送任务,这些人甚至没穿制服,但没有人敢试探他们的格斗水准。他们连换了三部升降梯,下落速度蛮横如失重,松岛感到一股近乎窒息的挤压感,仿佛整个空间都随着升降梯的下落而扭曲。

他们落入堤岸最底层大海深处的洞穴,幽深、阴冷、空旷。在空间的端点有一盏灯,灯下面是一张圆桌,很朴素,连木纹都清晰可见。一把铁椅斜靠在两道墙壁构成的直角处,松岛被带到椅子面前,坐下,然后四副镣铐分别将他的手脚固定在扶手和椅腿。灯光直射着他的脸孔,远处无尽的黑暗,反衬出审讯室有一种回光返照般的明亮。

"你是谁?"一个高大的面孔向他走来,声音苍老,"是谁派来的?"

松岛平生最是个微不足道的人,从没想过有一天,他会惊动堤岸最高阶军官魏风肃。这位老人,犹如传说一般,半个世纪以来,牢牢掌控着堤岸。人们称其为堤岸的守门人,面向滔滔大海,一夫当关,万夫莫开。

"松岛平江。19 岁考入国防大学机械工程系,23 岁进入海洋技术系研修,27 岁经格兰特推荐到堤岸工作,至今已有四年,成绩平平。"然后,他的履历被平铺直叙地道出,"你是环保主义者?"

"我不是。"

"你是物种平等主义者?"

"我不是。"

"你是反人类社团成员?"

"我不是。"

"那你是为了他们而来咯。"

"谁?"

"两栖人。"

"我不明白你在说什么。我只是听到了些声音,就不由自主打开了闸门。"

低沉的声音哼笑道:"他们可没有鱼尾,恐怕也不会唱歌。"

"我不明白。"

"你我都明白,不是什么人鱼的传说,那是真实存在的物种。人到大海里就死了。但是我毫不怀疑他们会伪装得好好的生活在我们中间,如果我们不能真正把他们和我们区分开来。这么多年我像个看门人一样,难道就是惧怕那么几摊盐水?我知道那是些什么东西。当我第一次看到他们袒露着胸膛站在浪涛顶端的时候,我就知道他们是些什么东西。这些贪婪的嗜血的家伙。这么多年,吞了我们多少次诱饵,换了多少次岗哨,才给我们逮到一只活的。他们许诺了你什么?只要你承认。只要你承认,我立刻释放你。或者,你更愿意在这里待上一辈子。"

"我没什么可承认的。"短暂的沉默后,松岛平江说。

魏风肃没有说谎。

日子很快长到他可以用掰断的指甲磨掉乱蓬蓬的胡子。在偶然的送饭时间,他不得不一再重复:"是的。我没什么可承认。"那盏灯一直孤零零地悬挂在那个角落,现在他离它很远了,他身边关着一些同样犯了错的人,但他却无法听到那些近在咫尺的声音。

人在夜晚不就是这样吗?虽然有光,却什么也看不见。虽然到处是人,却什么也听不见。在无法预估的危险里,只有月亮和水流,吸引着人们走出洞穴。然而,就像作为一个正人君子你永远都不会承认你的欲望,他躺在堤岸最深处的监牢里,梦见一整片柔软的湿润,像秋雨一般,浸没了精心雕琢的空中花园,浸没了儿童嬉笑的主题游乐场,浸没了法庭和寺院,而它永远无法流向这座空心的巨塔。就像是嫌疑犯最后的眼泪。如果承认了这一切,他就会毁灭。

2. 蓝色浪潮

浅蓝色标识的轻轨,从城市腹地笔直通往最东岸。几年前这里还远离尘嚣,现在几乎成了最新潮最恢宏的一派。比起夸耀内部装饰的商业建筑,人们厌倦了花里胡哨的玻璃外墙,反而欣赏起建材本身的雄浑质感。高科技拟态的砖石,轻易建造起教堂般的厚重,因此如果忽略便捷的公共设施,这里倒像是一座新挖掘的古城。而且就像考古的地层演进一般,随着人口的繁盛,房屋上面又盖了房屋,城池上面又建了城池,如果没有三维地图,再精通立体几何的人也会轻易在里边迷路。这种盘根错杂的立体结构,改变了几千年来人类牢不可破的城市形态,而这首先得归功于堤岸对传统力学的巨大挑战——当人们强大到足以抵御大海,便没有什么是不可建成的了。

这般庞大的建筑群,正需要更多的工蚁为其劳作。清晨疲乏的列车中,有一个戴着墨镜的瘦削男人,他脚下放着一只半米长的工具箱,随着列车前进的节奏,褡裢清脆作响。这一段长路在等频率的噪音中有一种稳固的静默,人们像批量生产的螺丝钉般横七竖八躺在传送带上,只有打开闸门的时候,才从梦游中稍微醒觉。快到站点,他从口袋里翻出工牌戴上。松岛平江。塑封快要折了,名字和照片,都有种油墨不足的狼狈相。"您好,我是开发区修理服务站的松岛,抱歉让您久等了。"

七年多的牢狱生活不仅改变了他的视力状况。就在他浑浑噩噩以为将在黑暗中度过一生时，他被释放了，同时也意味着，他被踢出了堤岸，必须开始自己生活。39岁加上一笔渎职罪记录在案，除了打打零工，再难找到像样的出路。尽管时间尚早，因为痢疾，他已经比约定时间晚了半个钟头。身体的不适使他完全提不起精神。更可怕的是，雇主告诉他，由于备用发电机失效，他得爬26层的楼梯检修电路。他多希望能从隔壁楼的花园阳台翻过去，如果不因非法通行交罚单的话。

　　这栋楼一共有43层，他从17楼的入口进去，沿着安全通道往上爬。走到一半的时候，他遇到一群男女。他们都身着礼服，妆容隆重，尤其是女人都穿着尖头细跟的高跟鞋，因而走得格外缓慢。松岛跟在他们后面，听到他们正在谈论一场艺术品展览。

　　"说实话我不太在乎这些小团体在搞什么。尤其是一些以环保啊自然啊为主题的酒会，除了摆设几个三四流的仿制品，就剩下讨好生意人的夸夸其谈。"其中一个穿着宝蓝色紧身短裙的女子说，"之前接到过几次邀请，我都推辞了，要不是兰波极力推荐，这回我也不想来。谁知道还得自己走上去，真倒霉，他们一点都不值得我费这么大劲。"

　　"说来也怪。凡是稍有点名气的人，几乎都收到过他们的邀请。"另一个女子说，"但是和这种急于成名的态度相反，他们似乎并不想讨好去了的人，也完全不考虑如何把作品卖出去。就连身为艺术收藏品鉴会主席的兰波主动提议说帮他们写评论文章，都被婉拒了。要不是不知天高地厚，就是对自己的作品太有自信，想待价而沽。"

"谁知道呢？说不定他们只是想试探一下咱们呢。"

这群人说着说着，走进了41楼的楼道。松岛跟着望了一眼，只见电梯旁边贴着一张海报：黑色的底，当中一个凹凸不平的微亮球体，一行蓝白色的字写道——月之阴面。不远处开着一扇门，松岛望着男男女女走进去，那扇门又关上，光也被隔住，他慢慢地退回安全通道。

月之阴面。尽管无法用肉眼看到，但早已不是什么深不可测的话题。天文探测器拍摄的照片，在每一个新闻网站都能查到，可惜除了它把脸背对着地球，没有什么值得称道的研究价值。

楼梯现在变得十分安静。松岛重新戴上墨镜，在黑暗中，一切事物的边缘变得更加清晰。电路没有大故障，有几个接口松了，没多久就修好了。当他乘着电梯往下降时，电梯很快停住，打开，一男一女走了进来。这对男女身材都很高大，尤其女人一头金发，容光焕发，不亚于当红的明星模特。只是他们看起来并不亲密，进电梯后便一前一后站着。空气顿时变得拥挤滞重，松岛低着头，忽然闻到一股奇特的湿咸的味道。这种味道很淡，尤其在刻意的香水掩盖下，若不是在这狭小空间，几乎不会被发觉。

他太熟悉这种味道了。当他仔细打量这对男女，立刻意识到他们戴了假发和瞳孔变色隐形眼镜。电梯1楼的出口在地下街，他尾随他们走了一段，发现不管到怎样人流拥挤的地方，一个穿着黑色皮夹克的女人始终与他们同路。

当这对男女走进一家餐厅，松岛立刻挤上前。

"有人在监视你。"

"有人在监视你。"

金发女人和松岛同时说出这句话，男人推着她快步走开。松岛定在原地，隔着一扇玻璃门，穿黑色皮夹克的女人弯腰假装去捡东西，一面从底下斜睨着他。她的皮夹克底下，微微露出礼服蓬松的裙角。

松岛努力让自己不要在意这件事，然而一个月后，他收到一封请柬，邀请他参加一个名为"自深处的海洋"的艺术展览会。地址就在那幢楼，41层。他不知道是那对男女，抑或是那个监视他们的人寄给他的。

这是一个陷阱。从他追上那对男女说话的一刻，从他被派去检修刻意损坏的电路的一刻，甚至从他被放出监狱时，这个陷阱就开始了。月亮、海洋、高大的身型、特殊的气息。人鱼，这是一场人鱼派对。

展览持续三天，松岛选在第二天的下午两点到场。出乎意料地，狭小的一扇门进去后，里面竟打通了四五个大厅，明亮的灯光下，挤满了接到邀请的男男女女。第一个房间，首先是一面两米高的玻璃墙，里面镶嵌着各式各样的贝壳，贝壳上装饰着色泽鲜艳的彩绘。另一侧用栏杆围着,浅浅的水池里,放置着纹路各异的石头和沙砾,不知名的墨绿色植物,湿漉漉地沿墙壁向上攀爬。顺着玻璃墙进入第二个房间,里面有许多石雕和木雕,它们仿佛只是从海底拍摄的一个静止瞬间,珊瑚和鱼群栩栩如生,水纹如在流动。第三个房间悬挂着许多浮雕和绘画,它们比前一个展厅抽象些,却更具有深意。它毫不吝惜地揭示出海洋深处的杀戮和斗争,以及混浊昏沉的静默。

松岛走进第四个房间,这个房间窄而狭长,左右是两列半人高的木质展台,立着一个个神态各异的人偶,或陶瓷,或根雕,或蜡像,还有未完成的石膏,用玻璃罩着。一开始,人偶还是坐在岩石上钓鱼的人、躺在水里仰泳的人、被水蛇缠住而挣扎的人,慢慢地,出现了许多从未见过的生物形象,它们和人一起生活,而且仿佛是具有智慧与思想的,越往深处走,和海洋的关系就越密切。而在另一侧的展台,人偶衍生出不同的形态。有的被一只硕大的鹦鹉抱着,有的裙裾上盘旋一条巨鳗,有的长着长长的兔耳朵。到后来,一只倒放的人偶长发着地,躺在游泳池似的蓝色背板上,眼望着吊顶,脚踩着一棵不知用什么材料仿造的珊瑚,好像在发呆。

他望着这些人偶,像一种巫术,就像女娲造人般玄妙。一个人从对面走向他,他瞥见她金色的长发,不觉说道:"这是真的吗?"

"你以为什么是真的?"女人反问道。

他们说话的短短几秒,几个人涌进了房间,只是由于房间狭长,隔着他们仍有几米。女人领着松岛进入展柜尽头的一扇小门,这是个通道，两侧又有许多小门。女人带着他进入其中一扇，却从小房间的窗户跳了出去。松岛大吃一惊想要去拉，却发现外面是一个晒台。他们从晒台跳入隔壁大楼的顶楼，无土栽培的鲜花盛情绽放。在腻人的香气中，女人走进主楼，有节奏地敲了敲当中一扇房门。房门很快打开，是那个和她一起乘坐电梯的男人，里面放着音乐，似乎正在举办宴会。

"他是我哥哥，越狄。"女人介绍道。

"你是谁？"

"我是歧姜。"女人说。

屋内大概有十三四个。松岛仿佛来到巨人国，压抑着内心的震动，强作镇定地穿过他们。不知是谁按下停止，音乐忽然结束，他们围绕着房间坐下。

越狄站在他们中间，说道："亿万年前，人类从海洋来到陆地，逐渐进化出四肢和肺部。一些部族享受到直立行走的便利，便要放弃海洋，向大陆深处进发。另一些部族则不愿远离古老的家乡，便维持了两栖的生活习惯，在海洋和海岛上轮流生息。本来，这两种生活方式各行其道、互不相干。然而近年来，陆地的人类无止境地消耗资源、排放热量，导致南北极冰川大面积融化，海平面急遽上升。我们不愿意干涉陆地内政的结果是，97%以上的海岛已被淹没。"

"他们建造了堤坝，以为这样就可以捍卫他们的领土。但没有了海岛、又难以进入陆地，原本我们可以在岸上度过平稳的交配期，怀孕、生产、哺乳，直至幼小的骨骼有足够的力量生长，现在我们只能躲在海底。海底的巨大压强损坏了我们脆弱的胚胎和母体，胎儿无法发育到正常大小，子宫感染疾病、痉挛、流产。我们多年来几乎是零生育，恶劣的环境又使得死亡率剧增，毕竟我们不能像鱼一样随意繁殖。由于那些陆地的人的骄傲自大，我们就快要灭亡。我们必须冲破堤坝，捍卫我们生存的权力。"

所有人都露出深以为然的严肃表情，仿佛马上就要动议拆毁堤坝。松岛想起那些夜梦中低沉而激越的浪涛声，仿佛那是他们愤怒的呼号。

杀、杀、杀！

这时，歧姜忽然走到越狄身边，取代了他说话的权力。松岛可以看到越狄紧绷的脸颊，带着愤怒的余威，但他按捺住了。

"兄长说得对极了。但是拆毁堤坝并不比承受我们失去故岛的痛苦容易，因为对他们来说，堤坝后面，也是他们的家乡。我们不能以暴制暴。"歧姜说，"我感谢到场的诸位，以及将才华贡献给艺展的同伴们。几年来，我们试图通过艺术的方式，将我们的意念转化为可感的图示，潜移默化地传达给那些最具美学标准、最富创造力，乃至最倾向自由主义、唯美主义、物种平等主义的社群。作为一个艺术团体，我们是虚构的，我们不声张，因此更加神秘。他们对我们只有好奇而无戒心，在接纳真实的我们之前，首先接纳了我们的思想。艺术的共情使我们成为同盟，当我们揭下假面之时，这些社群自然而然成为我们的保护者和传道者。人们会意识到我们不仅是一个新的物种，而且是一种友好的、可沟通的新的文化。

"当然，敌意永远存在。军方一直紧咬着我们不放，比起文化，他们更关心我们的身体构造，以及力量来源。"歧姜说到这里，将目光转向松岛，"我们需要一个代言人。至少在赚取舆论支持以前，我们需要一个人替我们与那些堤岸里的家伙沟通。这也是今天集会的最大目的。如你们所见，我已经把他带到你们面前。"

我？松岛脱口而出："为什么？"

歧姜凝视着他，在她眼中，他又一次被带到那座巨大的堤岸面前。他在黑暗里待得太久了。她会是她吗？他无法辨认。但那个可能性使他雀跃而恐慌。

一辆黑色的警车停在地下街出口，松岛走出大门，便不由分说地被押解上车。他们沿着复杂的弯道驶上街面，警车的两个车门张开，向外伸长，形成两道楔形机翼。穿皮夹克的女人操控着方向，旁边坐着一个男人，松岛认得，那是格兰特的副官。松岛松了口气，被格兰特抓住，总比魏风肃好得多。

警车越过城市高楼，一路向东岸飞去。松岛独自坐在后座，左右皆空，仿佛骑在天鹅背上。然而他的手脚皆被牢牢铐在座椅当中，呼吸机喷射出稀薄的氧气，带着轻微的麻醉感。松岛醒来时，他已经坐在格兰特的办公室里，他的老上司正微笑着注视着他。

松岛动了动身体。没有镣铐。格兰特就坐在几公分外，似乎不是抓他过来，而是要和他促膝谈心。

"我这辈子见过两次两栖人，这已经算了不起了。但是魏风肃见过三次。"格兰特说，"第一次是他年轻时，他是个哨兵，在堤岸上头站岗。一天夜里，海浪毫无预警地席卷而来，多亏他水性好逃过一劫，其余哨兵全部遇难。据他说，当时有好多个男男女女从海洋另一端跳上堤坝。没有别的目击者替他证明，军医认定他精神受了刺激，产生幻觉。"

"第二次他已经是巡防营营长，他驾着巡逻舰在周边海域巡航，突然逮到一艘渔船，上面仅有一个女子。那时堤坝还没这么高，偶尔有渔民冒险越过堤坝。原本应该把女子移交警方，他却将女子扣押起来，进行单独审讯。谁知女子怀了身孕，胎儿从下体滑落，化成软软的一摊，女子也莫名死掉了。事关人命，上头开始追究魏风肃的责任。他坚持对女子进行解剖，尽管尸体很快就腐烂，但仅存的细胞信息表明，女子和一般人类的DNA重合率仅有87%，还不如人和猩猩。这个时候，海洋里有异族的消息才在堤坝高层流传开来。不久，不幸的事情发生了。魏风肃的妻子和8岁的儿子在闹市被杀，他妻子被刺伤13下，儿子更惨，凶器是——鲸鱼鱼骨磨成的尖刀。"

"讽刺的是，为了弥补家人惨遭横祸的痛苦，他被授予了军功章，并连升两级。魏风肃得势后，便把对抗两栖人当作国防的重点，不难想象，当他再一次抓到活的两栖人时，是多么的大喜过望。可是很快他就失去了这唯一的标的。松岛,因为你放走了她。"

"你被魏风肃关起来,判了终身监禁。我没办法替你说话,何况你是我推荐进实验室的,我也难辞其咎。妙的是就在去年,我又发现了两栖人的足迹,他们组成了一个神秘的组织,在小范围宣传海洋文化的优越性。只是他们都拥有完整的人类身份,我没有理由审查拘捕他们,也无法公开他们的异族血统。我需要一个人作为中介,获得他们的信任,取得他们的DNA。因此我说服魏风肃把你放了出来,如果他们曾经和你达成私下交易,一定会找到你,果不其然。"

松岛深吸口气,说:"您有没有想过,如果两栖人真的能控制海水,他们大可以大举攻击人类。而我们至今维持着以堤岸为界的和平,或许他们根本不想与人类为敌。"

格兰特哈哈大笑:"小子。你以为世界是甜蜜的苹果派吗?"

"敌意从何而来?我记得几个世纪以前,人类还积极地寻找外星文明,盼望与其他的智慧生命交流。从什么时候起,变得闭关锁国故步自封?是的,我们的堤岸很伟大,就像一道海上长城,牢牢拱卫着我们。您别忘了,我们也曾有过陆上长城,它也曾保卫了我们,但最终是什么后果?我们也曾严守过海禁,但先进的技术终究会以武力打破短暂的安稳。不是对方要与我们为敌,而是我们迫使他们站在我们的对立面。"

松岛有些激动地站起来,他注视着空洞、苍白的办公室,塑料架子和铁门,格兰特身上严谨而乏味的西装,精心设计,却毫无精神:

"这就是我们的世界。自以为是的,坚固地腐化着的世界。陆地上的矿产已经快要消耗殆尽,我们只能试验那些高风险的能源,在刀尖上起舞,不知道核废料什么时候会反噬我们。但是我们对大海了解多少?我们拉着海洋生物和我们一起承受地球毁灭的危险,却不愿意真正珍惜大自然的馈赠?我们费了那么大力气想开发太空,为什么不与熟悉水性的两栖人合作,他们才是我们同根相生的伙伴啊。"

"什么说服了你?我猜,他们一定向你展示他们比人类更古老或更高级。这不新奇,但你会觉得你和蟾蜍是同类吗?他们或许形貌与人类相似,或许还能学习人类的语言和习俗,这和拟态没什么两样。我们的确可以打开堤岸接纳他们,然而一旦事情失去控制,你不能战胜一个你辨认不出的敌人。你能想象有一天他们会同化我们,甚至统治我们吗?"

格兰特让副官送松岛离开。隔了几天,松岛第二次到来时,拎了一个手提箱,打开来,里面是琳琅满目的珍珠、珊瑚、矿石……还有一个信封,上面写:堤岸新区江渚路95号41楼B馆,我们有您所希望的一切。格兰特漫不经心地拆开信封,抽出一沓文件,看着看着,慢慢站起身来。

两个月后,两栖人通过堤岸官方媒体正式宣布了这一族群的存在。位于堤岸新区的艺术馆开放名为"亚特兰蒂斯"的海洋生活展,第一天,人流便达到数万,不得不预约限票。同时,主题网站也提供了更多两栖人的生活线索,两栖人成为唯一的新闻热点,唯一的社交

话题。报纸上刊印着两栖人的最新宣言:

> 我们是 BLUE。
>
> 自由、溃烂、渴望。
>
> 我们是你们的族人、朋友、邻居。
>
> 我们是共同体。完整的,真正的蓝色。

3. 抵挡太平洋的堤坝

被称为"蓝色浪潮"的艺术风潮，同时也成为人类外交史上第一次重大事件的代称。宣言持续发酵一个月后，9月13日，人类和两栖人在堤岸签署正式协议，确认双方主权，建立和平友好关系。格兰特代表人类签字，歧姜代表两栖人签字，随后出席了位于观景平台的媒体发布会。松岛平江从电视直播里看到整个过程，报道主要针对协议以下几点：

> 甲方：
>
> 第1条 人类不得向大海排放未经处理的污染物。同时，控制温室气体排放，避免冰川融化、海平面继续上升。
>
> 第3条 人类必须逐年减少有塌陷和泄露危险的海矿开采，此外的海矿选择，需经过两栖人勘探，合作开发。
>
> 第14条 每月两次开启堤岸闸门，不得妨碍或监视两栖人在陆地正常行动。
>
> 乙方：
>
> 第5条 两栖人必须按照固定频率起落海潮，使海潮最高点控制在堤坝警戒线以下、发电机组以上。

> 第7条　两栖人越过堤坝后必须遵守地面法规，不得有任何危害当地居民的行为，并需在堤岸登记身份。
>
> 第22条　两栖人不得阻碍人类在海上航行、潜水、军事演习等一切正常活动。两栖人需尊重各国对领海的划分。
>
> 第29条　两栖人不得干涉人类内政。

解说员激昂论辩着此次协议的深意，松岛调低电视音量。无论怎么看，人类都是获益方。早在堤岸建立时，就考虑到水能发电，在堤坝外侧安装了水轮机，连结到发电机组。然而由于海水涨落缺乏规律，有时发电太多，白白浪费了，更多时候则是发电不足，仅能作为堤岸内部供电。两栖人如能有规律地起落海潮，就意味着，堤岸将成为一座巨型的发电站，稳定高效地提供源源不断的清洁能源。这对长久陷入能源危机的人类来说，实在是有百利无一害。可是，这件事如能确实，又证明了一项可怕的猜测——比起以全部力量仅能抵御海浪的人类，两栖人到底拥有何种能量，能像造物主般操控自然？

此前，魏风肃大为震怒，公开表示坚决反对此次协议。他认为人们都被新奇的事物冲昏了头脑。如果两栖人真的有控制海潮的能力，让他们自由进出堤坝，将带来无法估量的危险。然而无论他怎么抗议，这个协议对双方的好处都是显而易见的，人们也不再恐惧海潮，越来越多的人搬到这个城镇。而魏风肃也被指认维护官方固化权威，老而昏聩，声望大减。

松岛看见电视屏幕里，格兰特正在主席台发表演说，题目是——和平的族群间不应有柏林墙。他是个英裔，幽默、善谈，又不让人觉得有任何有失庄重之处。此次合作，由格兰特一力促成，故而他也被提拔成堤岸最高行政长官，同时兼任外交事务总长。这项任命赋予了格兰特与魏风肃同等甚至更高的权力。从魏风肃的缺席可以窥见，一向以军队国防为主心骨的堤岸，将全面转向商业和外交，"堤岸守门人"的说法不复存在。

作为间接的"功臣"，松岛也受到格兰特的邀请，希望他回到堤岸工作。这是又一次堤岸大开发的好时机，如果他有任何仕途上的野心，都不应该错过这次机会。松岛思虑再三，仍是拒绝了。歧姜为他提供了另一个选择，两栖人将在人民广场建立新的开放式展览馆，松岛可以帮他们调理仪器。松岛想到他曾经设计过的十二刻度环形水缸，苦笑着推脱过去。

松岛继续干着零工，偶尔歧姜会找到他，也会寄给他展览请柬。40岁生日那天，他接到歧姜的电话。他们一起在堤岸观景平台上的旋转餐厅，听着现场乐队演奏小提琴协奏曲，吃了一顿奢侈的晚饭。

如果能活到80，他的人生已经过半。他回想自己的前半生，成长在极普通的工人家庭，努力学习，努力得到老师的认可，努力考上军校，在一群雄性荷尔蒙过剩的男生中埋头学习技术，以优异的成绩被推荐到堤岸，然后努力工作。31岁那年他消耗了积蓄已久的全部渴望，他似乎习得稍许成熟稳重的姿态，但是当歧姜撩动颈侧的金发,他避开眼,仿佛被那充满力量的肉体灼伤。

他们坐在餐厅外侧,松岛的左手贴着玻璃,吊灯反射在玻璃上,形成串串明晃晃的影。他透过这灯火辉煌的景象,看见那沉甸甸的夜色中,海水一波一波地向他身下袭来,涌动不止。就像内心里永远躁动的欲望、渴慕、期待、祈求,它永远都不会停止,不为任何人掌控。

饭后说着要消食,便沿着堤岸往前走。这个晚上他没怎么看她,然而内心却清晰至分毫。歧姜有些疲态。她说越狄离开了,他俩打了赌——如果人类接纳了他们,他就必须放弃炸毁堤坝,反之,如果人类有了杀戮之心,她就必须听他指令。歧姜赢了。

松岛对越狄的激进记忆犹新。歧姜告诉他,越狄的母亲为了到陆地生产,死于人类之手。松岛奇道:"他母亲不是你母亲吗?""不,我们只是同族。""怪不得你们姓氏不同。"歧姜沉默了会儿,说:"这就涉及两栖人最隐秘的问题了。实际上,我们不是姓氏不同,而是所有的两栖人都同姓,为了掩盖近亲繁殖,便只彼此称呼名字。可以说,我们是仅存的一支两栖人,只有一支。"

松岛曾经想过,如果两栖人都有很强的生存能力、很长的寿命,没理由他们会为了繁殖向人类屈服。但他没想到,就在人类在陆地大肆繁衍之时,两栖人一个家族接着一个家族地消失,或许出于生理缺陷,或许出于环境恶化,或许出于争夺力量的内耗。歧姜已经告诉他足够多了,他不想让自己显得像个密探。

"两栖人是母系社会。"歧姜接着说道,"母亲在海岛上生下孩子,会找个地方把他藏起来,定期探望,等他骨骼长成才会带到族群里生活。所以一旦母亲在其间出了什么意外,或者族群不得不迁徙远方,幼儿就被遗弃在海岛上,自生自灭。他们甚至会以为自己只是陆生动物,终生都不会潜入深海。"

"为什么不让男性在海岛上保护幼儿呢?"

"他们有更重要的责任。成年起,他们会到不同的海域漂游,锻炼他们的筋骨,也将基因孱弱的个体淘汰掉。如果有当地海域的女性看上他,会把他领到家中,就像你一样,只不过你们人类是父系社会。一旦女性怀孕,到岛上待产。他就必须离开那个部族,这样不断流浪。直到他的姐妹成为族长,他才能回来。只是到我曾祖母那辈,由于其他族群都从海洋失踪,这个习俗就废止了。"

松岛停下脚步,从她说到女性把男性领到家中开始,他就明白了。她为什么没有怨恨他、没有害怕他,或许是她一开始就把这当作一个求偶行为,她从一开始就接受了他。

没留神他们已经走了好远,水塔矗立在十米开外。餐厅里的音乐听不见了,只有风声,稀疏的路灯照得塔身黑洞洞的。尽管是几年前新建,架势却无分别。靠近大海的地方围起铁栏,隐蔽处甚至设置了炮口,水塔下站着两个哨兵,再远就不让进了。

松岛以为这大概出于魏风肃对堤岸安全问题的坚持,然而走近些一看,哨台边贴的并不是国防警示,而是一个温馨的提示牌:珍惜生命,仰望星空——月亮在看着。"什么意思?"歧姜问。哨兵解释道:"这一带昏暗人少,一些人特意到这里自杀,不得不时刻看着。即便这样,一个月总要死个两三人。"松岛打了个寒颤:"为什么没听说这件事?"哨兵耸耸肩:"上头还要做官不做啦。"

松岛走到栏杆边,几条大鱼似的家伙在水里乱窜。月光微薄,海浪也平淡至暗沉。他在这里捡到裸女,也是在这里把她推了下去。但是那些主动跳下去的自杀者怎么想?抑郁?殉情?他俯视着那些大鱼,一闻到人味,就跳跃着求取食物。想到它们是被尸体喂饱,感到这空气中有种莫名的腥气。

大海是腥的。

"不要小看投海者。"歧姜说,"他们希望到达大海。对于厌弃人世或被人世厌弃的人来说,大海仿佛是另一重世界。他们幻想翻过堤岸,会有另一种生命的存在。或者是纯粹的生,或者是纯粹的死。当然,你们觉得大海神秘、纯净、包容,是因为它足够深邃广阔。原始人为什么要从大海来到陆地?比起豺狼虎豹,海生动物的淘汰率超乎你们想象。但是,在这里死亡是肉体的,仪式在于死亡的当下;在你们那儿,死亡是精神的,也许他死亡以后他的肉体还没结束,也许他的肉体死亡以后死亡的仪式还没结束。你们依靠他人而存在,而我们活着就是本体的欢愉。在水里,可以前后左右上下自如,皮肤熨帖着水纹,每一个细胞都可以感知生命的迹象,所有僵化的、麻木的都会被舍弃。我们比你们更懂得音乐、舞蹈,还有颜色。"

"颜色？"

"颜色。"

松岛凝视着她，忽然说："我可以……看看你的头发吗？"

"现在？"

"是的。"

歧姜有些困惑地摘下假发，露出深褐色的齐肩短发。他有些记不清她最初的发型，但他记得这个颜色。

松岛深深叹了口气："是你。"

"你不是早知道了吗。"

"我不敢肯定。"

歧姜把假发重新戴好。"瞧你冷的，我们回去吧。"

他们离开观景平台，乘夜车来到江渚路96号大楼。松岛还有些发抖，歧姜领他进了当时集会时的房间，里面还有一扇小门，他跟着走进去，是她的卧室。她又取下了假发，把隐形镜片也取掉了。瞳孔恢复了青蓝，而不是狡黠的深绿。

松岛手足无措站着，歧姜忽然笑了一下，说："前几天格兰特找到我，你猜他说什么？"

"怎么？他应该不会为难你吧？"

"岂止为难。他让我把涨潮频率提高两倍，这是第三次提出这种要求了，前两次我还答应了他，真后悔。"

"为什么还要……"

"因为蓝色浪潮,关闭了违规开采的项目,人类的能源开发减少了九分之一,但是大家还一无所知地奢费着。本应该立刻执行能源紧缩政策,上头却不愿意把消息告诉民众,而要求通过堤岸发电把这个窟隆补上。我警告格兰特,能量是有代价的,现在几乎到达极限。他大概以为我是故意推诿,说些莫名其妙的话。"

"他还说了什么?"松岛紧张地问。

歧姜笑笑:"他说,只要我答应了他,他就提案允许人类和两栖人通婚。我不懂你们人类的法律是怎么回事。我查你们的书,上面说,'婚姻是维持家族、社会、经济、生产稳定的一种规约',但是也有人写,'婚姻是爱的表达'。"

"我想无论在哪里,爱都是一样的。"

"我们把它叫做繁殖选择。"歧姜笑道。

松岛听了,想提醒她人类和两栖人大概是不能繁殖的,但也可能能够也不一定。谁知道上帝在排列 DNA 时怎么想。歧姜解开扣子,把外套随意地搭在床上。松岛看着她走近,他觉得他就像一个两栖人,在茫茫大海的漂流中,被一个女人虏获。

歧姜在他耳边说:"我想吃蛋糕,无糖,加倍鸡蛋。你做过的。"

温热的气息贴合在两臂,他被她紧紧缚住,也可能这挣不开的密切感受只是他难以抑制的错觉。

他好像站在高高的堤岸,终于俯冲向下,落入大鱼口腹。从未有过的狂喜、快乐,将他从头到脚浸润。他反手抱住那强壮、高大的女体，感到所有信念都凭藉、攀附着她。她接受并拯救了他，在一个没有罪恶的世界。她的颜色、动作、节律、触感，蹿入他的灵魂深处，与遥远的记忆契合。

"刚到陆地的时候，我的声带都是干涩的，无法说话。我遇到一个呆头呆脑的家伙，他很照顾我，而且总喜欢拥抱着我。尽管我不理他，他还一直说一直说，要永远在一起。那怎么可能？"

"后来，我遇到的男子，都是些精力过剩、自以为是的人。他们有着强烈的野心，非得做成什么事不可。偶尔我也觉得，那家伙虽然软弱了点，却充满奇思妙想。他的恐惧和眷恋，都能从眼睛里看到。"

"他就像和声中偏离的那个音符，我抓住他，或者他抓住我，看看乐曲将走到哪个尽头。不要怕。难道幸福会使人疯狂？让我看着……"

他们相见的时候越来越多，几乎成了半同居。这状况说起来十分微妙，因为既没有条文否定人类和两栖人恋爱，也没有条文允许他们。歧姜在第二年开春怀孕，4个月时，一天夜里，歧姜忽然呻吟起来，扶着墙往外面走去。松岛连忙跟上她，歧姜让他回去，他实在放心不下。两人乘着电梯到了最底层的车库，没有灯，四周黑黢黢的。歧姜打开电梯井，跳了下去。

松岛吓了一跳，徘徊半晌，扒着铁管向下摸索。歧姜在下头拉开一道铁门，钻了进去。松岛连忙也钻进去，歧姜打开灯，里面豁然明亮。房间很大，像停车场一般，用承重柱隔开，里面放着许多个酿酒似的坛子，仿佛一个巨大的酒窖。靠外面的几个坛子是密封的，歧姜揭开其中一个封泥，把手伸进去，在鼻尖嗅了嗅。

"你在外边等着吧。"歧姜用眼神示意。

松岛摇摇头。

歧姜忍耐不住，解开裤子，跨坐在坛子上，坛子内侧有两个把手，用来支撑重心。松岛看见一摊滑腻腻的、软软的东西，从蠕动的阴唇内滑出。他本能地感到有些恶心，但克制自己不要表现出来。那团东西终于全部落入坛内，溅起一阵水花。歧姜还在喘气，松岛扶起她。

"这是……受精卵？"松岛望着坛子里，怎么也看不出它有半点人形。

"你没学过生物？两栖动物的胚胎要经过变态发育。"

两栖人与人类的交易并非现在才开始，自从人类在陆地建立文明，就有几支两栖人居住在沿海一带。他们娴熟水性，捕获的鱼虾总是旁人的数倍。再后来，又驾驶货船往来于航道，利润甚丰。有的成了巨贾，就造起宅院、购买奴仆、豢养戏子，习得人类的享乐方式。他们把培养胚胎的坛子藏在地窖或枯井里，待长成则假托侄子侄女，继承家业，世代绵延。

人类研制出建造堤岸的材质后，建筑的承重能力发生爆炸性的突破。上一代有一个两栖人，在陆地做着很大的地产生意，他在建造大楼时特意设计了一个夹层,而把地基削薄,倚靠左右近邻的大楼分散受力。故而,这就像一个本不应存在的密室,供两栖人集会。其后,随着海岛一个个消失,越来越多的两栖人不得不到陆地生产。两栖人害怕繁衍的秘密被人类发现,以此为威胁,或展开杀戮——因为在人类的多数法律中,杀死胚胎是合法行为——便把这里改建成一个培育基地。

松岛这才明白两栖人母亲生下孩子后,为什么要把孩子藏起来。这一个个坛子让他想到孵化中的异兽,和想象中新生儿柔嫩的肌肤、亲昵的啼哭完全不同。歧姜回到卧房,立刻就睡着了。松岛却是一夜未眠。他听说有的男人因为目睹妻子生产,而无法再和她发生性事。他当时嘲笑男人的胆怯,然而即便两栖人的生产完全称不上血腥,却已令他感到不堪。第二天早晨,他迷迷糊糊快要睡去,忽然听到外面一阵吵嚷。

——你为什么要这样做?

歧姜的声音异乎寻常地严厉。

——我只是想让你知道人类是不可信的。

是越狄。

松岛坐起来,歧姜关上门,越狄已经走了。"发生什么事了?"松岛问。"没什么。"歧姜说,"做点吃的,我饿了。"

按照两栖人的习俗,歧姜怀孕后,就该赶他走了。现在他们虽然按照人类的习惯生活在一起,但是他感到一种模糊的疏离,他希望这不是实验的一部分，而歧姜似乎心思不在他身上。松岛爬下去地下室几回，看那个胚胎的样子，它始终没有长出任何类似手脚的部分，反倒越来越像条长得胖胖的娃娃鱼，一双眼睛幽蓝色，看得他心悸。

地下室的坛子在变少，他把这事告诉歧姜，歧姜没说什么，松岛看出她的焦灼，但他无法帮助她什么。松岛重操旧业，制作了一个大鱼缸，把孩子养在家中。有空的时候，他就隔着玻璃缸望着它，它摇摆着身子，就像观赏鱼一样，绕着鱼缸圆形的腹部徐徐游动。

一天早晨，歧姜如常前往新筹备的展览馆，却再没回来。

傍晚，全市发出各区电路检查、轮流停电一天的通知。松岛搜寻相关讯息，一条回复吸引了他的注意：被人鱼玩了一道。你们没发现吗，潮水已经停止好几天了。快点重新开矿吧，污染不污染，我死后哪管洪水滔天。

松岛大惊，每晚都跑到观景平台。果然接连好几周，海水一点波澜也没有。媒体出现匿名新闻，抨击说为了抵御潮汐而建设堤坝完全是政府的诡计，两栖人这种东西全都是艺术家胡编乱造。在各方势力的煽动下，民众抗议道：拆除堤坝，交还私船出海权。同样，人们也是第一次体会到没有潮汐的不便。城市大规模停电，能源很快就耗尽。

松岛感到绝望。他不知道歧姜去了哪里，民意喧哗，而政府似乎成心想隐瞒真相。一次，隔着水塔，他看见格兰特和一群军官面朝大海站在堤岸边缘，不知道在做什么。松岛不自觉地走近些，哨兵举枪阻拦住他。格兰特闻声瞥见，招手让松岛过来。哨兵立时放行。松岛有些踌躇，仍然走了过去。堤坝边缘挂着许多个钓竿似的装置，等到他们把垂入海中的绳子拉起来，松岛惊呆了，绳子底端绑着一个个坛子，里面有东西在来回跃动，显而易见，是两栖人的胚胎。

松岛难过地撇开眼。

"他们又跑了。"格兰特说，"放了好多天诱饵，他们都不过来。"

"你是说她……回海里了？"

"是的。你来得正好，我们希望你作为人类代表，和她谈谈。"

4. 沉默的墓碑

圆形的遥控潜艇缓缓潜入水下，光线越来越暗，松岛感到窒息，仿佛就这样被海水吞没。他按了两个键，头顶打开一盏照明灯，外面也是。他渐渐能看清水里的小鱼，还有水草漂流的方向。

尖嘴扁身的鱼群穿过，蛇一般的鳗鱼缠绕着潜艇，使他心惊，还好它很快就对这冷硬的玩具失去兴趣。他喝了一袋营养液，睡了一阵，不知道过了多久，望见一艘巨大的沉船。两栖人从里面游出来，很快发现了潜艇。

松岛期待见到歧姜，然而出现的却是越狄。越狄命手下把潜艇用绳子绑起来，松岛连忙说："我是堤岸政府派来和您谈和的。""谈和？"越狄嘲讽地瞥了监视器一眼，"你们派这家伙来，算什么诚意。"说着，便命人把潜艇和一块大石头绑在一起，推进一个类似谷口的低处。尘土飞扬，纷纷盖住玻璃，很快就被整个埋进沙里了。

单人潜艇的能源储备不算富足，松岛怀疑自己就会这样死去。他蜷缩起四肢躺下，避免自己胡思乱想。外面是沉寂的黑，灯下是刺目的白，就在他浑浑噩噩之时，忽然有人撬动潜艇，石头似乎被切开，潜艇摇摇晃晃浮起来，有人在擦拭玻璃。

"阿姜。"松岛大喊出声。

眼前那个赤裸的女人，分明是歧姜。她抱着一根长长的鱼骨，抚摸着可以望见松岛的地方，似乎想更贴近他。然而圆形潜艇已被封死，松岛也无法应对海底的巨大压强。歧姜重新绑好潜艇，带着几个族人，拽着绳子，牵引潜艇前行。她强劲有力的臂膀在水中划行，近乎兽类，以人类无法企及的速度破开一条水路。刚才掩埋潜艇不远的地方，水草忽然变得稀疏，海水向着地心深处暗涌，再往下就是危险的海沟。

形形色色的鱼类巡游嬉戏，他看到温驯的海马和凶横的大鱼。它们似乎对两栖人见怪不怪，偶尔龇牙闷哼，歧姜以奇特的击水节奏回应。松岛不再感到害怕，他好奇她或许生活在一片类似大西洲的地方，就像她在展览会呈现的，曾经和陆地人拥抱、却又最终复归海洋母体。

他们穿过一片广阔茂密的珊瑚丛，海底突然出现许多巨大的裸体男女雕像。它们以三个为顶点，围成许多个大小不一的外接圆，每个圆形中间有许多个细密的同心圆，由内至外呈水涡状。有几个两栖人坐卧在水涡之中，似乎有种奇特的力量，使他们不受浮力影响。

歧姜隔着玻璃抱住潜水艇，向他唇语。

他不知道哪里有摄像头，她的讯息十分微弱。他看见一束光笔直地照在她脸上，歧姜痛苦地摇头，声音通过传感器进入他的耳蜗："那只是种倾诉。我从来都不能真正控制月亮，我们只能顺应自然本身的方向。你们人类的科技已经发展到尽头，我无法再按你们的方式交换些什么。我只能请求，务必不要答应越狄，邪恶的诱惑只能得到毁灭性的结果，到了我们两个种族都互相压榨的时候，就太迟了。太迟了。"

"你不回来了吗？我该怎么办？"松岛问道。

"走。到山上去。越远越好。"

歧姜引着潜艇到平和的海域，潜艇由科学家遥控着，逐渐向岸边驶去。松岛以为这次谈判无疑是失败的，奇怪的是，从第二天起，海潮又开始规律起伏，供人类发电。

格兰特再没有传唤他。歧姜还是没有回来。

刚开始恢复发电时，人们都大喜过望。格兰特在堤坝顶上装饰彩灯，每到夜里，就像一道银河，遥遥飘荡在半空之中，到了白日，退潮后晾晒出的海盐，就像晶莹的积雪，铺洒在广阔的蓝色布景下，令人惊叹。

堤岸被树立为城市建设的典范，成为旅游休闲和科技工程的最佳结合体。人们聚居在堤坝下，谈论新的工作机会、房价的涨幅，和数之不尽的充满诱惑的商机。为了储存、运输和利用堤坝创造的能量，一个个投资项目汇聚成巨大的收益。人们比从前更依赖堤坝。

堤坝悄无声息地又一次加高了，这一次搬进去的是政府部门、报纸和出版机构。堤坝的标志性就相当于从前的电视塔，他们在城市顶端遥控着每件事情的发生。

但是随着时间过去，一种隐约的不安开始在社会底层蔓延。为什么?今天的涨潮似乎比昨天更多?那强烈轰鸣的声音是什么?他们感觉海水的波动有点不正常,很多人出现幻听。终于,有人申述说:我们已经拥有足够的能源了,为什么要让我们的城市变成发电厂,让海潮少一些吧,我们还得生活。

责任。作为公民的责任。谈谈大陆深处那些能源匮乏的穷人们吧。媒体总有话说。

事实是堤坝越建越高,堤坝的权限越来越大,官员们无法舍弃能源带来的利益,那些被利益裹挟的工人们也不能。当堤坝成为权力的象征,人们憎恨堤岸,又不得不有求于堤岸。

松岛质疑道:为了城墙的利益而把人民立于危崖之下,不是更加不道德吗?然而没有人听他的话。魏风肃倒台了,在他退休前最后的日子被关进了堤岸深处的监狱,以分离群众的名义。新一轮城墙政治取而代之。格兰特最初担任堤岸最高行政长官的时候,发表演说《和平的族群间不应有柏林墙》,但是他现在已经是国家最高行政长官了,正向整个世界的掌权人迈进。

"人们需要墙壁,更高的墙壁。正如我们需要太空,需要宇宙。

是什么创造了我们美好的、现代的生活。是科技。

任何反科技的就是反人类、反社会、反道德。

我们是BLUE,是共同体。完整的,真正的蓝色。"

松岛蜗居在城市一角，依旧拎着工具箱来来去去。虽然他尽量远离，仍然时常听到一起一伏的潮水声，如同人在窒闷房间的呼吸。那声音在夜里格外清晰，仿佛有金戈铁马，呼啸而来，不断地说："杀了他！杀了他！杀了他！"一醒来就是万千尸骸。除了杀掉自己，别的事都不能想，都无法想。

他和歧姜唯一的联系是那个胖胖的滑溜溜的鱼样的胎儿。他担心它在鱼缸里太过寂寞，试探着扔了些蚌壳、水草、石子，让氧气机时不时吹个气泡。它不怎么理他，如同看不见玻璃外面的世界，它专心地在鱼缸里兜着圈子，累了，就沉在水底。他隔着玻璃缸望着它，它一动不动，水一动不动。日本人心里枯山水有格物之精神，这只鱼崽子看起来也差不离。

尽管松岛不愿意这样想，他不得不接受，它的发育已经停滞。它无法像其他两栖人胎儿一样从鱼变态成人。它是个畸形儿，是个怪物。他既不能在海里存活，也不能在陆地生活，只能养在鱼缸里，像一生无法离开子宫的胎儿。也许两栖人的 DNA 繁殖本来就与人类排斥，无论两者由同一种始祖演变而成，抑或像他们坚持的那样，人类是两栖人的变种。生殖隔离是一道天然屏障，不管如何谈情说爱，都无法真正融合。

他时常梦到她隔着玻璃拥抱他的那刻。他觉得他再也见不到歧姜了。

很多人和他一样梦想着大海。他们向往着堤坝那边另一种生活，向往那种自由、真实、绚烂的呼吸和游动。"只要跳下去，就会变成鱼了。""说不定我也是两栖人。人类都是两栖人。"事实上一旦越过这道墙，意义暧昧，生死分明。不久，观景平台因为急遽上升的自杀率关闭，堤岸还归于城墙。

月亮看见了。月亮不会比人类孤独，因为全宇宙都和它一样。

有一天，松岛在睡梦里，忽然想看看月亮。他抱着鱼缸来到窗台，窗台上开着一枝月桂。昏沉沉的鱼儿忽然跳起来，松岛连忙用手盖住水缸，它仍然扑腾个不停。

"怎么了？"

松岛连忙走回房间，它却狠狠啃咬他的手指。松岛吃痛松开，它跳到桌子上，松岛去扑，它跳进他的怀里。他用两臂搂住它，它的脸拼命往上凑。他第一次这么近看着它，它的温度似乎比鱼类高些，鳞片也不那么刺人。松岛望着它鲢鱼似的扁扁嘴巴，像哄婴儿似的，呢喃道："乖呀。乖呀。"

它的眼睛幽深而黏稠，嘴巴流出一阵不分明的液体。松岛捂着它，忽然觉得光有些暗了，抬头一看，只见一片黑乎乎的东西遮住了月亮。

松岛一愣。那些东西就重重地掉了下来。

是水。咸的。他的全身都湿了。鱼胎飞快地钻出他的怀抱，向水里游去。他还没明白发生了什么，又一阵盐水已落了下来。有人在楼下尖叫:"发水啦!发水啦……"

一阵海啸般的巨浪铺天而来,松岛整个人浸没在水里,整个城市在水中摇晃。他勉力避开杂物向上挣扎,水浪稍平,似乎在酝酿下一波冲击。

到处是哭声,松岛把头伸出水面,忽然望见一条红褐色的长堤。他这才感到惊恐,原来转瞬间积水已经有堤坝那么高,以至于平常遮天蔽日的巨物,现在变成一道浮桥似的小路。

很多人也发现了那里,脑袋一浮一沉,向堤坝挤去。松岛跟着人群踩上堤坝,又爬上水塔,越爬越高。

又一阵海浪出现在天际。

不管底下人如何号哭,堤坝却纹丝不动。世界在摇动,只有坚固的堤岸,是诺亚方舟。从那以后,人类和过去的两栖人一样,失去了他们的土地。最后的选民们生活在洞穴里,运送死者的潜水艇汇聚在洞口,如一片枯死的珊瑚礁丛。也许他们还可以在堤坝里生活三四代人,也许他们的孩子不再向往外面的世界。鱼尸拍打着河床。再没有人见过河流,巨型水库在头顶流淌。

松岛坐在那尖塔的顶端,望着湍流的大海。他找不到他所熟悉的人群,也没有两栖人存在的任何痕迹。

尾　声

靠近冰冷的北极有一个小岛，由于北部的冰川融化、邻近大陆的平地又被海水淹没，渐渐与世隔绝，不为人知。在它窄小的腹部，住着十几户人家，靠捕鱼为生。

松岛来到这里，已经有四十多年了。他的前半生像是一场梦，当他抱着与世浮沉之心，顺着海水漂流到这里的时候，他很惊讶竟有这样一个平静、安稳、减趋消亡的小世界。他留了下来，事实上他也不知道能去哪里。他和一个渔民的女儿结婚，生了一个女儿，女儿又生了一个女儿。

但是在这严寒僻壤，被冰山托浮起来的地方。他一直梦见水潮声，从远方传来。有时是黑色的地狱般的"去死吧"，有时是甜蜜的人鱼的歌唱般的竖琴声。他快要疯掉。可是听不到的时候更加害怕。没有幸福，也没有不幸，有的只是一天一天的日子。

他拖着鱼叉走向小小的渔船，忽然看到一个女人湿淋淋地踩在石地上。

"你来了。"

当时，越狄与格兰特交易，只要他把全部力量为格兰特所用，格兰特就帮助他打败歧姜。格兰特送给他不少武器，然而歧姜被族人驱逐不久，越狄就撕毁协议，淹没了陆地。后来，格兰特倒台，魏风肃又被放出来，以堤岸为基地，建造战斗潜艇，统领人类与两栖人作战。

歧姜对兄长失望，对两栖人失望，也同样对人类失望。她不再参与纠纷。好多年，她来找他。她游遍了大海的每一个角落，哪怕寻找到他的尸体。她不知道怎么还能认出他。他老得厉害，蓄了乱蓬蓬的大胡子。他害怕她的眼里会出现自己丑陋的倒影。

"冷。"她说。

他打开裹在身上的熊毛，她钻进去。他第一次看到她赤裸的身躯时就在想，这样的女体，拥抱起来会是什么滋味。然而此刻他什么也体会不到，只能尽力维持身体不要倒下。他看到她眼里，流出一滴像眼泪一样的东西，和凡人的眼泪般很快风干。雪就要落下来。

暗宇宙英雄   天降龙虾

1. 初次应战

初秋的蒙蒙细雨中，于伟灵缓步走在一条比较空闲的马路边上，纳米合成纤维织造的廉价防水衫，挂满了雾气般的小水珠，反射的光线，使这件绿白相间的长衫，从远处看来仿佛变成了纯白。他并不确切知道自己要去哪儿，甚至不敢肯定，那地方会有什么事情发生，他只是跟着内心的直觉在向前进，去完成没有人知道，却注定是他必须要完成的任务。

大约二十几年前，准确一点，就是从于伟灵出生的那年开始，全世界的宇宙物理学界，突然受到了严重的打击。原本以微乎其微的速度进行的天体辐射线红移现象，突然成倍加快，按传统理论，这应该表明其他的星球，正在猛地加速离我们而去。可这速度简直快到了令人难以置信的地步，就算给所有天体都加上一个超级发动机，也不可能让它们跑得这么快，而且这个速度每天还都在继续上升。这个消息曾多次在社会上引起恐慌，天体的远离表明宇宙中的物质密度在降低，后果可能有很多，但哪一种都最终指向同一事件：世界末日。

当然，也有科学家提出新的理论、假说、甚至预言，可这些东西不是漏洞太多，就是有待验证，总之得不到公认。天体物理学界仿佛掉进了突然出现的巨大陷阱中，宇宙群星的表现，简直就像在跟人类开玩笑。

相比之下，公众的承受力要比学术界大多了，尽管也有个别人悲观绝望、放纵堕落，但大多数人的生活还是要继续的，没人理睬一分钟后太阳会不会爆炸。说归说，变化还是有的，比如这几年关注天文的人近乎绝迹了，也难怪，无论再怎么晴朗的夜空，除了那个看过千百遍的，不过是变得有些发红的月亮，什么星星都看不见，天文望远镜怕是没有用武之地了。其实话说回来，对居住在灯光灿烂的现代都市中的人而言，满天星斗的夜晚是什么样子，恐怕已有几代人都记不起来了。

　　这是一个纯科学的世界，天体物理学的沉默，丝毫不能掩盖其他学科的辉煌。比于伟灵大一些的人当中，就已经很少有像他一样，完全自然出生的人了。他们百分之九十以上，都是经过了基因筛选或优化的试管婴儿，还有少数进行了大脑结构的微观改造，以适应某些特定的行业。这些人普遍聪慧敏捷、体格强健，包括性格的温柔、冷静，都较自然体高出一筹。因此，这时代的自然体质，毫无优势可言。

　　就拿于伟灵来说吧，好胳膊好腿的，硬是被鉴定为三等基因残疾，不合适进入社会工作领域。学只能上到义务教育结束，活儿只能干点公益性的，生活只能靠社会福利供养。而这一切的原因，仅仅缘于他的某条染色体上，有那么两三个分子摆错了位置，使他有着比一般人更大的罹患忧郁症的可能。他的出生正是外祖母执意要求的，因此他受早已亡故的崇尚自然的外祖母的影响很深，死活不肯接受脑结构改造,与父母闹翻,现只能住在成人福利院里。

此刻,于伟灵正站在行人稀疏的街道边,眼睛死盯着十米开外,一块并没有什么特殊标记的地面。他清楚地感觉到,有什么东西,像一大团黑色的气泡,正在飞快地从地底深处浮上来,同时,空气中也有些仿佛风般的气流在集合。地下的气泡与空气中流动的东西是有联系的,它们都在向同一个地方聚集,一个无限小的点,就在那里,前方不远处。接下来将会发生什么,于伟灵静静地观察着。

出来了!地面上出现了一个个黑色的圆点,迅速扩大。当黑色的地面拓展到于伟灵脚下的时候,他终于理解了录道簿上那句话的意思:"恶业来于天,始于地,如影般溢出,乱人心魂,噬人灵意。"是的,他看到了。

一幕幕真实的历史镜头涌入大脑,根本不容你有丝毫拒绝和逃避的可能!奸淫掳掠、偷盗诈抢、阴谋战争、殊死搏杀,一张张扭曲的人脸,一声声骇人的惨叫,一片片支离破碎的肢躯,毫不留情地将你包围起来,身临其境的感觉令人窒息,却无路可逃。

奇怪的是,此时的于伟灵依然心平气静。自小他便有每天晚上做噩梦的习惯,每次梦到的都是类似的恐怖场景,但他从来就没有觉得害怕过,曾经有心理医生据此认为,他患有严重的人格分裂,进一步的检查则根本否定了这种判断。真正的原因只有姨姥姥告诉过他。

此刻,他最不愿看到的情况正在发生:被黑影吞噬掉的路人纷纷尖叫倒地,本可以自动驾驶的电力汽车,也没了章法地到处乱窜。

正常的地面上，惊慌失措的人们从震惊中醒来，拼命夺路奔逃。可是，黑暗的魔影那不紧不慢的扩大速度，就像早已胸有成竹地宣布了所有人的死期一样高傲。

意识深处响起一个声音，一个陌生又像是自己的声音："不要推卸你作为卫灵战士的使命。去吧，阻止它！"熊熊怒火燃起，于伟灵闭上眼，用心感受着源自远古英雄的精神力量，催动双腿高高跳起，向黑影的心脏打下致命的一掌！看似不可阻挡的暗流乖乖地收了回来，源源不断地被吸进于伟灵的体内。

当他抬起头，发现自己置身于一个深度足有半米的路面凹陷之中。看看自己的手掌，他知道，这就是暗宇宙里，卫灵战士的能力！

一架小型军用垂直升降运输机落到凹陷的旁边，肩扛大校军衔的中年人走下来，说："中央军政委员会派我来，请你去国防科技部说明情况。"

"恐怕不行。你也看到了，情况可以以后再说，死去的人却无法复活。我请你联通即时新闻网络，尽快把我送到下一个出现这种情况的地方。"

2. 巫师之家的秘密

姥姥一家，本是世代相传的巫师世家，历史上即使最困难的社会环境，也不曾中断他们之间口口相授的巫术传说。直到姨姥姥宣布退出巫师身份为止，世界上最后一个巫师，才总算消失在了科学的世界中。于伟灵曾经问过姨姥姥，为什么不把世上最后一个巫师的纪录保持下去？她的回答是：现在的人们，在未出生之前，就先接受了科学技术的洗礼，再向他们宣扬非科学的东西，实在是种不道德的行为呀。

问她是否真的相信那些关于巫的传说，她也只是不置一词地笑笑。在于伟灵看来，姨姥姥跟外祖母她们，对世界的看法都是那么地与众不同，尽管她们两个的体形、性格都差别很大，但对自然宇宙的运行规律，都抱着虔诚的敬畏心态。深受现代科学熏陶的于伟灵，当然不相信巫术的存在，他只是敬佩那两姐妹的修养和为人，全不似其他人的冰冷和僵硬，感觉不到丝毫的目的性和模式化的东西，有的只是温暖。

直到两年前，姨姥姥即将去世的时候，于伟灵才开始怀疑，外祖母家世代为巫的背后，是不是真的有什么秘密。那天，姨姥姥把前去看望她的于伟灵单独叫到身边，拿出一个小布包，问道："看看，里面是什么？"

布里包着块指甲盖大小黑乎乎的石头，乍看跟煤灰没有两样，但当于伟灵把它捏起来的时候，那奇特的形状马上让他想到了什么："像……像颗钻石。"

"没错。"姨姥姥笑了，"这是颗家传的钻石，据说已经传了几千上万年，只有继承家族巫师身份的人可以持有它，而且饿死也不能把它卖掉。"

"为什么？"于伟灵用指甲刮了刮，确认除了形状外，这根本不是什么钻石。

"传说，它是上古英雄所造，其中蕴藏着英雄的精神力量，有朝一日，当它在任何人的手里，被还原成沙土石块的时候，那个人就会成为生命之道的守护者，他就是英雄的再生。"

"什么！"于伟灵下意识地，摸了摸自己右侧的胸口。

"家族习惯，每个有血缘关系的小孩出生，都要让他拿一拿这颗钻石，以示祝福。可是，当它从你手中滑落的时候，竟真的变了。是的，你胸口上的那块红色的胎记，也是那时出现的。至于你那些恐怖的梦境，可能也是这个原因，但我并不知道这到底是为什么。还有……"姨姥姥吃力地探身，从床下抽出一卷用破报纸裹着的兽皮，"这与钻石一样，也是很早以前传下来的，它是一本书，叫录道簿，也是英雄留下的，从没有人看懂上面写的是什么。"

打开兽皮，上面横七竖八地画满了又黑又黄的线条，活像一群雨后到处乱爬的蚯蚓。

看到于伟灵迷茫的眼神，姨姥姥说："用不着惊慌失措，好孩子。记住，宇宙是台自行运转的机器，我们是些追寻自由的精灵，要想操纵这台机器，就必须弄懂关于它的一切。不要蛮干，用心去体会，体会别人体会不到的欢乐与痛苦。相信自己，你有一个伟大的灵魂！"

这件事情的真假，于伟灵也想向自己的父母核实，得到的却是斥责，斥责他不该听信那些无稽之谈。

搬进福利院后，那卷兽皮被放进了有防火功能的储物柜里。前不久的一天，储物柜里突然冒出了黑烟，慌忙将火扑灭，于伟灵发现兽皮不见了，灰烬中赫然放着一本天蓝色的簿子。几小时过去了，簿子无声地化作飞尘，片刻的思考后，他拿起笔，给在国家安全局工作的伯父写了封信。

3. 揭示真相

半年时间转眼过去了。这期间，除了向国防科技部做过一次几小时的情况说明外，于伟灵一直在全国各地飞来飞去，用自己的超能力，吸走从地底涌上来的暗影，哪怕这些暗影出现在无人的荒原，且已因过度扩散，而失去了对人的伤害性。渐渐地，通过不断挖掘意识深处，那些本不属于自己的记忆，他知道了越来越多的录道簿上没有记录，或表述不清的事情。

本来就不外向的他，愈发显得沉默了。常常一个人呆坐在机舱里，睁着空无一物的眼睛，不知在想些什么，甚至让人怀疑，他是否还在呼吸。这令他的保健医生非常着急，每次见面都要提醒他："注意啊，你的基因中包含有几条异常的碱基对，你不是不知道，这使你患上忧郁症的机率要比正常人高得多。平时一定要注意多与人交流，保持心情的舒畅！"

于伟灵非常清楚，面对这样怪异的突然灾变，束手无策的人们早已懵了头脑。更要命的是，这个有着数千年文明史和近千万平方公里土地的大国，竟然只有他这么一位异能者，倒是别的一些历史上曾很发达，但面积不大的国家，最多居然出现了二十多名遗传因子优良的卫灵战士。作为集全国人民安危于一身的人的保健医生，其压力可想而知。但是，于伟灵也很清楚，要完成自己的使命，就必须得把能力提升到足够的高度。终于，在秋天结束之前，他可以不借助任何工具，准确地预报整个东亚地区，即将出现夺命暗影的地点。

对于那些暗影是什么，它们是怎么出现的，以及为什么会有卫灵战士等等的问题，在所有的异能者中，只有于伟灵给出过一个大概的解释。这一点也不奇怪，只有他看过被保存下来的录道簿。

卫灵战士的共同特征，是婴儿时曾接触过失踪的珍宝一类的东西，并且身上留有和珍宝外形一样的胎记，发现异能力之前，每晚都要做恐怖的噩梦，却从不感到害怕。除此之外，在家庭背景、身体状况、性别、种族、信仰方面等，无任何共同之处。可以肯定，绝非人为有意造成。在分布上，欧洲132人，北美97人，亚洲58人，非洲12人，澳洲10人，南美既没发现卫灵战士，也无报告暗影出现。异能者们所接触过的珍宝也是各不相同，有各种钻石、宝石、水晶、美玉、珍珠及加工过的贵金属工艺品，都是历史悠久的文物级收藏品，可价值都很有限，并非什么传世之宝。

科学界面对这些调查结果感到大惑不解。异能者的身体检查也毫无结果，暗影的采集和化验被事实证明根本行不通，它们似乎不与任何物质发生关系。暗影出现前没有预兆，出现时和出现后的地磁、空气成分等等也测不出有什么变化。更难以置信的是，暗影对大多数动植物仅仅造成影响，却并不构成明显的伤害。

总之，弄清这一切的问题，唯一可能的突破口，就只剩下那本已经消失的录道簿了。因此，当暗影的出现不太频繁的时候，联合国召集起几乎所有的异能者，和各国顶尖科技人员代表，在北美某地开会，讨论人类当前面临的问题，及可能的解决方法。

会上，于伟灵依旧保持着失神的状态，精彩的开幕词，他似乎一句都没有听到。但当大会主持要他发言的时候，他却很迅速地站了起来。

于伟灵的发言用了将近一个上午，由于新弄懂了很多东西，所说的情况，要比在国防科技部里介绍得详细得多。其实，所谓的"暗影"，是种名为息烟的非常态暗物质，它的性质极不平常，不受任何形式的物理能量的影响，而只与信息发生反应。

信息，普遍被认为是能量的有序化表达式，是没有实体的抽象概念。但是，在时间的维度上，因果律是不可违背的自然法则，如果物质世界不存在对历史信息的响应机制，那么在结果发生以前，原因就已经消逝。极微观状态下，信息的约束力减弱，量子化的能量流动便是跳跃式的，它不必要经过路径上的每一个点，完全可以直接出现到另一个地方，那里可以没有原因而只有结果。

常规情况下，息烟只在第四维度存在，像铆钉一样，利用自身与信息的共振，衔接着过去与未来，维持着宏观上严格的因果定律。可是，在某些时候，息烟却会与三维世界中的物质产生弱干涉，并且将高维的信息与能量投射下来，完成能量与信息的互化。三维世界中，有意识的信息处理机构，在此时便能够从息烟中，获得近乎无限的力量。

宇宙中到底有多少息烟，谁也无从知晓，可息烟呈现特殊状态，却绝对不是第一次了。在远古的那次与暗物质的交流中，人类的祖先们，学会了掌控息烟的能力，不仅是获取能量，并可以控制这些能量，完成所有无法完成的工作。而且，他们很明显地，把自己那颗为了掌握息烟加倍思索，因而变大的头脑遗留了下来。这也是现今人们的大脑中，总是有很大一部分不能全力工作的原因——缺少息烟的时候，人们获得信息的速度太慢，方式不够直观，无法支持大脑的全速运转。

另据录道簿上记载，当息烟的能量开始逐渐消减，获得永生能力的英雄、圣君两个级别的超能力者们，每人留下数颗珍宝、一卷兽皮，然后变做石像，沉入地下了。比圣君更高级别的，还有真人。上面说，真人可以与息烟同体，寓身于高维，行走在天外之天上。息烟不再产生能量以后，地球上仅有的几个真人，也全都消失了。"当然，"于伟灵补充道，"我并不相信永生和真人的说法，但从他们留下的东西来看，那些人的能力，确实是出神入化的。"

录道簿明确指出：自焚至灰，每时作五年计，便是此次息烟乱世之时长。这里的"时"不知是时辰还是小时，从起火至录道簿消失，总共不超过四个小时，也就是说这次暗物质现影，最多持续20年。

至于最近20年的天文观测中，出现星体红移加快，和背景辐射温度升高等现象，自然都是暗物质现影的前兆。多维时空的结构发生改变，致命局部物理规律异常，息烟现影，即意味着乱世降临。

4. 闭门会议

正当于伟灵要继续解释,息烟为何会首先从地上冒出,及其致人出现恐怖幻觉和死亡等现象的机理的时候,大会主持人却突然打断了他,并宣布临时休会。并且,主持人随即要求各位正式参会人员不要离席,请稍等片刻。只见会场保安开始示意会场前后排的所有记者,收拾东西,向出口移动。看样子,要改成闭门会议了。

撤离记者用了十多分钟。这期间,南美某国的科学家走上讲位,让于伟灵帮忙看了个监控视频。视频中,有个全身黑衣、看不清容貌的男子,鬼魅般行走在荒野中,周身仿佛围绕着团团黑气。突然,他抬头瞪向摄像机的方向,视频戛然而止。

科学家解释说,这是防盗猎的无人机监控器拍下的画面。后来该无人机被找到的时候,似乎是被强大的力量在高空撕碎,散落得到处都是,却没有半点遭遇爆炸或燃烧过的痕迹。他想请于伟灵看看,这个打扮怪异的荒野行者,会是像他们一样的超能力者吗?

反复观看视频后,于伟灵只能说他无法确定。可以造成类似效果的办法有很多,就画面拍摄的距离,至少于伟灵目前是绝对做不到在那么远的距离,只凭意念就摧毁一架高空监控机的。而且,实在难以想象一个卫灵战士,有什么理由非得避开人们的视线,更别说会独自深入荒野腹地了。

打发走了记者们,会议得以继续。主持人开口问道:"你之前说到的乱世,是指战乱吗?你们这些超能力者究竟能有多大的能量?请继续讲吧。"

于伟灵深吸口气,说:"古代英雄们好像并不打算因这次的暗物质现影,中断自己的休眠。所以,他们制作了潜意识信息转移装置,选择让我们来阻止此次息烟乱世。某种意义上,我们就是远古英雄们的佣兵,卫灵战士的使命,就是制止可能因暗影导致的动乱!"

古代英雄们留下的转移信息装置,能将控制息烟的方法注入卫灵战士们的潜意识,在暗物质现影初期,未到乱世程度以前便开始吸附。息烟没有质量,可以无限叠合,因此每个卫灵战士,都能够吸掉无数的息烟,这主要就看他的吸附速度,与吸附距离了。作为附加说明的录道簿,大部分在历史中被损毁,只有伪装作珍宝外形的转移信息介质,得到了较好的保存和流传。

据录道簿上解释,能与信息相互作用的息烟,会首先大量聚合在物质运动最频繁的地方,也就是温度最高的地方,在地球上,自然就是地核了。只有当地核的信息与息烟的比例,达到某一临界值后,多余的息烟,才会转受地表信息的吸引而大量涌出,造成夺命暗影现象。

暗物质的高维属性,会使时间轴发生部分弯曲,在局部令一些历史信息重现。可是很不幸,重现的信息大都是些恐怖的痛苦场景。这是由于,生命集体所制造的信息,与自然物质运动产生的信息,其性质是完全不同的。生命的信息是非重复性的，而且要复杂得多。

总的来说，喜悦、欢快的情绪活动，留给历史的信息是发散性的；而痛苦、悲伤的记忆留下的信息，却是恒久固定的。一声哀号，要比一阵欢呼在四维空间里留下的痕迹深刻得多。欢乐的信息也可以被重现，只是机率很小罢了。

不可否认，人类在很长一段时间内，制造的痛苦要比别的生物多上许多倍。这一方面是因为人类的数量和力量，更重要的，则是人们那过于细腻的情感，和难以满足的贪婪。同样是因为情感的细腻，普通人对自己同胞的痛楚非常敏感，当人恐惧的时候，神经处于兴奋状态，大量的思维运动吸引大量的息烟，吸附信息的息烟剧烈释放能量，能量摧毁神经纤维，致使暗影中近乎百分之百的人不明原因猝死。

其他动物对信息的敏感性相对较差，所以它们在暗影中的神经损伤很小，不会造成致命的伤害。植物就更不用说了。

然而，对于卫灵战士们来说，在恐惧的概念形成之前，他们就已经开始对逐渐进入非常态的极少量暗物质的吸附。他们的理智思维，早已习惯了对这些东西的适应性麻木。长期睡梦中的潜意识训练，使得他们在暗影中，完全不会恐慌。远古英雄的法术力量，帮助他们对吸入的暗物质进行管理，以使其不会逸出，也保证了卫灵战士们，不至于时刻都被幻影包围。

其实，对息烟的控制就像科学一样，其核心只是一种思维方式，需要的是对信息的统摄力、理解力和感应力。只要有了正确的思维方式，任何人都是可以随心驾驭这神秘的能量的。

"而我们，"于伟灵对在座的卫灵战士们说道，"则可以很方便地，通过挖掘自己潜意识的方法，来学习这种思维方式，这样就可以大幅提高对息烟的感应、吸附及控制力。"说罢，他用手一指，会场后面一个参会者的帽子腾空而起，晃晃悠悠地，又落回了它主人头上。周围的人们惊讶地把帽子传了一大圈，仔细地看了又看，捏了又捏，但帽子是正常的。

台下的超能力者们都知道，自己可以凭感觉，提高自己的体力。也知道自己身体表面，有一层看不见的装甲，平时不出现，在遇到意外伤害的时候，却可以起到很好的保护作用。可还从没有人发现，自己能够远距离移动物体呢！于是，有人很快问道："怎么挖掘自己的潜意识呢？"

于伟灵答："那些幻影，把它们回忆起来，当自己是其中的一个人，慢慢向前追溯，体验那些感受，当你真的不再害怕的时候，自然就会了。"

下面的人一个个面面相觑。他们很清楚，自己的不害怕，只是由于那种习惯性的视若无睹，如果有意识地揭开那层麻木的保护膜，他们的恐惧不会比任何人少。尽管有潜意识中的坚强保护，他们不致因此丧命，但"当自己是其中一人"，这就表示，需要完全把思维浸入到历史场景中去，那感觉绝不会比上刑好受。这样做可能确实能提高对信息的统摄力、理解力和感应力,但谁又会愿意去受那份罪呢?

"这不可能,就算可能,我们为什么要那么惩罚自己呢?"几个卫灵战士嘀咕着。

"那不是惩罚,是特殊的训练方式。目的是为了提升对息烟的吸附速度,更好地完成我们的使命——阻止暗影乱世。"

这时,一个学者忍不住发问:"既然控制息烟靠的只是一种思维方法,那么你们为什么不把它说出来或写出来呢?如果人人都会控制息烟了,那么他们就可以自己保护自己了,不是吗?"

对息烟控制方法的表述,虽然有很高的难度,却也并非不可能。但是,于伟灵显然有自己的考虑:"它是一把威力无比的宝剑,我拥有它,并承诺不使用它。我不会把它的剑柄交给任何人,哪怕那个人,是我可以托付生命的人。"停了一下,他补充道:"我认为,作为卫灵战士,有对他们的能力保持沉默的权利和义务。"

"这点我倒很赞同。可是就像你说的,为了更好地完成使命,我们怕是有的罪受喽!"有个卫灵战士抱怨道。

"不,我们已经承担起了很多本不属于我们的东西,没有人可以再要求我们什么!"一些衣着时髦的超能力者们高叫道,"如果你觉得这些力量不够用的话,你大可以自己去训练嘛。要不,请我们去帮帮你?""你想把自己练成什么?永生的石头怪物吗?"

戏谑渐渐变成了嘲讽甚至咒骂,会议无法进行下去,主持人只好再次宣布休会。

会堂外的广场上，聚了好多等待消息的记者，正是下班时分，公路上也是非常繁忙。面无表情的于伟灵，混在人群中走了出来。由于时间紧迫，他昨天晚上才到这里，时差加上劳累，让稍稍松弛下来的他觉得头脑发昏。

突然，他感觉到了什么，猛地抓住身边一名经过的卫灵战士，疑惑地问道："你没觉察到什么吗？"

那人仔细感觉了好一会儿，瞪大眼睛望向远处的人群："天哪！坏了。"推开人流跑了过去。于伟灵则原地一蹲，像颗炮弹般跳了过去。

50米外，已经有十几人围绕着一个圆心倒了下去，暗影的扩大非常迅速。"糟糕，人躺得太密，没地方插手。"空中的于伟灵不得已，只好闭着眼睛，凭感觉打向暗影中心。

在随后赶到的卫灵战士的共同努力下，暗影很快就被吸了个干净。不过，最早到达并控制暗影扩大的于伟灵掌下，有几具尸体，却被打得四分五裂。

第二天，在传媒和公众的一片声讨中，于伟灵乘飞机回到了祖国。

然而，事情并没有因此结束。被打烂尸体的死者的亲属们，向法院提起了诉讼，虽被告知不予受理，但各种媒体的文章和消息却越来越多，探讨直深入到了法理和人性的层面上。有些卫灵战士也参与到了对这件事情的炒作中，甚至没人关心，一场奇怪的龙卷风，把南美洲最大的图书馆里的书，卷了个片页不剩。

伯父找到于伟灵，问他为何不替自己辩解。于伟灵说："怪我，我对自己的能力控制不足，隔着尸体会大大降低吸收暗影的效率。每一秒钟都有人死去，但我却没能提前准确地感应到它的发生，并且也无法在那么短的时间内，远距离把尸体移走。他们说我的手上沾满了鲜血，这一点没错，我能说什么呢？"

伯父叹了口气，拍拍他的肩膀："那并不是你的错，但应该注意，公众的情绪是必须要照顾的。"

于伟灵笑了一下，伯父的话，他实际上根本没往心里去。

5. 满心疑虑

时光如梭,转眼又是半年过去了。现在的于伟灵早已通过刻苦的训练,真正地战胜了对痛苦信息的恐惧,把能力提升到卫灵战士所能达到的极限水平。不仅远距离移物得心应手,对息烟的感应和吸附也是炉火纯青。他可以时刻监视地核中所有暗物质的动向,并据此预测出一次强烈的地震。如今,全球地质的动态情况,他基本都可以觉察得到,可这些进步他却从不告诉任何人,因为他认为自己只是个战士,不是地震预报员。

其实,由于上回的事件,他在大众的心目中,已然是个不受欢迎的人了,他即使说些什么,怕也不会有人轻易听信。相反,别的卫灵战士却开朗得多,他们纷纷仗着自己的超能力,接拍电影、广告,帮助警察维持治安。一时间,全都成了社会上最有影响力的人,甚至还出现了各种各样的贡献指数、影响力指数、收入情况等等形式的排行榜。

于伟灵对这个光怪陆离的疯狂世界充耳不闻,仿佛它们还不如暗影中的幻象真实。平时没事的时候,他只是待在为他安排的住宅里,很少出门。伯父多次劝他,不要这么封闭自己,他的反应总是淡淡的微笑。他在疑惑:为什么,地核中经常有大量的暗物质,有序地流向南美地区,以致其他地区的暗影夺命事件几近消失。但南美地区至今未曾报告过一起，与息烟或卫灵战士有关的事件。这当然不是坏事。可是，那些有序流出地表的暗物质，很明显是受到了人的吸附，能直接从地心吸出息烟的人，其能力绝对超过了卫灵战士的级别，难道真的存在不死的英雄？不，这怎么可能。难道真是那个周身带着黑烟的怪人？或许那人已经升级，成了暗宇宙勇者？他到底要干什么呢？

疑惑并没有得到答案。几天来，全世界都在关注着，南亚某国一个卫灵战士的背叛。他叫格里诺宾，是个接受了大脑结构改造的高级专职计算员，精通物理、化学、经济、制造等学科，曾在该市城镇规划局就业，发现是卫灵战士后脱岗。为了强化计算和记忆功能，被改造后的大脑，就像一台机械的生物计算机，理论上他是无法独立生活的，更不可能从事专业之外的其他工作。因此，为了利用他的超能力，当地政府专门建设了一座发电站，希望用他体内那取之不尽的能量，为社会创造财富。结果他捣毁了电厂，赶走了5平方公里内的所有市民，要求独自生活。

大脑经过改造后，部分功能丧失，不过，在需要的岗位上，收入稳定而且丰厚。正因为此，一些不能从事正常工作的残疾人，或找不到工作的穷人，便接受了这项价格不高的手术，条件是必须有人承诺永久监护，监护人有权支配被监护者的全部收入。不耗电，不需要专门的操作员，还能省掉维护费，很多专业机构，都愿意使用这种功能强大的人脑计算机。

于伟灵长叹一口气，为了差点走上同样道路的自己，也为了想要利用卫灵战士创造财富的当地政府,更为了被派去阻止格里诺宾,结果惨败而回的那一个团的士兵。"不知天高地厚的家伙们哪,在暗宇宙中,常规能量是很难伤到掌控着息烟的我们的啊。"

这天一早,伯父陪同几位外交和国防部门的官员,来找于伟灵。原来,那个国家见军队的炮火对付格里诺宾,就像是在用爆竹炸碉堡,而主战坦克一米厚的装甲,在卫灵战士手中比纸板硬不了多少,除了不会飞,这家伙简直就是超人。

无奈中,他们假装答应了他的要求,暗地里召来本国另两名卫灵战士,集训格斗技巧,希望能够制服胆敢背叛政府的人。可是,三个超级小伙子从早上打到太阳落山,谁也没伤到谁。实在没有办法的情况下,只好向国际社会求援。那些官员们就是来问于伟灵,是否有什么办法,可以维护法律尊严的。

"办法有很多。"于伟灵解释道。为了保护自己,卫灵战士在遇到危险或愤怒的时候,会本能地在体表展开力场护盾,护盾的强度,由体内息烟提供的能量大小决定。息烟的能量是无穷的,但一定数量的息烟,在有限的时间内,所产生的能量还是有限的。"就格里诺宾来说,要想用暴力突破他的护盾,当量100万吨的核弹应该是有效的。"而另外那两个卫灵战士因为能力所限,不能、也不敢将全部力量投入进攻,突破不了对方的护盾,自然无法构成有效威胁。

"100万吨。"不需盘算,严重的后果和将要造成的损失,远大于满足背叛者的要求。"还有其他办法吗?"

"毒死他。"护盾对生化武器不起作用，等他控制范围内的食品吃光后，只能抢夺或要求供应，这种方法实施起来非常容易。

官员们面露难色，这种方法岂能回馈给他国？"那样做会带来巨大的道德压力，毕竟全世界都在关注着这件事情。有没有让他接受审判的办法呢？"审判之后，再决定怎么做，就方便多了。

于伟灵沉默了一会儿，说："你们可能不相信，但我决不是开玩笑，在暗宇宙法则里，制服别人的唯一方法，只有法术。"

以信息为主导元素的世界里，控制并整理和产生信息的思想的重要性，远远超过了普通世界里的所有物质财富。好的思想，要有最广阔的包容性及最稳定的信仰基础。坚定的信念在息烟的作用下，能形成最坚硬的防护力场，它依旧无形，却比任何有形的物体更加可靠。

在思想的直接参与下，息烟可以制造出无限形式的异能量，异能量可以开启异度空间，绕过无法突破的防御，直达目标，这便是真正的法术。法术是思想的直接体现，也是暗物质掌控者们竞技的手段。思想的漏洞，就是法术上不可弥补的缺陷，它可以被对手利用，达到打击你的精神、伤害你的身体、瓦解你的意志、控制你的情绪，甚至杀死你的目的。

这是唯一可轻易穿透力场护盾的办法，一种非暴力，却比暴力更加残酷的办法。而只有对息烟吸附信息、产生能量的机理，都了解得非常透彻的人，才能使用最基础的法术。

伯父开口问道："你能不能利用法术，制服其他卫灵战士呢？"

于伟灵想了想："大概有九成把握。可我，不想去。"

"什么！为什么？"伯父大吃一惊。别的官员们相互对视一眼，有些莫名其妙。

"我没说我不会去，更没说我不能去，我只是不想去。至于原因，你们可能很难理解。总之，我不想去。"

谈话又进行了约半个小时，好话道理讲了一大堆，但于伟灵毫无妥协的意思。临走时，伯父有些恼怒地说道："你呀，怎么就那么固执呢？"

于伟灵笑着挠挠头，心想：是啊，要不，我怎么会被自己的亲生父母赶出家门呢？

第二天，伯父打来电话，责备道："你要真不想去，完全可以说你不会嘛，会又不想去，你到底什么意思？"

此时，于伟灵的心里也很彷徨，该不该去呢？该不该用这种力量，来对付其他人呢？面对伯父的质问，他说："伯父，你知道我不喜欢说谎。你也不要误会，只要能保证最基本的生活需求，我会不折不扣地去完成自己的使命。但是关于这件事，还是等我想好以后，再作决定吧。"放下电话，痛苦、迷茫和无奈，紧紧围绕在于伟灵的身边。

6. 决心晋级

两天后,伯父又打电话通知他:"国际社会派来两位卫灵战士代表,与你商谈制止格里诺宾继续为害事宜。他们是来自南部非洲的索菲娅医生,及邻国的一春全勇少尉,两人都会说那什么语言,你们的沟通应该不成问题。过会儿他们就要到了,你看着接待一下,没事吧?"

于伟灵满口答应下来,尽管他有时说话不大讲究策略,总还不至于跟客人吵架。

果真,刚打完电话,门铃就响了。端庄秀丽的黑人女孩、心理医生索菲娅,和高大魁梧的海军少尉一春全勇,通过可视门卫系统向主人问好。于伟灵将他们迎进门,并沏上咖啡。

直爽的少尉首先开口:"听说,你不想去制止那种破坏社会安全规则的行为,是吗?什么原因呢?是害怕吗?"

一旁的医生差点没被咖啡呛着。于伟灵则神态温和地回答:"害怕,一般是由于对自己的能力信心不足,或者是对对方以及环境的情况了解不够。你认为我会是哪一种呢?"

"这个嘛,得先让我看看,你是不是个爱说大话的人。"一春少尉说着站了起来,走到客厅中央,"现在,我就是格里诺宾,你怎么用法术制服我呢?"

"你确定要做这个实验吗？"于伟灵没好气地问。

"当然了，你该不会说你的法力太强，我承受不了吧？"

于伟灵不慌不忙地端起咖啡杯喝了一口，与咖啡杯一同升起的，还有那个健壮的少尉。暗自吃了一惊的少尉不露声色地和房屋的主人对视着，就仿佛腾空而起是他自己做到的一般。于伟灵笑着摇摇头，放下杯子。同时，悬浮在半空的一春全勇，以左右手指尖为轴，转动90度，呈俯卧状趴在了空气中。刚才还镇定自若的海军少尉，这下可乱了手脚，张牙舞爪地乱划，一直缄口不言的索菲娅医生也笑了起来，因为肩宽背阔的少尉现在的样子，活像一只大海龟。

把满面通红的客人放下来，于伟灵礼貌地请其入座，并说："远距离移物本来不算什么法术，对展开护盾的卫灵战士也没有作用。但我看出了，你认为只要有力量并擅于伪装，就能蒙骗他人的想法，找到了你思想上的漏洞，并成功地利用异能量突破防御屏障，直接对你的身体施加搬运力，达到控制你移动的目的。当然，如果你认识到了自己的思想错误，加以修正之后，相同形式的异能量，就无法再对你的护盾构成渗透威胁了。要是你也会法术的话，同样可以利用我思想上的无知或者愚昧，对我进行牵制性攻击，以平衡势力对比。可是，完全单方面地施展法术，对方的伤害是绝对的，无法避免的。"

听得似懂非懂的少尉说道："这么说，让你刚才的法术失效，貌似不是很难嘛，只要写份检讨就行喽？"

于伟灵真的有些无可奈何："检讨书无关紧要，重要的是思想观念的改变。在这上面，你骗不了自己，更骗不了整个真实的世界。"

心理医生抢过话头："经过改造的大脑，一般是形不成完整的思想体系的，他的心理状态应该也是很幼稚的，你完全不可能害怕他。那么，你为什么不愿意阻止他做坏事呢？"

"因为，我不一定要做个好人呐。"

"他可是已经导致了十几名士兵的伤亡了！"想起这次来的目的，少尉有点急了。

"是的，但他只是在自卫，不是吗？"从历史信息中锤炼出来的于伟灵，心目中好与坏的标准，早已被残酷的真实击得粉碎，如何重建这个标准，怎样重新确定自己的追求目标，才是最让他头疼的事情。

出于职业的敏感，索菲娅看到了问题的一丝苗头。她示意正要发怒的一春全勇安静下来，换了口气，关切地问道："好了，你很清楚我们的来意。可以把你心里的迷惑，说给我们听吗？"

于伟灵做了个深呼吸，缓缓说道："自从成为卫灵战士以来，我就琢磨着，该用这力量做些什么，必须有一个标准，一个用于自我约束的标准。后来，我决定了。既然这力量是为防止息烟乱世而赋予我的，除了缘于同样的理由，我将不会无限制地提高自己的力量，不把这力量教给他人和用于他处。我曾想把这个主张，在联合国会议上提出来，可是没有合适的机会。你们或许知道，我的基因是有缺陷的，我得时刻控制自己的情绪，否则情况就可能彻底失控。我的使命是阻止息烟乱世，战士的使命高于一切，因此要让我去制止格里诺宾，除非找到一个，可以说服我的理由。"

听了这番话，索菲娅医生决定，使用心理引导方案："你是对的，这个理由只能你自己去找。尽管你控制得很好，我仍然不得不说，你处在轻度焦虑中。"她拿出随身携带的网络音乐播放器，调整了一阵："听听这些音乐，会对改善情绪有所帮助的。这是我们的联系电话，等你想好了，我们一起去制止他，好吗？"

过了两天，于伟灵通知伯父和两位卫灵战士：可以出发了。

在机场会合的时候，他把播放器还给医生："你的音乐是有魔力的，它可以使头脑变得清醒，勇气倍增，敢于面对现实的问题。我甚至想，说不定，它能比法术，更好地解决这次的事情呢！"

对于于伟灵的夸奖，索菲娅报以谦虚的微笑："如果格里诺宾是个正常人的话，我是可以试试，去用心理学的方法说服他的。可是，语言对他只是个单纯的思考工具，他不会被语气感染，也不会被有悖自己意图的道理说服，音乐等艺术手法，在他心里与噪音毫无不同之处。"

上了飞机，索菲娅问于伟灵："你做什么事情，都要想个前因后果的吗？那样做不累吗？"

于伟灵没有直接回答她，而是反问道："你为什么不愿意通过训练，来加强自己的超能力呢？"

坐在前面的一春少尉抢先说道："我们的力量已经很强了，训练除了增加自己的痛苦之外，好像没什么大用处了吧？"

"是啊，做人快乐为本嘛。"

于伟灵只是笑笑。

连自己都保护不了的弱者，如何能得到快乐？暗宇宙中，力量的强大代表着思想的强大，没有根基的思想，是无论如何都强大不起来的。级别的划分，并不完全表示相对力量的高下，它们只说明信仰基础的深浅。灵民为一时的快乐奔忙；战士为崇高的使命牺牲；斗将为无上的荣誉拼搏；勇者为公平和正义，可以献出一切。

为了被赶出家园的市民，于伟灵选择去制止背叛者的行为。保护无辜的弱势力人群，维护最高程度的公正与平等，是勇者不容推卸的责任。他已经不再是一个战士，而是名符其实的暗宇宙勇者。

7. 法力平叛

军事警戒线上，值守的卫灵战士迎接了他们的到来。不擅客套的三人简单说了几句，便向警戒区内走去。值守者连忙阻拦："咱们还是先吃顿饭再去吧，你们是不知道那家伙的可怕，他打起来不要命，非常难缠。上次我和他交手一天，硬是脱不了身，直打到后半夜，差点没把我饿死！"

于伟灵目不斜视，脚下踩风："你还记得，咱们身后停着的那辆坦克吗？"

值守员如同丈二和尚般回头："咦？坦克哪去了？"猛地感觉，有什么东西遮住了头上的太阳，一声"哎呀"没喊出来，就被压在了坦克下面。

刚从坦克车下爬出来，抬头看见一脸坏笑的一春全勇："喂，你最好别惹他，他比那个格里诺宾更可怕。"

值守的卫灵战士一边飞快地跟上一边喊道："哎，那么大地方，你知道他在哪儿吗？"

根据对卫灵战士身上的暗物质感应，于伟灵很快就找到了格里诺宾。他正低着头，一动不动地坐在喷泉旁的草地上。远看，就像一尊孤单的雕塑。

于伟灵放慢步子，说："去的人太多的话，容易使他兴奋，不利于我施用法术。你们就等在这儿吧。"

走近前,于伟灵惊讶地发现,格里诺宾的耳朵里,似乎塞着什么东西。是简易 MP3,他在听音乐!不对,看他脸上的表情,完全不是在欣赏,而是在忍受。他在折磨自己,为什么?

于伟灵大声打了个招呼,把他吓了一跳。他迅速取下耳塞站起来,向来人说了一句当地话。于伟灵听不懂,正要回头,找那个值守的卫灵战士过来做翻译,格里诺宾又换了通用语言,把刚才的话重复了一遍:"你是来跟我打架的吗?"

"不,我是来劝你的,别再继续这么做了。让被你赶走的那些人回家吧,好吗?"

"不好,这里是我的地盘,要让他们回来了,我就又得去发电厂里推涡轮了,一推就是一整天,保持转速,不能停!"

"不会的,他们不会再让你干那个了。"

"我不信。不干这个,那就是给出一大堆的条件,让我计算出建房的最佳位置,房屋的最佳高度、形状,建议开工季节等等数据,我不喜欢。现在没人管我,我很自由,想干什么就干什么,为什么要让他们回来?"

面对这个有些孩子气的家伙,于伟灵想再试一次。"你杀了十几名士兵,知道吗?"

"不可能,那只是我做的一个梦,我根本没那么大力气,就算有,我的身体也承受不了的,不信我给你算。"

他口若悬河地讲了起来，物理公式、分子结构、材料强度、受力方式，严密的推算得出最终结果：人的身体无论如何，都是抵挡不住坦克的攻击的。

于伟灵没机会打断，只好等他说完。"联合国的会议你也参加了吧？还记得我的发言吗？"

"记得，我还能背下来呢。"在于伟灵的极力阻止下，他总算没再复述下去，但有些失望，"但是，你说的我一句都不能理解。能量守恒，这是基本的物理法则呀。"

"好吧，你喜欢自己待着。可你真的觉得这样舒服吗？"

"很无聊，也很寂寞，比在发电厂强，跟计算数据……差不多。不过，前几天来了两个很厉害的人，我们打了一天的架，谁也没有受伤，很好玩。你会打架吗？"

心理医生说得没错，他根本不可能被说服。于伟灵感觉到，除了语言，英雄赋予他潜意识的信息，丝毫没有被转移到理智层中。现在，只要让他感到害怕，自己就有把握，用法术剥夺他作为卫灵战士的资格和力量。

"你应该知道，你现在是有能力不让别人进入你的地盘的，这些能力来自于你头脑中的知识。而我将要偷走你的大脑，你马上就得回到发电厂里去推涡轮了。看啊，你的脑子正在进入我的头脑里！"

利用他对两大脑无法装进一个头颅的生物知识的无知，以及对返回原来生活状态的恐惧，于伟灵撒了个谎。撒谎的同时，他还用息烟的能量，使自己的头皮和头发尽量胀大，看上去真像在里面装了两个大脑似的。

"不，不！"格里诺宾吓坏了，抱着头转身要逃。就在这一瞬间，于伟灵施展出了对付不合格卫灵战士的有效法术——掘力术。

掘力术在格式化他潜意识中远古英雄赋予的信息同时，还会把他吸附的暗物质，全部转移到施法者的体内。这一切进行得非常迅速，刚想用超能力跳过喷泉的格里诺宾，突然间失去了动力，直直地摔向喷泉口。就在他的脑袋与石制的喷口发生碰撞的前一刹那，于伟灵把他救了下来。"现在，已是普通人的你，必须接受法律的裁判。"

放下因丧失力量而抽泣的格里诺宾，于伟灵听到后面三人快速赶来的脚步声。他们的脸上都挂着灿烂的笑容："你真行啊，这下子问题就彻底解决了。异能者影响力排行榜上的第一名，肯定非你莫属了。"

"是啊，不过，你头胀大的样子，真是不好看呐。哈哈。"原来，当地军方为了监视背叛者的举动，特别使用了间谍装备——昆虫侦察兵。用机器仿真昆虫跟踪拍摄，昼夜不停。而那个负责警戒的当地卫灵战士身上，就带着个信号接收器，所以尽管距离很远，他们还是能看得清清楚楚。

"那只是为了让他感到害怕。"于伟灵淡淡地说。

"我只知道，美丽能够传递友好的信息，想不到，丑陋竟可以当做武器来使用啊。"

"对美丽这种信息，我仅能感应，却基本没什么理解能力呀。"与其说是回答心理医生，不如说，于伟灵这句话，根本是在自言自语。

不久，一队法警赶到。被押走之前，格里诺宾含着泪，问于伟灵："你真的能从音乐里，听出优美的旋律吗？"

于伟灵默默地点点头。

"可我，不能！"

看着跟泪水一起落在地上的简易MP3，于伟灵心里说不出的沉重。

8. 神秘遭袭

当天晚上，喧闹的庆功宴令于伟灵不胜其烦，作为一个重度宅，他本来就非常不喜欢人多的场合，何况他现在满脑子都是格里诺宾最后被带走时，那满脸委屈和绝望的样子。实在无心享用美食，他找空溜出了宴会现场，来到酒店侧面一条行人稀少、灯光暗淡的窄巷子里，想要静静。

没成想，索菲娅医生居然也跟了过来。于伟灵不必回头，她和一春全勇体内的暗物质，就像灯塔一样，在于伟灵的第六感中标记出了他们的位置。让自己体内的息烟被同为卫灵战士的其他人尽可能明显地感觉到，这是如今流行在异能者中间的时尚，它需要某种简单的技巧，但简单到比隔空移物还要容易掌握。

"你，该不会还要做训练吧？"美女医生问道。

"当然不。今天，我做的训练足够了。首次法术实战，成功地拿下了一个可怜的家伙，甚至比哄骗小孩子还要容易。"

"你制止了他的错误行径，"心理医生走上前，拍拍他的肩膀，"你只是做了应该做的。"

于伟灵转过身，苦笑一下："是啊，我应该做的。"

索菲娅一手端着半杯红酒，保持着职业心理医生标准的亲和笑容，作出一副"不管你说什么，我都会是最好的聆听者"的样子，虽然受光线条件限制，她的表情几乎不能被人看清。几天前，她的这个样子还能让于伟灵倾吐心声，可现在，于伟灵已经能够直接觉察到她表面掩饰下的真实想法。

"我没事，不用管我的那个保健医生，他时常有点神经过敏。明天咱们就各自回国了，没关系，让我自己待会儿就好。你回去继续玩儿吧。"当别人只是例行程序的时候，多说无益，不管那既定的程序有多么正确。

别的卫灵战士还不知道，他们炫耀性的时尚技巧，是多么地傻。暗影时代，设法隐藏自己才是正途，否则，不仅自己最隐秘的想法有泄露之虞，搞不好，随时都有被不怀好意的异能者伤害的可能。他们怎么就是想不到，这东西有多么危险呢？

"他们根本没有意识到，自己也跟那个傻子格里诺宾一样，只是个受到控制的傀儡啊！"听不出男女的阴森话音，仿佛从地狱中传来。

于伟灵早已觉察到了附近的异样，虽然他并不清楚，这个似存非存，鬼鬼祟祟地从制服格里诺宾的地方，跟踪他们到此的，究竟是个什么东西。

"我开始时猜测，你可能是个类似昆虫侦察兵那样的，用息烟凝集的方法做成的非实体移动监控装置，直至我感受到了你的恶意。不过，我很肯定，你无法对我构成威胁。出来吧，告诉我，你是什么？"既然对方主动选择了沟通，那么就应该能听懂人话。

一团朦胧的烟雾在灯影下缓缓聚拢，形成模糊的人形，只见两个红色的小点像昏暗的星光般，闪烁不定。如此稀薄的息烟，就算暗藏再高的法术，恐怕也难于伤害到任何人。于伟灵此时几乎能够肯定，这也许就是传说中的鬼魂了——极偶然情况下，时间轴扭曲过大，死去之人的意识信息有可能以无实体的形式短暂复活。

人形的雾气自顾自地说着："你不同，你很强，却很迂腐。你对弱者的同情是很愚蠢的，哪怕那是装出来的。这是黑暗的世界，本就虚伪的自由和平等将不再是普世通行的价值，人与人的差距会彻底拉开。巨人和蝼蚁，岂可同日而语？不要妄想替弱者考虑了，那是根本不可能的，也是毫无必要的。作为力量的拥有者，继续变强吧，也许有朝一日，我们可以共同主宰世人的命运呢？"

在鬼魂说话的当口，于伟灵悄悄张开了自己的思维立场，把对方笼罩于无形的能量结界中，防范其逃遁。然而，鬼魂的最后一句话，却让他心里一惊。因为他发现，这本应寿命极短的鬼魂，居然在谋划着长期的蓝图。他竭力渗透，通过感应其真实意图，尝试解析那虚无的意识活动。短暂的努力过后，他察觉到一根细细的超空间能量通道，连接着遥远的地方。也就是说，眼前这东西的背后，有个强大的异能者在操控！

于伟灵自知不是幕后操控者的对手，而且那人至少目前还不打算暴露自己。于是，他索性解除结界，试探性地说道："我知道，你就是南美地区的神秘人物。尽管不明白你到底想干什么，可身为勇者，我是不会出卖自己认为的公平和正义的信念的。"

"想不到，你比那些人还蠢。强者为尊的道理就那么难懂？算了，就让事实证明你的幼稚吧。今天，先给你留个教训，好好想想，下回见面的时候，但愿你能以绝对强者的语气来与我对话。"说罢，那人形鬼魂突然扑面而来，于伟灵对此猝不及防，虽然能量护盾一直开着，却丝毫没有起到防御作用。不知对方用的什么法术，于伟灵眼前整个晚上都晃着云雾般的鬼影。

第二天，法术效果自行解除。等待飞机接自己回国的时候，于伟灵向同伴们问道："你们觉得，什么样的人才算是强者呢？"

"有健康的心理和体魄，能得到大多数人的认可，保持心情快乐的人，就是生活中的强者。"

"健壮的身躯，高超的武艺，过人的本领，超人的勇气。若再有个像索菲娅医生这样漂亮、聪慧的女朋友，恐怕就没有谁能比得过我了。"

该起程了，于伟灵抛下一句话："看来，你们都比我强啊。"

望着他离去的背影，海军少尉很是纳闷："他生气了吗？为什么？"

"不知道。"

"可怜的自然体。"

9. 为何而生

几天来，对格里诺宾的审判，按程序进行着。他的监护人的律师，以无力制止为由，要求免除自己当事人的责任，法院采纳了其辩护意见。一切的损失，都归格里诺宾独自承担。

谁料，狱中的格里诺宾，竟然碰壁自杀，案件就此终结。得到消息，于伟灵沮丧至极："唉，不是说，经过大脑结构改造的人，不会自杀吗？"

用随机获得的能力欺负无辜的人们，危害社会的公正与安全固然不对，可要求得到本应属于他的那份自由，难道也是过分的吗？对格里诺宾来说，或许是的。经过大脑结构改造的人群，是公认的弱势群体，他们无法保障自己的权益不受侵犯。自从打定主意接受手术的那一刻起，他们就把自身，完全交给了社会和监护自己的亲人，这是他们与命运的最后一搏。

格里诺宾是幸运的，只有他得到了再度抗争的力量；他又是不幸的，这力量最终令他成为了不可饶恕的罪人。而于伟灵就是整个过程的催化者，将原本是弱者的一个人，推入了万劫不复的深渊。

什么是弱者？谁能算作强者？究竟怎样做才能锄强扶弱，而又不造成新的不公呢？级别越高，能力越强，迷茫和困惑越是难以解脱。于伟灵正苦苦思索的当口儿，门铃响了。

是弟弟，刚从高等教育学校毕业，成为了注册金融师的弟弟来看他了。好久没得到家里的消息了，于伟灵高兴地开门，把长高了不少，且比自己壮实得多的弟弟迎接进来。

寒暄过后，弟弟于伟勤说："父母让我来劝劝你，趁这次你制服背叛者的机会，多做宣传，扩大自己名声的影响力，日后对你会很有好处的。不要再像以往那么固执了，把握时机，不会有第二个背叛者让你制服了。"

于伟灵心里顿时凉了下来，他无论如何都想不通，怎能将别人的背叛与屈服，当作自己改善形象和出名的机会。"能有什么好处呢？名气再大，我也不会被允许从事正常的社会工作的，我对权力没有热情，权力也与我无缘。如果是为了赚钱，你应该知道，只要饿不死，我对金钱就提不起兴趣。"

"好吧，就算你不贪图财富和享受，难道你想永远住在福利院里吗？三等残疾者在发病之前，若有属于自己的40平方米以上的住房的话，是可以组建家庭的。这是个竞争激烈的社会，你不想这辈子都不谈恋爱吧？和尚这个宗教职业，可是消失了很久了。"

"老弟呀，你对我可是太不了解了。所谓的爱情嘛，我压根没考虑过。说到竞争，你不觉得，以我现在的力量跟别人竞争，实在有些不公平吗？"

于伟勤对大哥的自以为是和顽固不化有些恼火："不管你的力量有多强大，没有理想、没有追求，对什么都不感兴趣的你，为什么而活着呢？"

为什么而活？这个问题在成为卫灵战士之前，就多次纠缠着于伟灵，却没有找到什么答案。这会儿，他只好搪塞道："为了……维护社会的公平吧。"

"笑话，你根本没有融入社会，岂能维护它的公平？"于伟勤对哥哥穷追猛打。

于伟灵沉默了。思考了一阵，他站起身，向着窗户推出右手。强化后的抗风玻璃和钢制窗栅，瞬间被击得粉碎，但碎片并不飞散出去，而是随着于伟灵变动手势，神奇地恢复了原状。"是这样，我掌握着建设与毁坏的双重力量。你说，我是该为金钱、权利，还是爱情而活着呢？"

他弟弟哑然，但仍旧不甘心："既然你立志维护社会公平，那为何不多做些事呢？那样不是更符合你的理想吗？"

"你很清楚，每做一件事情所导致的后果，都是不可能完全确定的。过多插手法律制度健全的社会中的事物，只会造成愈来愈多的混乱和不公平。除非必要，否则我是不会干涉社会的正常运转的。"

"看来，我是说服不了你了。"于伟勤起身向哥哥告别。

"拜托你，照顾好咱们的父母。"

"放心，那是我的义务，我会尽到责任的。"

天下着雨，于伟灵目送弟弟的电力汽车远去。小时候共同玩耍的记忆浮上心头，难道说就连一起长大的亲兄弟之间，都难以互相理解吗？内心的阴霾，使他全然不觉，雨水已顺着额头流下。

10. 黑暗女王的野心

数月以来，于伟灵没再考虑什么强者与弱者、个人与社会之类的问题。他只是一门心思提高自己的能力。地核内残存的少量暗物质，几乎被他抽空；对微观信息的辨识力，已达分子级别；法术方面，也提升至勇者的最高限度。现在，他虽然还不能点石成金，但要用强大的能量把石墨变成金刚石，还是不成问题的。

当然，导致他这么急着提高能力的原因，绝非为了碳的同素异形体的转化和升值，而是因为，于伟灵知道，巨大的威胁正步步逼近。

几个月来，北美、澳洲及周边国家的卫灵战士依次被杀。杀手采用超能射线束，击穿卫灵战士强大的力场护盾，令其瞬间毙命，随后摄走他们体内的息烟。这种超能光束一次释放的能量，最高相当于一百五十余颗广岛原子弹，威力足以贯通整个地球，可以肯定非现代科技造物。杀手每次都会选择不同的角度、不同的时机，并根据被害者护盾强弱的不同，以不同强度的光束袭击。既不失手，也不使多余的激光，因击中建筑物而产生爆炸。被害人头颅多数已完全蒸发，死状极其难看。

种种迹象表明，杀手只能是个超能力者，但无从推断杀人动机。为了防范，邻国曾将其所有卫灵战士共五名集合在一起，严加保护。可是，强行闯入的杀手轻易干掉了四人，并用一股诡异的黑烟，夺走了一春全勇的生命。

　　由于杀手的犯案路径，明显是以美洲为起点，自东向西而行，因此许多卫灵战士纷纷逃往欧洲或非洲。伯父担心于伟灵的安危，前去询问他的打算，如果必要，赶紧办理出国手续。于伟灵笑笑："躲是躲不掉的，恐惧只能削弱自己的力量。"事实上，于伟灵非常清楚，那个杀手就是来自南美的神秘人物。按吸附的息烟总量计算，自己没有半点取胜的把握，但作为勇者，他是决不会逃避的。

　　这天，正当于伟灵在院子里集中精力，希望在空气中找到氢原子的时候，院门突然开了。连忙收回注意力，于伟灵震惊了：体内有那么多的暗物质，却令我丝毫感应不到他的存在，真是厉害呀。

　　假装不知道电子门卫已被强制关闭，于伟灵依旧背门而立。来人悄无声息地走进，一件曾很流行的复古披风遮蔽了身体大部分，头上戴着顶宽檐帽，满是胡子的脸皮，经于伟灵用微观信息识别后，得知是硅胶材质的仿真面具。

　　杀手找好位置，以双手大、小拇指围成圆圈，集中最大能量。一道强光穿过于伟灵头部，射入多云的苍穹。看着缓缓转过身的于伟灵，杀手赞叹道："好精致的幻术！"

　　声音是个女的！处在幻境中的于伟灵，靠能量振动别处的空气发音："又见面了，这回可以告诉我了吧，你是谁？"

　　来者摘下帽子和面具。于伟灵马上便想了起来，她就是几年前，因兴奋剂丑闻而被取消了奥运会比赛资格的，那个经过了基因优化的女运动员——南美体操皇后——娜莱莎。这件事曾被炒得沸沸扬扬，很少有人会对这张面孔感到陌生。

她索性将伪装全部卸下，露出匀称的体态、发达的肌肉和天生的坚毅表情。此时，那张脸上泛起高傲的微笑："很不错，你确实变强了不少，不仅能及时发现我的入侵，还能冷静地用幻术迷惑我，并从我的光束下成功逃脱。面对要杀死自己的人，从容地施展法术，你就不会害怕吗？"

"如果我求饶，你会放过我吗？"娜莱莎摇摇头。"如果我逃跑，会有什么地方是你找不到的吗？"娜莱莎又摇摇头。"那么，我为什么要害怕呢？现在害怕，就如同在普通世界里握着枪不开，却对着敌人发呆一样，是傻瓜的表现。你以为我会不知道吗？"

"很好，不过你手中真的有枪吗？"

"是啊，就能量而言，你是我的 200 倍以上，把我撕成碎片简直太容易了。所以，我只好先藏起来，和你聊聊天。"

娜莱莎笑了："语言是法术的先锋，你无非是想探探我的思想漏洞。好吧，我给你这个机会。不过我提醒你，我可不是格里诺宾，他的思想漏洞，大得能装下地球了。说吧，想聊什么？"

"首先，我想问清楚，格里诺宾的自杀，跟你没有关系吧？"

"呵呵。你还真是迂腐，现在不是担心那个傻瓜的时候吧。实话告诉你，我对他压根没有任何兴趣，也没为他采取过任何行动，他不值得。我真正想要试探的，只是你啊。看看你是否能够有资格协助我，除掉其他所有可能的对手。然而，我好像太高估你了，一个自然体，终究不够强大。"

"那么，你的最终目的是什么？"

"成为世界的女王。"

"这不可能。你现在是有那个力量，但力量不会维持很久，暗物质现影的时间有限，你的帝国终将崩溃。这些，你考虑过吗？"

"就你读过录道簿吗？不，我也读过。你不相信人可以永生，但我相信；你相信息烟的能量会消失，而我不信。我们都拿不出确实的证据，不是吗？"

"人，如何永生？"

"你还记得吗？簿上说，摆脱利益纠缠的思想，可产生无穷的信息，代表无穷的能量、无尽的可能。怎样摆脱利益的羁绊呢？我认为是把全世界的利益，都掌握到自己的手中，利益不再成为追求目标的障碍，我将无所不能！你真认为我喜欢在运动场上，获得的那些欢呼吗？不，那些欢呼中没有尊敬，而我要的，是征服者的感觉。拼命训练，为的是夺取奥运金牌，实现一个承诺。现在，承诺没有了，可宇宙却给了我完成最高理想的机会，我将会是第一位，统治世界的女王。没有谁能阻止我实现理想，你明白吗？"

"你有理想，我管不着。但为了维护公平与正义，与你为敌的人怕不在少数。除了我们，其他人可能对你构不成威胁，但假如他们拒绝接受你的统治，怎么办？你想过吗？"

"杀。别跟我谈同情！你觉得，他们与你有百分之九十九以上的相同基因，就该把他们当成自己一样看待吗？哈哈，那是无能的懦弱者的想法。"

"不用这么麻烦，我只想问你，你愿意被人欺负吗？"

"当然不。所以，凡是不服从我的人都得消失，永远消失。当我成为最强者的时候，就没有人胆敢违抗我了。"

"我能否请你替弱者想一想。"

"恐怕不行，我和你不同，我生来就不是弱者。"

"强者之所以为强，因为他会帮助弱者。倘若没有弱者，试问你比谁强？"

"你是想告诉我，这世界是公平的吗？可怜的自然体呀，看清楚吧，强与弱决不是相对的。我可以杀了你，我就是强者。为什么在你的国家，只有你一个人触到了珍宝？为什么整个南美，就只有我获得了能力？为什么远古时是荒野的地方，珍宝却成堆地出现？难道是英雄留在那里的吗？不是，是掠夺，是强者对弱者的掠夺。醒醒吧，这个世界根本不存在公平和正义，有的只是双方力量的抗衡。"

"或许是吧，但只相信弱肉强食的你，与野兽有什么分别？"

"分别就是，我将成为人类的女王！"

娜莱莎得意洋洋："好了，聊天到为止。你的废话实在是不少！"

她的得意是有充分理由的。于伟灵完全处在被动地位，不仅没有找到可以利用的思想漏洞，反而被迫承认了公平与正义的虚妄。当然，他早先不是不知道世界的残酷，即使是人类创造的文明社会，至今也无法真正摆脱强者对弱者的欺压。但是，他实在讨厌那些野蛮的丛林法则。

尽管多数人不会认同娜莱莎的思想，可她以个人理想为最高目标的思想体系，同样能够正确地看待现实世界，有效地控制行为方式，成为自私且深刻的思想体系。这种思想对普通人而言，可能并没有什么不好，但这会儿，问题就大了。因为实现她的理想的代价，将是牺牲所有人的自由与安全保障。

"看来，你是等不及要把我撕碎了。不过，首先你得弄清楚我在哪儿。"

于伟灵一直没有解除幻术。通常情况下，人进入陌生环境时，都会有一瞬间的迷茫，更别说你的目的是去杀人了。就在娜莱莎进门前的刹那，于伟灵抓住了机会，成功地建立了幻视异能量通道。尽管通道很脆弱，却不易觉察，她很难在短时间内，发现法术生效的根源。

出乎于伟灵的意料，她并不表现出为难的迹象。轻抖双臂，大量的黑影自她体内冒出来，飘浮在半空。黑影中，点点诡异的血红色光芒若隐若现，仿佛一双双鬼怪的魔眼。"这是……"

"雕虫小技岂能难得了我？记得历史上，那场使印加帝国灭亡的殖民战争吗？不错，这些就是印加黎民的亡魂！夺命暗影将它们重现在遗址附近的荒野上，我把它们收起。开始，我也只是想用它们提升自己的能力，可我很快发现，它们是可以恢复一定的活性的。于是，我对它们进行分割，赋予它们基础意识，给它们复仇的力量，用南美洲最大图书馆里的所有信息，填充它们的思维。现在，它们是一群绝对服从于我的、对活的生命信息垂涎三尺的恶魔，我称它们为噬灵狼！它们没有思想，介于法术和常规能量之间，有独立攻击的能力。你的护盾对它们起不了多大作用的，这点上次已经证明过了。"

兽群步步逼近。万分危急之际，于伟灵灵机一动，收起幻术，双手平推，集中能量。一面光屏发出强烈刺眼的光芒，娜莱莎不得不抬手遮住双眼，噬灵狼们更是全部隐匿到了她的身后。既然它们能确定目标的方位，就说明它们是可以主动搜集信息的，它们的"眼睛"是有用的，那么突然的强光刺激，应该是有效果的。

"你这样做也是坚持不了多久的。不过，能想出这种临时性的办法来，说明你还是非常聪明的。"娜莱莎阴声说道。

"聪明的人可以自我毁灭，而有智慧的人却不会。你正走上一条自我毁灭的道路，很遗憾，我没那个智慧让你回头。你是信仰绝对力量的王者，我承认自己不是你的对手，但我发誓，只要我还在，你凌驾于所有人之上的梦想，就不可能实现！"

"是吗？你大概忽略了一点，现在是黑暗时代。"说完，娜莱莎从嘴里吐出一股黑烟。

是毒气吗？于伟灵还没来得及用微观信息分辨就感觉到了，那不是她合成的毒气，而是种破解法术！

光屏上出现块块黑斑，亮度渐渐降了下去。没有实体却有主动意识，寄存于暗物质中的噬灵狼们，纷纷呼号着猛扑过来。于伟灵只得尽力加强力场防御，但是没用。

他只觉得头重脚轻，周围一片漆黑。仿佛被什么满口热气、没有牙齿的怪物嚼在嘴里一般，压抑、憋闷，身不由己地滚来滚去。难受至极。突然，热气变成了火焰，剧烈的灼痛吞噬着他的身体，一层又一层，一遍又一遍。虽然是和上次一样的知觉攻击法术，但找不出有效的破解方法，于伟灵只能勉力坚持着，他知道，只要精神不垮，那些受苦的灵魂变成的虚幻的怪兽，就不能对他构成致命的威胁。

半小时后，娜莱莎急了："怎么，你还想让我亲自动手吗？你不可能永远这么忍耐下去的。别浪费时间了，放弃抵抗吧，我的宠物们很快就会让一切结束的。"

对手的思想境界高于自己，力量强于自己，要阻止她，唯一的可能就是硬拼信念的坚定程度。用不容置疑的绝对信仰，将哪怕是不存在的公平和正义实现出来。

于伟灵横下心，镇定地答道："如果我错了，我可以改正。要让我放弃正确的方向，你妄想！"

感觉受到污辱的娜莱莎恼怒了，她走上前，准备强行解决掉这个又臭又硬的家伙。

与此同时，一道寒光自狼群中炸裂开，万条碧蓝的闪电扭曲着，将无情的黑影扯碎、驱散。躲避不及，遭到奇异电击的娜莱莎惊呆了，她的能量仅剩下不足百分之二十可以正常输出。其他的部分在产生时，竟自我抵消了。

她刚刚见识的是暗宇宙勇者的终极法术，伤人八百自损一千的——能量纠合术！

躺在地上的于伟灵此刻已是精疲力竭。他不仅完全无法输出息烟能量，而且自身运动神经的信号传递也受到影响，正常功能的百分之七十基本丧失。他现在的运动能力，可能还不如三岁幼童。

娜莱莎真的愤怒了："可恶的家伙！居然用这种手段对付我！别说我还剩下一点能量，就是一点不剩，凭我天生的体力，也可以轻易地把你捏死！"

于伟灵并不回答，只是以绝不屈服的眼神，盯着暴跳如雷的女王。他的体内隐隐传出低沉的嗡鸣，那是暗物质达到释放能量的激发态，而能量因法术的作用全部相互抵消后，余下的衍生声波。这声波使他四周地面上的尘埃具有了生命，欢快地蹦来蹦去。

他在用自己的生命与敌人对峙："我死去的瞬间，这些能量将被释放。2000万吨TNT当量，也许不足以打破你剩余五分之一能量的护盾，但你的护盾，也不可能稳稳承接如此巨大的冲击，弄不好，这能把你轰出太阳系！假如世界注定要被你拖回封建时代，我现在就以都市里千万人的生命为代价，和你同归于尽！"

娜莱莎彻底被于伟灵极端化了的勇者的气势所震慑，犹豫中渐渐生出了胆怯："也罢，既然如此，我就饶你一命，像个废人那样苟且偷生去吧。"

她悻悻地走出院门，外面的警察混在不少于一个连队的士兵中间，塞满了整条公路。其实，从她那道已经不知飞到什么地方的光束打空了的时候开始，这里就被完全封锁了起来。可是，没人敢闯进院子，即便进去也无异于送死。

情绪不好，娜莱莎无心纠缠，三两下跳出了包围圈。指挥者下令不许追击。

伯父把于伟灵暂时安排在自己家里，只能勉强自理的他休养了两天后，要求伯父秘密地将自己送走。"就算被封印了八成的力量，娜莱莎的能力，依旧远在其他卫灵战士之上。她善于伪装、神出鬼没、无所顾忌，即使不惜代价也对付不了她。她不会放过我的。虽然她的能力三年之内，应该不会完全恢复，但她若派普通杀手前来，现在我也无力防卫，只能牵连他人。"

伯父安慰他说："放心，不会有人知道你在哪儿的。好好休息，不要想得太多。"

于伟灵苦笑了一下。普通世界里，人可以埋头苦干而什么都不想，可作为暗宇宙异能者，不想或想不通，就等于失去了自我保护的基本力量。

11. 世界陷于混乱

　　这是西南部一座繁华城市中的疗养院，于伟灵在这里已经待了两年有余了。他没有化妆，只是改了个名字，院里的人都知道，对他的存在要绝对保密，否则可能有杀身之祸。实际上，人们畏惧的是娜莱莎，谁都不会再把那个瘦瘦的疗养病人，与威力无边的超能力者联系起来了。

　　能量纠合术是勇者最后的自杀式攻击法术，被攻击者可以依靠自身的实力和时间，来解除法术异能的困扰，但施法的勇者除非升级成为英雄的思想，不然，将永世生活在能量无法控制地自我抵消的阴云之下。

　　息烟能量的自我抵消，倒造成不了什么障碍和痛苦，顶多不去想着使用它就是了。可躯体运动的能量抵消就不同了，它会使全身肌肉的协调性丧失，动作缓慢而费劲，且必须放松肌肉、集中精力，才能勉强完成一个简单的运作。否则，越是焦躁，肢体就越僵硬、动不了，有时甚至会无意识或反意志方向运动。于伟灵就是这样。

　　娜莱莎这两年收敛了许多，对其他卫灵战士的追杀步调，减缓至很规律的每三个月一位，杀戮地点和方式不定。平时，她只是伪装了，混迹于世界各地的人群中，必要时才露出真容，比如需要抢钱的时候。其实她那算不上抢劫，只有开始几次动手杀了人，后来她一亮相，人们就都把钱毕恭毕敬地交给她了，或者像迎接女王一样把路让开，请她自己去银行里取。没人敢冲撞她，没人敢说她的坏话，甚至没人敢冒充她的模样，她在人们心目中，已然成为了实实在在的死神！

电子仪器对她没有任何限制作用，她大可以在没人发觉的情况下，弄到花不完的金钱。公开抢劫，仅仅为了欣赏人们对她的敬畏。她是无敌的，没有人反叛，没有人抵抗，她凌驾于法律和社会之上。一切令她相当满意，只有那无法随意施展的被制约的部分能量，和消失了的噬灵狼时时令她窝火，但她并不着急。她在等待，也在努力——等待伤口的愈合、力量的恢复，努力创造新的更强的噬灵狼部队。

其余卫灵战士的日子非常难过，恐惧的他们像是群待宰的羔羊，不知下个被选中屠杀的人会不会是自己。心神不定的他们，根本无法进行能力的提升。个别人崩溃了，混乱的意识再也支配不了体内的息烟，在对自我的恐惧中死去。更多的人选择了放弃，他们强行放出自己吸附的暗物质，企图以此证明向女王归顺，求得一条活路。

大量的息烟覆盖在地球表面，虽然浓度达不到致幻和夺命的水平，可一些比较天才的人，私底下已经开始琢磨使用它的方法了。他们不能吸附，只能集中全部精力，完成简单的动作，例如从一堆纸片中远距离取出一片，仅此而已。由于精力过度集中，这些人施法时，常常不自主地发出呓语，旁边对其佩服得五体投地的人错把它当成了咒语，专心致志地学着，竟真有个别模仿成功的。当迷信变成了现实，还有谁愿意去执着地追求复杂难懂的科学真理呢？

看着这一切的发生，于伟灵忧心如焚。他不能确定英雄的思想根基是什么，甚至连勇者的信仰也已忘记，只是惦记着该怎样吸附掉四溢的息烟，完成作为卫灵战士的原始使命。他觉得，要是最低等级的任务都完成不了，如何向更高级别前进？可惜他错了，这里不是普通世界，而是以信息为主导的暗宇宙，幻之时空。

没有解除能量纠合术而强行吸附息烟，只会令法术的后遗症严重发作，僵硬抽搐的肌肉，眼看要将他的骨骼折断。束手无策的疗养院医生，只得靠大剂量的镇静药替他缓解，随之而来的运动机能衰退，几乎使他彻底丧失自理能力。

法律在娜莱莎的淫威下失效，科学在暗物质面前低头，秩序井然的现代社会，正在一点点瓦解、崩塌。无可奈何的于伟灵，日渐对世界生出了恨意，为什么？他自己也不知道。

12. 疯狂的暴君

又是几个月过去,娜莱莎获得了最后的解放。她一口气吸干了游离的暗物质,能量再次增强。望着整个灯火通明的城市,她陷入回忆。

她记得,自己从小就是个体格健壮、性格刚强、喜欢称王称霸的孩子。当然,这都是按照父母的要求,进行胚胎基因筛选、优化的结果,一个典型的体育健将式的人。但不知为什么,她从来不喜欢运动场上的气氛,反倒更着迷于古代帝王的传说,训练并不是很刻苦。

后来,进入青春期的她喜欢上了一个男孩,可这个男孩喜欢的,却是另外一个爱跳舞的孱弱姑娘,这种情况本属正常。

开朗乐观、崇尚力量的她,根本没把那个纤细、柔弱的姑娘放在眼里,狂热地追求着自己喜欢的人。男孩忍无可忍,找到了她的父母,父母为了女儿的前途设下计谋。又见面时,男孩告诉她:"如果你能拿到奥运会的金牌,我就接受你。"

蒙进鼓里,她开始拼命练习。可奥运赛场上集合了五大洲的精英运动员,强手如林,首次参赛的她失败而归。四年后,她接近退役年龄,但也已是实力超群的夺冠热门选手。自信满满的她一路闯入决赛,不料却被验出兴奋剂检查不合格,宣布取消比赛资格。

所有努力都付诸东流,她颓丧地回到家乡,方才得知,因基因优化的细微失误，她成年后的激素水平，肯定要比正常人高一些，也就是说，她根本不可能通过严格的奥运决赛检测。她去找那个男孩，想说明实际情况，这不是她的错。

实际情况是，男孩刚刚结了婚。震惊之余，她质问男孩为何不遵守承诺，男孩将事情全盘托出。暴怒的她失去了理智，拧断了新婚夫妇的脖子！

她迷迷糊糊地逃到野外，躲藏在一座古庙宇遗址中。那段时间的经历，使她刻骨难忘。

为避开警察的搜捕，她像野人般流落荒原，面对恶劣自然环境时产生的恐惧和无助，是她唯一的伴侣。无数回，在寒冷的夜里反省，后悔自己的冲动莽撞。但藏在基因深处的不服输的运动员品格，却令她无论如何都难以原谅，用技术和谎言操控自己的家人、配合他们欺骗自己的恋人，还有在她出生前，就决定了她的未来的，那次出错的基因优化操作。

即使心里再后悔，她也绝不认错；纵然生活再艰难，她也绝不回头。那些日子里，整个世界好像都在与她为敌。她只恨自己没有颠覆世界的力量，不能像传说中神话时代的年轻帝王那样，游历异界、获取超人的力量，然后君临天下，权倾一方。

有段时间，她似乎使出了一点不同寻常的奇特力量，可终日食难果腹的她，只把那当成是自己精神错乱导致的幻觉。

直到最后一次，她正悔恨流泪时，竟发现古庙遗址的石头堆下，冒出缕缕青烟，好奇心驱使她扒开石块，一本天蓝色的簿子呈现眼前。阅读之后，抚摸着左肩上纹身般的紫太阳胎记，她发出阴森的笑声。这是命运给予的机会，让她改写未来的机会，再不用害怕什么，做一个真正能随心所欲的主宰者，一个在暗宇宙中统治世界的女霸王！

吸暗影、造灵狼，性格中的无惧无畏和坚强不屈，使她进步飞快。目标清晰而坚定，她脑中再无旁骛。凡是看到她的人都被灭口，凡是能观察到她的设备都被摧毁，她不想在计划成熟之前暴露。

开始着手清除潜在的对手之前，她偶然得知了格里诺宾的叛乱。说不上是出于仅存的恻隐之心，还是单纯想招募个手下，她派出被自己遥控的鬼魂，去探查情况。碰巧看到了于伟灵用法术取走格里诺宾能力的一幕，便索性跟踪，尝试说服这个法术强手支持自己，甚至成为自己的战将。

回忆中的计划，原本非常完美，可是突然出现的那双逼人的眼睛，令娜莱莎不由浑身颤抖。于伟灵居然宁死不肯屈服！娜莱莎心里苦道：看来，世上真的有东西是不可征服的啊！又转念：那么，就让它们全部毁灭吧！

她用能量截断这座城市所有的通讯频率："此城中藏有两名卫灵战士，限午夜前将他们交出，到经贸大厦顶上，否则魔鬼将会进驻。"

午夜时分，她放出了最新创造的众多噬灵狼，血洗了城市。这些噬灵狼会飞、会穿墙、会遁地，遇到强光能迅速转入地下攻击。它们是其主人的意识分体,不包含古人灵忆。它们的杀人方式,是连同生物电一起,夺走人脑中的信息,使神经细胞因能量不足而衰竭,引发休克、死亡。千万人在睡梦或惊恐中惨遭杀害,两名卫灵战士抵抗狼群的攻击时,被娜莱莎的光束击毙。

不久,她对另一座城市又下达了最后通牒,同样是要求交出躲藏的卫灵战士。保罗知道自己在劫难逃,为了避免灾难的降临,他与家人告别后,按照规定的时间底限,于黄昏前,来到了城外的山顶上。

娜莱莎正等着他:"你很勇敢哪,怎么样?准备好受死了吗?"声音冷得令人不寒而栗。

保罗压制住内心的冲动,作个深呼吸,悲哀地说:"好了。"

圆形的光斑出现在娜莱莎的双手之间,保罗紧紧闭上眼睛,等待着。可是,光束并没有穿过他的身体,而是射向他的背后,击中了城中最高的楼房。光能汽化整座建筑的同时,被转化为其他能量形式四散开去,巨大的尘柱直冲云霄,冲击波携着热浪,眨眼将城市夷为平地!

听到响声,保罗回头目睹了全过程,他不敢相信自己的眼睛,疑惑地看着娜莱莎。"对不起,我打偏了。"娜莱莎狞笑着。

"你是个魔鬼!"狂怒的保罗冲了上去,喷火的双眼让娜莱莎觉得似曾相识。

用两根手指刺穿了保罗的咽喉,她有点神经质地自言自语:"论实力,你可比他差远了。"

这时，天边传来一个清晰的声音："我是天言圣君，在此向你警告，若再无缘无故地大规模杀人，其行为将被视为灭世。对灭世者，我们会让他永远找不到这个世界。从二战至今，企图恶意发动核战争的掌权人都受到过警告，如果我们施加诅咒，三维空间中就再没有你的立锥之地。"

不了解通灵法术的娜莱莎惊骇万状："你在哪儿？出来！我不会害怕的！"

虚空中劈出一道闪电，抽进她的心里。娜莱莎顿觉胸口一阵剧痛，跪倒在地上。

"你要当什么女王我们不管，但奉劝你，最好不要继续制造灾难。否则，英雄们会让你看到生命最残酷的一面，相信我，你不会想知道那是什么的。"

娜莱莎捂着胸口说不出话来，但她根本不服，暗自心语：生命最残酷的一面？哼！你以为我没看到过吗？被家人操纵，被恋人欺骗，被人类社会抛弃，跟我谈残酷？只可惜，他们的力量太强，恐怕以后不能再这么随心所欲了。

接连毁掉了两座大都市，血淋淋的现实，使面对发疯的魔鬼的人们感到求生无望，许多人开始肆意搞破坏，发泄自己内心的绝望与恐惧。世界彻底陷入混乱状态。

疗养院失去了资金支持，工作人员成批辞职，只剩下不多的几个仍然坚守着岗位。病人们也相继离开，于伟灵的状态依旧如故，伯父却没了消息。这天，一伙强盗闯进了疗养院，其中一人居然认出了早已面目全非的于伟灵。工作人员上前劝道："不要传出去，一旦她知道了，谁晓得会不会也毁了这个城市？"

有个歹徒不甘心，揪起正在椅子上晒太阳的于伟灵，威胁道："把你的能量传授给我，我去对付她，不然的话，我就把你交给她处置！"

于伟灵的舌头也有些僵硬，说话不很清楚，但口气充满了鄙夷："对付她之后呢？就你目前的作为，要我怎么相信你？"紧接着，他被狠狠地扔到了地上。

强盗们对疗养院大肆洗劫，恣意殴打妨碍他们的人。于伟灵强压怒火，放松心情，扶着墙壁歪歪扭扭地站了起来，慢慢挪出了这个已经不能再待的疗养院。

夜晚，蜷在路旁的他听到有人说话："……唉，怎么会这样呢？忍着点吧，谁让你披了张人皮呢？"悲凉的语调使人心寒。

难道做人本身，就是一个错误吗？完全没了思想根基的于伟灵，此刻仿佛坠入了万丈深渊。

13. 英雄觉醒

两年来，娜莱莎不断制造出各种大大小小的惨案，卫灵战士仍是她追杀的重点，每次致死的平民数量，一般不超过 100 人。她很明显不是急着要除掉自己潜在的对手，而是在享受屠杀的乐趣。她不着急，因为新现影的息烟都会被她吸走，剩下的卫灵战士加在一起，也不可能成为她的劲敌，如今的她，掌握着绝对的优势。

社会渐渐适应了糟糕的现实状况，秩序时好时坏，托高科技的福，物资供应还算充足。

于伟灵能活下来，真得说是个奇迹了。流浪街头的他，靠好心人的施舍挺到了现在，重建的救助机构总是遭劫，焦头烂额的政府部门，索性放弃不管了。

暴乱又被平复了下来，商业街上除乞丐外暂无他人。于伟灵躺在一家食品店的门口，东边的太阳还有很多，不知道他能见到第几个。萎缩严重的肌肉绞索般缠在骨头上，僵硬的胳膊按到地面上，被磨得伤痕累累，褴褛的衣衫要是在北方，早把他冻死十回了。比这些更不幸的是，已经几天没吃东西的他，现在还进不得店门，因为里面有七八条来路不明的恶犬正在进食，它们显然不喜欢被打扰。

似睡非睡中，于伟灵回想着，他这两年受到的戏弄、嘲笑和欺侮，尽管自然体比不上基因筛选或优化后那么强健，但也差不太多，真打起来未必吃亏。可是硬得像根棍的身体，无论做出怎样的反抗动作，都只会引来更多的嘲笑。以前的自己是个强者，可怜的强者，他永远不可能知道，如格里诺宾那样，被迫忍耐羞辱是什么滋味。

"假如活着是个错误，我就快把它修正了。"于伟灵默默地想着。

食品店里，有只藏在角落、走投无路的猫，趁几只狗忙着翻箱倒柜的机会，飞快地从商店里跑了出来。狗儿们先是一愣，马上全部追了过来。畜生们纷纷从于伟灵旁边经过，却毫不关注他的存在。于伟灵思考了一阵，浑身如电击般疼痛，随即他轻松地坐了起来。

是的，猫要逃，它不是在逃避，而是在与死亡赛跑。活着，为了对抗死亡，简单的道理适用于所有的生命！死神的眼里，从来没有强和弱的差别！一个生命的消失是死亡，一群生命的消失是灾难。英雄，就是与死亡和灾难顽强抗争的人！他已经找回了稳定的信仰基础，能量纠合术自行解除。

重获力量的于伟灵并没有非同寻常的喜悦，他只是想不通：活着，自然是为了对抗死亡，这么简单的道理，我以前怎么就没想到呢？弱肉强食的自然界中，公平和正义太过奢侈，但在死亡面前，每个合格的生命都会奋起抗争。

顾不得多想，填饱肚子才是首要任务，于伟灵走入店中。"不论活着是不是个错误，如果未来没有生命的存在，那么我就从现在开始，一步一步地改变未来！"

只追得满嘴猫毛的狗儿们回来了,它们似乎难以相信,眼前这个瘦骨嶙峋的人,竟敢擅自享用它们的食物,大叫着扑了上去。"仗势欺人的东西,别来惹我!"于伟灵伸了下手,掰掉两颗狗牙。

14. 决战魔王

一年来，于伟灵浪迹天涯，追踪着不时出手害人的娜莱莎。他边查边提升自己的能力，路上还经常用幻术，教训那些作恶多端的人。社会上关于他的传说越来越多，人们觉得有了希望，社会秩序逐渐趋向正常。

现在，于伟灵身上的胎记已经消失，他再不是英雄的佣兵，而真正成了暗宇宙英雄。他的生命触角延伸至第五个维度，好比一棵幼苗长成了擎天巨树，风雨雷电、冰霜雹雪，丝毫不能动摇它的根基，就连时间的利锯也奈何他不得！微观信息的识别能力已超越量子级别，不仅可以随意改组物质结构，甚至可以解决物理学界有名的难题——确定在很早以前，被科学家关进了假想的黑盒子里的，那只可怜的猫的生死。他的观测，不需要扰动什么，不需要能量的参与，只感应其内部最纯粹的信息。现在的他可以不吃不喝，以暗物质产生的能量维持生命的运转。

终于，追剿魔头的旅途来到非洲南部，一座新兴城市边缘的贫民区。破败的居民楼排列得乱七八糟，活像海滩上顽童竖起的鹅卵石阵。于伟灵一瘸一拐地，向着隐约传来的哭求声走去。他身体显得很单薄，几乎能被轻风吹倒，头上没有头发的地方，长着大片皮癣。右脚板快磨破了，渗出些淡黄色的血清。他自嘲地想：头顶生疮，脚底流脓,我这回真的是坏透了。

整个贫民区道路上杂物成堆,却不见一个人影,看样子是匆忙逃走的。没错,只有她能造成如此效果,于伟灵运用能量,腾空飞了过去。

不用猜,他知道哭求的人是谁,最后一个活着的卫灵战士,在这里避难的心理医生索菲娅。此刻,她周围的环境异常凄惨,楼房间一片不大的空地上,横竖躺着数十具尸体,高悬在半空的娜莱莎手中,抱着个不停啼哭的婴儿,旁边躺着的那个服饰较好的尸身,应该是她的丈夫。而她则被许多噬灵狼死死地围在中间,像是置身于一个黑色的铁笼中。

娜莱莎毫不理会医生母子的哭喊,高高地将婴儿抛了出去。随着母亲的尖叫,婴儿在下落途中,突然改变了方向,沿着优美的曲线,滑到了很远的小土丘后面。"娜莱莎,你的屠戮行为,已在全球造成了广泛的灾难。我,现以暗宇宙英雄的身份,正式向你宣战!"

娜莱莎降低高度,瞪着眼睛,打量站在楼下阴影中的家伙,不能想象他就是印象里勇气过人的于伟灵。"你终于还是找到我了。听说你恢复能力,有将近一年的时间了,为什么现在才来向我挑战?"

"你是王者,与你作对,不准备好怎么行?再说,你不也总是有意躲着我吗?"

"你给我留下的印象非常深刻,所以我想最后跟你过招。对了,你怎么成了这副样子?"

"只是想锻炼一下意志。"于伟灵稍施法力,疾病和伤痛转眼痊愈,头发也长了出来。

"嗯,不错。你的能力的确提高了不少。老规矩,咱们先聊聊?能告诉我,英雄的思想基础是什么吗?"

"可以。很简单,对抗死亡。"

"噢?为什么?"

"因为我是生命。"

"英雄是永生的,你怎样摆脱利益的纠缠?"

"智慧与能量的结合,使人在暗宇宙中,不必非依靠群体过活,只要消除掉多余的欲望,这个世上就没有你需要什么,只有你想怎么做。自由意志获得绝对的解放,利益再不能限制人的行为。"

"可是,生命是为了竞争而存在的,贪婪是它的本性。看到的就想拥有,知道的总想得到。把别人的变成自己的,把不可用的变成可用的,把没用的变成有用的,这些欲望你如何消除?"

"竞争是利益机制的结果,它并非生命为之存在的理由。贪婪是物资匮乏的后遗症,不惜一切代价地聚敛财富才能生存,是它产生的必需条件,当这个条件消失,贪婪就成了累赘。适应环境的方法有很多,改造环境,却只能依靠智慧的力量。暗宇宙中,获取强大力量的思想体系有无数种,而要想摆脱利益的束缚,获得永久的生命,就必须舍弃在普通世界中产生的所有欲望,平心静气善待生命。从开始就走上了反生命道路的你,早已向死亡屈服,用自己的力量为死神服务,注定了你最终只能自取灭亡。"

"够了!没想到你的废话还是那么多。现在,让我看看,你的能力是不是真的有所提升。"她的声音狠得像是要把自己的牙齿咬碎。

老手段,光束自空中直射于伟灵的面庞。娜莱莎毫不担心那是个幻影,光线倘若击中地面,方圆200公里内,将烧成人间炼狱。她知道,迂腐的人是不会任由这种情况发生的。

光束消失了,于伟灵连眼睛都没眨一下。娜莱莎大吃一惊:"不可能!你怎么有那么大的能量?竟抵消了我的光束!"

"没有抵消,我只是反转了部分息烟的性质,将你发出的能量,送回了高维空间。当然,这也需要很大量的暗物质,以构筑能量通道。然而,你只知道地球上有暗影,我已经吸附了太阳系里的所有息烟。"

娜莱莎心头发毛,赶紧增强自己的护盾,防止突然遭袭。嘴上还若无其事地说:"要知道,我的能量也不只这些而已。看着吧,噬灵狼全体出击——天外血星!"

随着她的双手在头上合拢,散布在世界各处的噬灵狼嚎叫着,向大气层外的一点集合。速度之快,使地球表面包上了一层黑膜。意外获释的索菲娅,当然首先是去寻找自己的孩子,娜莱莎哪还顾得上她。

叠合在一起的噬灵狼,那黑色的身躯消失在漆黑的宇宙背景色中,密密麻麻的眼睛,竟真的在天外组成了诡异的血色星球!这颗小星星以极高的速度坠落，砸向于伟灵的头顶。

英雄感受到了魔星的降临，集中大量能量怒吼一声，迎面飞了上去。与恶魔决斗前的战吼如虎啸山岗、鹰鸣长空，宣告灾难制造者的末日即将到来。

远看，天地间两条银线相撞，闪光过后，一个不断变换色彩的圆球缓缓落下。巨大的爆炸声传来，浓烟散尽，娜莱莎已是目瞪口呆。噬灵狼的意识，被强烈的能量冲击驱逐得了无踪迹，暗物质也全部归于英雄的掌中。

地面上留下个直径二百多米的大坑，于伟灵自坑底升上来，拍拍身上的灰烬，与娜莱莎保持在相同的高度。

过了好久她才回过神，开口说："看样子，我只有用别的法术，才能和你一较高下了，我可以再问你件事吗？"

于伟灵不作声。她问道："你有恋人吗？"

"没有。自从四岁上学，到十八岁基础大学毕业，我拼命努力，才只是勉强跟上经过了基因筛选和优化的同学们。半年的社会实践后，我就一直待在家里，只参加些社区组织的公益活动。再往后，与父母闹翻，住进了福利院，又成了卫灵战士。这世界给我展示的，只有冷酷和残忍，我对它的感觉，也只是疲惫和厌倦。这种情况下，你让我恋谁去？"

本想利用让自己刻骨铭心的，恋人之间会互相欺骗的事实，来挑动对手心绪，争得反击的机会。不曾想，于伟灵竟完全不吃这套。自知取胜无望的娜莱莎，干脆破罐子破摔："好吧，我的法术对无情之人起不了作用。你打算拿我怎么办？"

"你还记得，被你杀死的男朋友的名字和相貌吗？"

"当……，你怎么知道那件事的？不对！你在干什么？"

娜莱莎思想的致命缺陷，就是包容性不足。她无法理解，为什么弱得一无是处的人还要坚强地活下去；她想不通，力量征服不了的勇气从何而来；她甚至不了解文明的真正含义。所以，在英雄们的眼里，这类思想的漏洞，大得足以放下半个宇宙。

于伟灵对她使用的是摄魂术。此法术能够转移对方的全部记忆到自己这里，重置她的脑细胞结构到初始状态，让她的心理、人格的发展重新来过。她控制息烟能量的技术已融入本能，且精神扭曲严重，单单夺走她体内的暗物质意义不大，摄魂术是最好的处理方法。

"五到十年后，你就又基本可以从事社会工作了。我并不奢望，每个人都能原谅你的所作所为，但你绝非天生恶魔，我不会杀死你的。"

"不，你不能那么做！"娜莱莎想要阻止他，却发现，自己已被关进了自己的力场护盾中，能量的控制权已不在自己的手中，她现在寸步不能移动。

娜莱莎猛然明白了"生命最残酷的一面"是什么意思，那代表着她现在正在经历的，灵魂与肉体的分离。急中生智，她对于伟灵哀求道："停止吧，你无法破解我的记忆的，那里有太多的黑暗，小心污染了你的思想。"

"放心，失去了主观立场的记忆只是些信息，还是卫灵战士的时候，我就看到过比这多得多的黑暗。我能理解你的痛苦，也了解杀戮时的快感，但我有坚定的信仰基础，足以统摄这些信息。可你的抵抗意志，的确降低了我的法术的效率，如果你能给予配合，这一切会很快结束的。"

娜莱莎狂笑了起来："你以为，我会乖乖放弃王者的尊严，重新回去上小学吗？你错了！让你看看，王者的离去，带走的将是整个世界！"

接着，娜莱莎激发了自己还能控制的暗物质，难以想象的能量，令她的身体变得透明，然后蒸发。于伟灵大喊"糟糕"，顾不上失控的息烟四下乱溢，全力加强并收缩她的力场护盾，希望可以抵消掉可怕的能量大爆炸。但是，那些能量没有像想象中的爆发，而是渐渐收做一团，变成如同盘子大小的紫色瞳孔，漠然注视着大地。

娜莱莎把自己做成了个炸弹，有条件引爆的超级炸弹。它的威力，够把地球上的水全部蒸发。一个纯净的意念守在里面，只要周围的力场护盾一消失，它立马就会爆炸。

于伟灵无法解除这个作为引信的意念，只好先收起已经覆盖了半个国家的暗影。由于人们多数习惯了恐惧中的生活，对突发事件也是见怪不怪，所以此次暗影没有造成大量人员死亡。

万不得已，于伟灵试着集中全部力量，超越自我的极限，拨动十一维里的超弦，打开通往遥远宇宙的空间大门，将能毁灭人类的炸弹成功送至两光年以外！

15. 离世永生

能量过度透支，跌落坑边的于伟灵感到，体内的暗物质处于凝结状态，暂时不能释放能量了。他起身环视，贫民区建筑毁坏了九成以上，可能要有几百上千人无家可归。他叹口气，注意到一堵整体倒下的墙，很干净，便捡了根烧焦的木棍，在上面写了起来——

传说中的英雄有很多，我大概也会是其中的一个。千百年后，今天发生的事情，也只能是个传说。传说中的我们没有逝去，我们就在地下，你们找不到的地方，通过信息感应，注视着上面的一切。我们是孤独的，却并不寂寞。即使在普通世界里，休眠中的我们，依旧保持着你们想象不到的力量，可以轻易改变现实中的正常生活。但若不是到了全世界的安危系于一线的时刻，我们是不会干涉的。那样可能造成意想不到的混乱后果，是任何人都不愿看到的。

任何时候，我们随时能够出现在地球上任何一个地点，如若不是在暗物质现影期，我们就将无法返回石化状态。变回普通人，我们会失去所有能力，不能即时感应信息，与你们无异，很多方面甚至比不上普通人。对我们而言，要么在黑暗中永生，要么在光明中毁灭。听上去有些奇怪，事实就是这样。人们对黑暗的恐惧，主要因为它能使感觉不再敏锐，我们则恰巧相反。不过，摆脱利益机制的行为是不可预测的，抛弃英雄的身份回到正常生活之中，未尝不是一种选择，毕竟长久的沉默，终究是个巨大的考验啊。

活下去，这是对生命体的最基本要求，没有谁例外。但这不意味着对死亡的逃避，我们可以面对它。假如能用我的生命，使那些死去的人复活，我会很高兴的，可世上没有神祇，我只能竭力对抗灾难的发生，却无法将死亡彻底逐出人间。

公平的利益竞争机制，在普通世界里，对智慧的发展还是有很大的促进作用的，可是只有智慧和力量，才是生命永恒的伴侣。闲暇时不妨认真想一想，如果你获得了无穷的力量，你会用它做些什么……

索菲娅医生不知什么时候悄悄地回来了，于伟灵问她："孩子没事吧？"

可能是惊吓过度，她的精神有些恍惚："没事，我已经安置好了。"

于伟灵松口气，说道："抱歉，我出现得太晚了。"

"不，那不能怪你。"她抽噎一声，"她呢？死了吗？"

"是的。她宁愿死，也不愿舍弃至尊的地位，我企图挽救她的努力，彻底失败了。"

"什么！她还有挽救的价值吗？"索菲娅很生气。

"或许没有，我只想尽力试试。"

一阵沉默之后，于伟灵说："我就要离开了，像远古英雄那样，变做石像，沉入地下。"

心理医生冷冷地问道："你不留下点什么东西吗？"

"不必了，五千年后，暗物质将再次大规模现影，持续近万年。所有的英雄和圣君，都会在那时复苏，也就不需要什么卫灵战士了。此次浩劫只是个测试，看看在科学世界里，人们的思想和素质，代价是太高了，可那纯属意外。即使娜莱莎除掉了所有的异能者，她也不可能毁灭世界，地下的英雄们不会允许的。如果说，下次现影的暗物质相当于太平洋，那么这回的，连条小水沟都算不上。我，只是个从泥坑里爬出来的英雄。"

索菲娅终于释怀："你不管了，这条小水沟怎么办？"

"远古英雄更喜欢把一天分为十个小时，明年这个时候，包括你体内的息烟，都会恢复不可测的常态。一年里新产生的暗物质，还不足以充满地核，所以不用担心。"想了想，于伟灵又说，"要是不为难的话，拜托你告诉人们，别再进行职业定向性的胚胎基因筛选、优化，和成人的大脑结构改造了。早早决定未来的主人，或者自己一生的命运，不好。"

索菲娅点头答应。保持自身暗物质现影状态的能量凝华术发动，于伟灵的双脚已经石化。心理医生感慨道："为了不死的灵魂，把自己埋入地下，难道你对这个世界，就没有丝毫的留恋吗？"

"我并非为了永生而成为英雄。相反，若我对普通的生活还有留恋，便不会选择英雄的道路。"最后的微笑定格在脸上，他缓缓沉入地下。

奇迹发生了。所有的英雄和圣君们一齐发力，被灾难破坏掉的建筑、机器和城市基础设施，包括部分生活用品，全都回复了崭新的状态！"对我们的这份欢迎礼物，你一定很高兴吧？正视死亡，与之抗争，是成为真正英雄的先决条件。欢迎你，英雄于伟灵，祝贺你，加入到信息生命的俱乐部！"